인형의 집

인형의 집
Et dukkehjem

헨리크 입센 희곡선집　김창화 옮김

ET DUKKEHJEM(1879), GENGANGERE(1881)
by HENRIK IBSEN

This translation has been published with the financial support of NORLA.

이 책은 실로 꿰매어 제본하는 정통적인 사철 방식으로 만들어졌습니다.
사철 방식으로 제본된 책은 오랫동안 보관해도 손상되지 않습니다.

인형의 집
7

유령
133

역자 해설
사회적 책임감과 개인의 자의식이 만든
창조와 재현의 세계

243

헨리크 입센 연보

255

인형의 집

등장인물

토르발 헬메르 변호사
노라 헬메르의 아내
랑크 박사
린데 부인
닐스 크로그스타 은행 서기
헬메르 부부의 세 아이들
안네 마리 유모
헬레네 하녀
배달 온 소년

제1막

고상하나 사치스럽지는 않은 가구들이 놓인 쾌적한 방. 무대 뒤 벽면 오른쪽에 있는 문은 현관으로 통한다. 왼쪽에 있는 다른 문은 헬메르의 서재로 통하는 문이다. 두 문 사이에 피아노가 놓여 있다. 왼쪽 벽 중간에 문이 있고, 무대 안쪽으로 한참 뒤에 창문이 있다. 창문 부근에 둥근 테이블과 안락의자, 그리고 작은 소파가 있다. 오른쪽 벽 뒤쪽으로도 문이 있다. 거기서 그렇게 많이 떨어지지 않은 무대 전면에 도자기로 만든 난로와 한 쌍의 안락의자, 그리고 흔들의자가 있다. 난로와 문 사이에 작은 테이블이 있다. 벽에는 동판화가 걸려 있다. 장식장에는 도자기와 작은 장식품들이 있고, 책장에는 장정이 아름다운 책들이 꽂혀 있다. 마룻바닥에는 카펫이 깔려 있고, 난로에서는 불길이 타오르고 있다. 어느 겨울날.

현관에서 벨이 울린다. 곧이어 문이 열리는 소리가 난다. 노라가 유쾌하게 콧노래를 흥얼거리며 방으로 들어온다. 외출복 차림으로 수많은 상자를 들고 들어와 곧바로 테이블 위에 올려놓는다. 하녀에게 현관으로 통하는 문을 열어 놓게 하고, 배달 온 소년이 크리스마스트리와 바구니를 옮기게 한다. 배달 온 소년은 문을 열어 놓은 하녀에게 짐을 건네준다.

노라 헬레네, 나무를 잘 감춰. 성탄절 축하 장식이 다 끝날 때까지는 아이들이 볼 수 없도록. (지갑을 열며 배달 온 소년에게) 얼마지? 그래, 반 크로네면 되겠지. 자, 여기 1크로네가 있어. 거스름돈은 필요 없어. (배달 온 소년은 감사를 표하고 퇴장한다. 노라가 문을 닫는다. 외출복을 벗으면서도 계속해서 가볍게 웃는다. 그녀는 주머니에서 마카롱[1] 봉지를 꺼내 몇 개를 입에 집어 넣는다. 그러고 나서 조심스럽게 남편의 방 앞에 서서 안에서 나오는 소리를 엿듣는다) 집에 있구나. 잘됐어. (다시 콧노래를 부르면서 오른쪽 테이블로 간다)

헬메르 (서재 안에서) 지금 들리는 게 종달새의 노랫소린가?
노라 (포장을 열심히 벗기며) 그래요.
헬메르 다람쥐가 뛰노는 소린가?
노라 맞아요.
헬메르 내 작은 다람쥐, 언제 돌아왔소?
노라 방금요. (노라는 마카롱 봉지를 주머니에 넣고 입을 닦는다) 이리 나와 봐요, 토르발. 내가 사 온 걸 좀 봐요.

---

1 *macaron*. 코코넛, 밀가루, 설탕 따위를 넣어 만든 고급 과자.

헬메르 나중에! (잠시 후 그가 문을 열고 손에 아직 펜을 쥔 채 무대에 등장한다) 뭘 샀다고 했지? 이걸 전부 다 샀어? 흥청망청 돈을 쓰는 우리 귀여운 낭비가께서 남은 돈을 다 써버리셨군.

노라 오, 토르발. 올해야말로 정말 우리를 위해 뭔가를 해야만 해요. 돈 걱정을 하지 않아도 되는 첫 번째 성탄절이잖아요?

헬메르 그래도 아직 낭비할 정도는 아냐, 당신드 알다시피.

노라 그래요, 토르발. 이제야 우리는 조금 여유가 생겼죠. 내 말이 틀렸나요? 아주 조금의 여유 말이에요. 이제부터 당신은 불룩한 봉급 봉투를 받을 테고, 돈이 뭉텅이로 쑥쑥 들어오겠죠?

헬메르 그럼, 해가 바뀌면. 그래도 봉급이 들어오려면 석 달을 기다려야 해.

노라 치! 그럼 그동안 빌려 쓰면 되겠네.

헬메르 노라! (그녀에게 다가가 장난스럽게 귀를 잡아당기며) 또 멍청한 짓을 하려고? 만일 오늘 내가 1천 크로네를 빌렸는데 당신이 그 돈을 성탄절 기간에 다 써버린다면, 난 새해가 밝아 오기 하루 전날 밤 떨어지는 벽돌에 머리를 맞고 저기에 길게 뻗어 버릴 거야.

노라 (입을 막으며) 앗! 그렇게 무서운 말은 하지 말아요!

헬메르 만일 그렇다 치면, 어떻게 될까?

노라 만일 그렇게 무서운 일이 벌어지면, 바보 같은 빚 따위는 내가 당해야 할 슬픔과 걱정 가운데 가장 작은 것이 될 테죠.

헬메르 나에게 돈을 빌려 준 사람들은?

노라 그 사람들? 상관할 필요 없어요! 그들은 단지 낯선 사람들일 뿐인데.

헬메르 노라, 노라! 여자들이란! 노라, 정말 진지하게 말하지만, 이 일에 관해 내가 무슨 생각을 하고 있는지 당신도 알 거야. 빚은 안 돼! 남에게 돈 빌리지 마! 빌리고 빚을 얻어 지은 집에서는 자유가 없어. 그래서 결국 아름다움도 잃어버리게 되는 거야. 지금까지 우리 두 사람은 용기 있게 잘 견디고 버텼지. 이제 얼마 남지 않았어.

노라 (난로 쪽으로 가면서) 그래요, 토르발. 당신이 원하는 대로 할게요.

헬메르 (뒤따르며) 이런, 이런. 이 작은 노래하는 새가 날개를 접지 말아야 하는데. 그렇지 않나요? 저기 내 작은 다람쥐가 잔뜩 골이 나, 등을 돌리고 서 있네요. (지갑을 꺼내며) 노라, 내가 뭘 가지고 있게?

노라 (재빨리 돌아서며) 돈!

헬메르 자, 보여? (그녀에게 지폐 몇 장을 건네준다) 성탄절 전후에 집안에 돈이 얼마나 많이 드는지는 나도 잘 알고 있어.

노라 (돈을 세며) 십, 이십, 삼십, 사십. 고마워요. 오, 정말 고마워요, 토르발. 정말 말로 다 할 수 없을 만큼 큰 도움이 됐어요.

헬메르 확실하게 도움이 됐을 거야.

노라 그래요. 확실히 도움이 됐어요. 그렇지만 여기 와서 내가 뭘 샀는지 좀 보세요. 정말 싸구려예요! 봐요, 우리 아들 이바르를 위한 새 옷과 장난감 칼이에요. 이건 막내 보브를 위한 장난감 말과 트럼펫. 그리고 우리 딸 에뮈를 위해서는 인형과 인형 침대. 정말 소박한 것들이죠. 에뮈는 결국 당신도 모르게 이 인형을 망가뜨려 버리겠지만요. 그리고 이건 하녀들에게 줄 옷감과 손수건이에요. 어쨌든 나이 든 안네 마리에게도 뭔가 줄 게 있어야 할 것 같아서.

헬메르 그런데 저기 포장지에 싼 건 뭐야?

노라 (비명을 지르며) 안 돼요, 토르발! 오늘 밤까지는!

헬메르 아하! 하지만 흥청망청 돈을 쓰는 귀여운 당신 자신을 위해서는 무얼 사셨는지 말해 주시겠지?

노라 나를 위해서요? 난 필요한 게 아무것도 없어요.

헬메르 당신을 위해서도 뭔가를 사야만 해. 나에게 말해 봐. 당신이 정말 갖고 싶은 게 뭔지. 물론 내가 사줄 수 있는 것 가운데서.

노라 정말 모르겠어요, 토르발. 사실……

헬메르 뭔데?

노라 (토르발의 옷 단추를 만지작거리며, 그를 쳐다보지 않은 채로) 만일 당신이 나에게 주고 싶은 게 있다면, 당신이, 당신이…….

헬메르 그래, 말해 봐.

노라 (재빨리) 돈을 줘요, 토르발. 당신 시간도 절약되고,

난 그 돈으로 오늘 같은 날 이것저것 살 수 있잖아요.

헬메르 안 돼, 노라. 하지만……

노라 그래요, 그렇게 해요, 네? 부탁이에요. 당신이 준 돈을 금박 입힌 종이로 싸서 크리스마스트리 장식에 걸어 둘 거예요. 그럼 정말 멋있고 귀여울 거야, 안 그래요?

헬메르 언제나 돈 쓸 궁리만 하는 이 작은 새를 우린 뭐라고 불러야 할까요?

노라 흥청망청. 그래요, 내가 낭비가 심하다는 건 나도 알고 있어요. 하지만 내가 한 제안을 잘 생각해 봐요, 토르발. 난 내게 정말 필요한 게 뭔지 생각해 볼 시간이 필요해요. 돈으로 주는 게 훨씬 더 현명하지 않아요?

헬메르 (웃으며) 물론 그래. 만일 당신이 내가 준 돈을 고스란히 가지고 있다가 정말 당신을 위해 뭔가를 산다면. 하지만 당신은 집안 살림을 위해서, 전혀 필요 없는 이런저런 잡동사니를 사느라고 다 써버릴걸. 그럼 나는 다시 호주머니를 털어야 한다고.

노라 오, 토르발……

헬메르 그렇지 않다고는 말할 수 없겠지, 사랑하는 노라, 귀여운 아가씨? (팔로 노라의 허리를 감싼다) 흥청망청 돈을 쓰는 여보, 돈이 얼마나 무서운지 알아야 해. 돈을 마구 쓰는 아내를 둔 남편이 얼마나 비싼 대가를 치러야 하는지 당신은 아마 상상도 못 할 거야.

노라 흥! 당신이 어떻게 그런 말을 해요? 난 내가 할 수 있는 모든 수단을 다 동원해서, 정말 한 푼이라도 아끼면서 돈을 모으고 있는데.

헬메르 (웃으며) 그래, 사실이야. 당신이 할 수 있는 모든 방법으로……. 하지만 문제는, 당신에겐 그 방법이 별로 없다는 거야.

노라 (조용히 미소지으며 노래하듯이) 흠, 하지만 당신은 다람쥐와 종달새가 어떤 일로 돈을 쓰는지 모르니 그렇죠, 토르발.

헬메르 당신은 정말 귀여우면서도 이상한 여자야. 당신 아버지도 그랬지. 돈을 얻을 수 있다는 생각이 들면 어떤 방법이든 가리지 않지. 그렇게 손에 쥔 돈은 곧 손가락 사이로 빠져나가고 말이야. 당신은 절대 몰라. 당신이 돈을 어떻게 썼는지. 핏줄은 속일 수 없소, 노라. 그런 기질은 부모로부터 물려받는 거야.

노라 난 아버지의 기질을 물려받아서 좋아요.

헬메르 그래. 난 당신이 내 노래하는 작은 새인 지금 이대로이길 바라지, 다른 사람이 되길 원한 적은 없어. 하지만 들어 봐. 오늘은 당신이, 뭐라고 말해야 좋을지 잘 모르겠지만, 왠지 떳떳하지 못하다는 느낌이 들어.

노라 내가요?

헬메르 분명히 그랬어. 내 눈을 똑바로 바라봐.

노라 (그를 바라보며) 이렇게요?

헬메르 (손가락을 좌우로 흔들며) 단 것을 좋아하는 당신이 오늘 마을에서 빵집을 그냥 지나쳤을 리 없지, 그렇지 않소?

노라 아녜요. 왜 그렇게 생각해요?

헬메르 그럼 오늘 빵집 앞에서 조금이라도 머뭇거리지 않았다는 거야?

노라 그럼요, 토르발. 맹세해요…….

헬메르 조그만 사탕을 깨물어 먹지도 않았어?

노라 절대로 그런 일 없어요.

헬메르 마카롱 한두 개를 먹지도 않았고?

노라 아녜요, 토르발. 정말로 약속해요…….

헬메르 그래그래, 물론 그래야지. 농담이었어.

노라 (오른쪽에 있는 테이블로 간다) 난 한 번도 당신의 뜻을 거스르는 일을 해본 적이 없어요.

헬메르 그래, 나도 알아. 아무튼 당신 나에게 약속한 거야. (그녀에게 다가가며) 좋아, 사랑스러운 노라. 당신의 작은 성탄절 비밀을 혼자만 알고 있겠다는 거지. 내 생각엔 이제 곧 크리스마스트리 장식에 불이 들어오면 모든 게 다 밝혀질 텐데…….

노라 당신, 랑크 박사를 초대하는 거 잊지 않았죠?

헬메르 아니, 초대할 필요도 없어. 분명히 참석할 테니까. 하지만 그래도 오늘 아침 우리 집에 들르면 다시 한 번 더 얘기해야지. 정말 좋은 와인을 주문했어, 노라. 당신은 내가 얼마나 들떠서 오늘 밤을 기다리고 있는지 상상조차 못 할 거야.

노라 나도 그래요! 아이들도 정말 좋아할 거예요.

헬메르 아, 충분한 수입과 안정적인 일자리가 보장되었다는 게 정말 얼마나 황홀한 일인지. 생각만 해도 즐겁지 않아?

노라 그럼요, 대단한 일이죠!

헬메르 지난해 크리스마스를 기억해? 크리스마스가 다가오기 3주 전부터 당신은 매일 밤 크리스마스트리 장식을 만드는 데 꼼짝없이 매달려 있었어. 우리를 깜짝 놀라게 해주기 위해서……. 그래, 이제껏 살아오면서 그때만큼 지루했던 적은 없었어.

노라 나는 전혀 지루하지 않았어요.

헬메르 (웃으며) 3주 동안이나 그렇게 노력했지만 결과는 별로였어, 노라.

노라 당신 또 그 얘기로 날 놀리고 싶어요? 갑자기 고양이가 모든 것을 물어뜯어 버리는 바람에 엉망이 됐고, 나도 어쩔 수 없었죠.

헬메르 아냐, 당신을 괴롭히려고 그러는 게 아냐, 귀여운 노라. 당신이 우릴 행복하게 해주기 위해 그렇게 어려운 일을 했다는 게 핵심이지. 하지만 그렇게 어려웠던 시절도 이제 다 지나갔어.

노라 그래요, 정말 잘됐어요.

헬메르 이제 난 더 이상 여기 혼자 앉아 지루해하지 않아도 돼. 그리고 당신도 이제 더 이상 그 소중한 눈을 혹사시키고, 작고 귀여운 손가락을 힘들게 해서는 안 돼.

노라 (손뼉을 치며) 그래요, 토르발. 이제 정말 그런 일은 없을 거예요. 이런 이야기를 듣기만 해도 얼마나 기쁜지! (팔짱을 끼며) 성탄절이 지나면 난 우리가 앞으로 해야 할 일에 대해 생각해 온 걸 당신에게 말할 거예요. (초인종이 울린다) 오, 초인종이 울리네. (방을 치운다) 손님이 오신 모양이지, 귀찮게!

헬메르 손님들에게 난 집에 없는 사람이야. 기억해 주세요.

하녀 (문간에서) 마님, 낯선 부인이 마님을 찾아오셨습니다.

노라 들어오시게 해.

하녀 (헬메르에게) 랑크 박사님도 함께 도착하셨는데요.

헬메르 서재로 곧장 가셨나?

하녀 네, 그러셨어요.

헬메르는 서재로 들어간다. 하녀는 여행 복장을 한 린데 부인을 안내하고, 린데 부인이 방으로 들어오면 뒤쪽에서 문을 닫고 퇴장한다.

린데 부인 (약간 주저하면서 소극적으로) 안녕, 노라.

노라 (어정쩡하게) 안녕…….

린데 부인 날 알아보지 못하는구나.

노라 그래, 모르겠는데— 가만있어 봐. (갑자기 환호하며) 크리스티네! 아니, 너 정말 크리스티네야?

린데 부인 그래, 나야.

노라 크리스티네! 내가 널 몰라보다니. (목소리를 낮추어) 너 변했다, 크리스티네.

린데 부인 그래, 나도 알아. 9년, 아니 10년이 흘렀으니…….

노라 벌써 그렇게 됐어? 그래, 그렇게 된 것 같네. 오, 지난 8년 동안은 정말 행복했는데. 정말이야. 지금 도착한 거야? 이 추운 겨울에 여행을 떠나다니, 용감하구나.

린데 부인 증기선을 타고 오늘 아침에 여기 도착했어.

노라 물론 성탄절을 즐기기 위해서겠지. 정말 잘 생각했어! 그래, 재미있게 보내자. 꼭 그렇게 해. 우선 코트부터 벗고. 춥지는 않니? (그녀를 도우며) 그래, 이제 앉아. 여기 난로 옆에 편안하게 앉자고. 아냐, 저기 안락의자에 앉아. 나는 여기 흔들의자에 앉을게. (그녀의 손을 잡으며) 그래, 이제 다시 보니 예전 모습 그대로구나. 처음 봤던 때 그대로야. 그런데 약간 창백해진 것 같다, 크리스티네. 너 말랐구나.

린데 부인 그리고 나이가 아주 많이 들어 보이지?

노라 그래, 조금 늙었다. 아주 약간. 하지만 그렇게 나쁘진 않아. (갑자기 말을 멈췄다가 심각하게) 오, 내 정신 좀 봐. 내가 여기 앉아서 이렇게 수다나 늘어놓고 있다니. 크리스티네, 정말 미안해. 용서해 줘, 응?

린데 부인 노라, 왜 그래?

노라 (낮은 목소리로) 크리스티네, 너 과부가 됐다면서.

린데 부인 그래, 벌써 3년 전이지.

노라 알고 있었어. 신문에서 읽었지. 오, 크리스티네, 정말 너에게 편지를 쓰려고 했어. 그럴 때마다 일이 생겨서 계속 미루다 보니까……

린데 부인 노라, 알아. 충분히 잘 알고 있어.

노라 아냐, 너무 미안해. 정말 얼마나 힘들었겠니. 그 사람이 너에게 아무것도 남기지 않았다면서?

린데 부인 그래, 아무것도.

노라 아이들도 없어?

린데 부인 그래, 없어.

노라 전혀?

린데 부인 아무것도. 붙잡고 슬퍼할 것조차 없어.

노라 (믿을 수 없다는 듯 바라보며) 크리스티네, 어떻게 그럴 수 있지?

린데 부인 (슬프게 웃으며 노라의 머리칼을 쓰다듬는다) 아, 때로는 그런 일도 생겨, 노라.

노라 그래서 완전히 너 혼자만 남았구나. 네게는 미치도록 슬픈 일이겠지. 난 아이가 셋이나 있어. 지금 당장은 그 아이들을 볼 수가 없어. 유모 안네 마리와 밖에 나갔거든. 일단 지금은 네 얘기를 숨기지 말고 다 해줘.

린데 부인 아냐, 아냐. 차라리 난 네 얘길 들을래.

노라 아냐, 네가 먼저 얘기해. 오늘은 이기적으로 굴지 않을 거야. 오직 너만 생각할 거라고. 그래도 한마디만은 해야겠다. 최근에 우리에게 커다란 행운이 찾아왔다는 소식 들었니?

린데 부인 아니, 그게 뭔데?

노라 우리 남편이 은행장이 됐어.

린데 부인 남편이? 대단하구나!

노라 그렇지? 법률가는 다소 불안정한 직업이야. 특히 떳떳치 못하고 상스러운 사건에 휘말리고 싶지 않을 때는 더더욱 불안정하지. 토르발은 그런 일을 맡고 싶어 하지 않았어. 나도 남편과 똑같은 생각이야. 그러니 생각해 봐, 얼마나 다행이니? 남편은 새해 첫날부터 은행에 나가기 시작할 거야. 엄청난 월급을 받을 거고, 수당도 아주 많을 거야. 이제 우린 지금까지와는 아주 다른 삶을 살겠지. 우린 원하는 것을 다 얻을 수 있을 거야. 오, 크리스티네, 난 날아갈 듯 행복해! 돈은 많고 걱정거리는 하나도 없다는 게 정말 얼마나 좋은지!

린데 부인 돈이 충분하다면 좋지, 어쨌든.

노라 아냐, 그저 충분한 게 아니라 엄청난 돈인걸.

린데 부인 (웃으며) 노라, 노라. 너 아직도 정신 못 차렸구나? 너 학교 때도 씀씀이가 엄청 헤펐잖아.

노라 (조용히 웃으며) 그래, 여전히 토르발에게 똑같은 얘길 들어. (토르발처럼 손가락을 흔들며) 노라, 노라! 당신 생각은 정말 어처구니가 없어. 우린 그렇게 돈을 물 쓰듯 쓸 형편이 아냐. 둘 다 열심히 벌어야 해.

린데 부인 너도 일을 해?

노라 그럼, 허드렛일이지 뭐. 바느질도 하고 뜨개질이나 수놓는 일도 하지. (불쑥) 그리고 다른 일도 해. 너도 알겠지만, 우리가 결혼하고 난 뒤 토르발이 공무원직을 그만뒀잖아. 더 이상 승진되기도 어려울 것 같고, 결혼을 했으니 전보다 더 많이 벌어야겠다고 그 사람은 생각한 거지. 관직을 떠난 뒤, 첫 한 해 동안 토르발은 뼈가 빠지게 일만 했어. 밤낮으로 과외 일을 했지. 그러다가 오래 버티지 못하고 그만 병에 걸려 죽을 뻔했어. 의사 말로는 따뜻한 남쪽 지방에서 무조건 요양을 해야만 살 수 있다는 거야.

린데 부인 맞아, 1년 정도 이탈리아에 있었다고 했지?

노라 그랬지. 떠난다는 게 생각처럼 그렇게 쉬운 일은 아니었어. 이바르가 갓 태어났을 때니까. 그래도 우린 떠나야만 했어. 다른 대안이 없었지. 아, 정말 멋진 여행이었어. 게다가 토르발의 목숨도 구했고. 하지만 믿기 힘들 정도로 엄청난 비용이 들었지.

린데 부인 그랬을 거야.

노라 4천하고도 8백 크로네. 정말 큰돈이었지.

린데 부인 그래도 위급할 때 그런 돈을 갖고 있었으니 얼마나 다행이야!

노라 사실 너에게만 얘기하는데, 아빠한테 빌려야 했어.

린데 부인 근데 이상하다. 내 기억에 그때쯤이면 네 아버지는 돌아가신 후일 텐데.

노라 그래, 크리스티네. 바로 그때야. 생각해 봐. 난 아빠를 돌봐 드리지도 못했어. 이 집에서 이제나저제나 이바르가 세상에 태어나기만을 기다렸지. 그리고 병든 토르발까지 돌봐야 했어. 사랑하는 아빠! 난 아빠의 임종을 지켜보지 못했어. 크리스티네, 그때가 바로 결혼 이후 가장 힘든 시절이었지.

린데 부인 네가 아버지를 얼마나 사랑했는지는 나도 잘 알지. 그 후에 이탈리아로 떠났구나?

노라 그래, 우린 돈을 구했고 의사가 재촉했으니까. 그래서 한 달 후 우린 출발했어.

린데 부인 남편은 병이 완전히 나아서 돌아온 거야?

노라 물론이지. 씻은 듯이 나았어!

린데 부인 그런데, 그 의사는?

노라 무슨 의사?

린데 부인 나와 함께 들어온 사람이 의사라고 하녀가 그랬던 것 같은데.

노라 아, 랑크 박사님. 그분은 이곳에 왕진을 오신 게 아니라 우리들의 절친한 벗으로 여길 방문하신 거야. 적어도 하루에 한 번씩은 꼭 들르시니까. 토르발은 그 이후 한 번도 다시 아팠던 적이 없어. 아이들도 건강하고 유순해, 나처럼. (깡충깡충 뛰면서 손뼉을 친다) 오, 크리스티네. 난 정말, 정말 행복해! 어머! 또 내 얘기만 늘어놓았네. (크리스티네 옆에 있는 의자에 앉아 그녀의 무릎에 팔을 올린다) 나한테 화내지 마! 말해 봐, 남편을 사랑하지 않았다는 게 사실이야? 그렇다면 왜 그 남자랑 결혼했어?

린데 부인 당시엔 어머니가 아직 살아 계셨어. 하지만 몸져누워 계셨고, 스스로를 돌보실 수 없었지. 더구나 난 어린 두 동생을 책임져야 했어. 그 사람의 제안을 물리칠 만한 뾰족한 해답이 없었지.

노라 그래, 이해해. 그 사람은 당시 큰 부자였니?

린데 부인 내 생각엔 꽤 괜찮았던 것 같아. 하지만 원래 사업이라는 게 그렇게 평탄하지만은 않잖니, 노라. 막상 그 사람이 죽자 모든 것이 다 사라져 버리고, 결국 아무것도 남아 있는 게 없었어.

노라 그래서?

린데 부인 뭔가 일을 해야만 했지. 작은 가게를 열기도 하고, 작은 학원을 운영하기도 했어. 지난 3년 동안 정말 쉬지 않고 일했어. 휴일 없이 평일만 계속되는 나날이었지. 하지만 노라, 이젠 끝났어. 불쌍한 우리 어머닌 이제 더 이상 내 도움이 필요 없게 되셨어. 돌아가셨으니까. 동생들도 이젠 일을 하며 각자 알아서 살아.

노라 이젠 홀가분해졌구나.

린데 부인 아냐, 그렇지 않아. 말할 수 없을 정도로 공허해. 더 이상 살아갈 이유가 없어졌어. (불안한 듯 일어서면서) 그래서 내가 살던 시골에서는 더 이상 버틸 수 없었지. 여기 도시에서 뭔가 열중할 수 있는 일을 찾아보는 게 좋을 것 같았어. 만일 운이 좋으면 고정적인 일자리를 찾을 수도 있겠지. 예를 들어 사무실에 취직하게 된다면…….

노라 하지만 크리스티네. 일을 한다는 게 얼마나 피곤한 건데. 넌 벌써 지쳐 있어. 잠시 훌쩍 떠나서 온천장 같은 곳에서 머무는 게 더 좋을 것 같아.

린데 부인 (창문 쪽으로 가면서) 난 여행 경비를 마련해 줄 아버지가 없어, 노라.

노라 (벌떡 일어서면서) 미안해, 언짢아하지 마!

린데 부인 노라, 너야말로 언짢아하지 마. 나 화 안 났어. 나 같은 처지의 사람들은 성격이 엇나가기 쉬워. 그게 가장 나빠. 더 이상 누군가를 위해 일할 필요도 없으면서 항상 기회를 잘 살펴야 해. 살기 위해선 이기적이 될 수밖에 없어. 조금 전 네게 사정이 나아졌다는 말을 들었을 때도, 난 네게서 뭔가를 얻어 낼 수 있다는 생각에 들떠 있었어.

노라 무슨 뜻이야? 그래, 이제 알겠다. 토르발이 널 위해 뭔가 해줄 수 있다는 생각이 든 거지?

린데 부인 그래, 내가 바라는 게 바로 그거야.

노라 꼭 그렇게 될 거야, 크리스티네! 나한테 맡겨 둬. 그이 마음에 들 만한 것을 생각해 내서 부탁할게. 널 위해 제대로 된 일거리를 찾아봐 달라고. 정말 널 도와주고 싶어.

린데 부인 노라, 정말 친절하구나. 나한테 이렇게까지 신경을 써주다니……. 산다는 게 얼마나 힘든 건지도 아직 모르면서, 나에게 이런 호의를 베풀다니 더 고마울 수밖에.

노라 모른다고? 내가?

린데 부인 (웃으며) 작은 바느질거리 같은 일에나 매달리고 있으니, 노라, 넌 아직 어린아이 같아.

노라 (머리를 곧추세우고 방을 가로질러 걸으며) 그렇게만 생각할 수는 없을걸.

린데 부인 왜?

노라 너도 다른 사람들과 똑같아. 모두들 어려운 일이 닥치면 내가 제대로 대처하지 못할 거라고 여기지.

린데 부인 내 말은…….

노라 난 한 번도 차갑고 냉정한 세상에 내팽개쳐진 적이 없다는 거지.

린데 부인 노라, 조금 전 네가 얼마나 어려운 일을 겪었는지 나에게 말했잖아.

노라 쳇! 그까짓 것! (은밀하게) 더 큰일은 아직 얘기하지 않았어.

린데 부인 큰일이라니? 무슨 뜻이지?

노라 크리스티네, 넌 날 얕잡아 보는데, 그렇게 생각하면 안 돼. 넌 어머니를 위해 3년 동안이나 열심히 일했다고 자랑하고 있어.

린데 부인 난 아무도 얕잡아 보지 않아. 하지만 자랑스러운 건 사실이야. 우리 어머니가 돌아가시기 전까지 편안하게 지내시도록 했으니까.

노라 그렇다면 동생들을 도와준 것도 마찬가지로 자랑스럽겠구나.

린데 부인 그럴 만하다고 생각해.

노라 그래, 나도 그랬어. 이제 내 말을 들어 봐, 크리스티네. 나도 자랑스러워할 일이 있단다.

린데 부인 물론이지. 그런데 무슨 일을 했다는 거야?

노라 목소리를 조금 낮추자. 토르발이 들으면 어쩌려고? 그 사람은 몰라야 돼. 이 세상 누구도 알면 안 돼. 너만 빼고.

린데 부인 무슨 일인데?

노라 이쪽으로 와봐. (린데 부인을 소파로 끌어당겨 나란히 앉는다) 들어 봐. 내가 무엇 때문에 자랑스럽고 뿌듯한지. 난 토르발의 생명을 구했어.

린데 부인 구해? 어떻게?

노라 이탈리아에 여행 갔던 얘기 했지? 거기 가지 않았으면, 토르발의 병은 낫지 않았을 거야.

린데 부인 그래, 네 아버지가 필요한 경비를 다 주셨지.

노라 (웃으며) 그래, 토르발과 모든 사람들이 그렇게 알고 있지. 하지만…….

린데 부인 하지만?

노라 아빠는 아무것도 해준 게 없어. 내가 직접 돈을 구했으니까.

린데 부인 네가? 굉장히 큰 돈인데.

노라 4천하고도 8백 크로네야. 뭐라고 말 좀 해보시지?

린데 부인 하지만 노라, 그게 가능한 일이니? 복권에라도 당첨된 거야?

노라 (거들먹거리면서) 복권? (콧방귀를 끼며) 그런 게 자랑거리가 되겠니?

린데 부인 그럼 도대체 어디서 구했어?

노라 (콧노래를 부르며 비밀스럽게 웃는다) 흠, 트랄라라라!

린데 부인 빌리지는 않았을 거 아냐?

노라 그래? 어째서?

린데 부인 부인은 남편 허락 없이는 돈을 빌려 쓸 수 없어.

노라 (머리를 끄떡이며) 맞아. 하지만 부인이 수완이 있고 사리에 밝은 여자라면…….

린데 부인 노라, 난 정말 이해할 수 없어…….

노라 이해할 필요 없어. 돈을 빌렸다고 말하지 않았으니까. 사실은 다른 방법으로 얻었을지도 모르지. (소파에 등을 기대며) 아마 날 쫓아다니는 사람으로부터. 나처럼 매력적이라면—

린데 부인 너 미쳤구나.

노라 어떻게 된 일인지 알고 싶지?

린데 부인 내 말 잘 들어, 노라. 어쨌든 바보 같은 짓은 안 한 거지?

노라 (다시 몸을 앞으로 일으켜 고쳐 앉으며) 남편의 생명을 구하는 게 바보 같은 짓이야?

린데 부인 남편 모르게 너 혼자 처리한다는 게 바보짓이지…….

노라 남편이 모든 것을 다 알 필요는 없어! 하느님 맙소사, 넌 이해 못 하는구나. 얼마나 위독한 상태였는지 그이에게 알릴 수도 없었어. 의사가 나에게 와서 그 사람 목숨이 위험하다는 거야. 남쪽 지방으로 여행을 떠나는 길만이 살길이라고. 처음에는 나도 그이를 설득하려고 했지. 다른 젊은 아내들처럼 외국 여행을 하면 얼마나 좋겠냐고 애원하고, 울기도 했어. 내가 처한 상황을 이해해 달라고, 내 뜻대로 하자고 했어. 돈을 빌리는 방법에 관해서도 이야기했지. 그이는 펄쩍 뛰더군, 크리스티네. 그 사람이 말하길, 내가 경솔하다는 거야. 줏대 없이 흔들리고 변덕이 심하다나. 날 그렇게 봤던 거야. 내 줏대 없음과 변덕을 들어주지 않는 게 남편의 의무라고 하더군. 그래, 난 어떻게 해서든 남편을 구해야만 한다고 생각했어. 목숨을 살려야 하니까. 그때 어떤 계획이 떠올랐지.

린데 부인 남편은 네가 마련한 돈이 아버지로부터 얻은 게 아니었다는 걸 알아채지 못했어?

노라 몰랐지. 아빠는 곧바로 돌아가셨으니까. 난 남편에겐 아무 말도 하지 않기로 했어. 그 사람은 병들어 누워 있었으니까. 그리고 곧 설명할 필요조차 없어졌지.

린데 부인 그래서 남편한테 여태껏 털어놓지 않았어?

노라 그럼, 말도 안 되지. 그런 생각을 어떻게 하니? 그 사람은 그런 일에 아주 엄격해. 게다가 만일 자기가 나에게 빚을 지고 있다는 걸 알면, 치욕스러운 일이라고 여길 거야. 어쩌면 우리 두 사람 사이의 관계도 엉망진창이 돼버릴지도 몰라. 그렇게 되면 우리들의 아름다운 생활도, 행복한 가정도 다 끝나 버리고 말겠지.

린데 부인 그래서 넌 절대 털어놓지 않을 작정이야?

노라 (생각에 잠긴 듯이 미소 지으며) 그래, 언젠가 내 모습이 더 이상 눈 뜨고 못 볼 지경이 되면 모를까. 웃지 마! 내 말은 지금처럼 토르발이 나를 사랑하지 않을 대쯤……. 내가 그 사람을 위해 춤추고 옷을 차려입고 노려해도 그 사람이 더 이상 관심을 보이지 않는다면, 그때는 현명하게 과거를 되돌아볼 수 있겠지. 적당한 때가 될 거야. (잠시 멈추었다가) 입, 입, 입을 다물어야지! 그런 일은 절대 없을 거야. 크리스티네, 내 비밀에 대해 어떻게 생각해? 내가 아무것도 못할 줄 알았지? 너도 알다시피, 나에겐 정말 큰일이었거든. 제때 돈을 갚는다는 게 쉬운 일은 아니었어. 되는대로 여기저기서 돈을 긁어모아야만 했지. 가계부에서 돈을 빼내기도 어려웠어. 토르발이 고상하게 살기를 원했기 때문에 아이들 옷 사는 것도 줄일 수 없었지. 돈이 좀 생기면 아이들을 위해 써버렸어. 천사 같은 아이들!

린데 부인 불쌍한 노라! 그래서 네 용돈까지 다 써버렸어?

노라 그럼, 물론이지. 아무래도 돈 문제는 나 혼자 책임져야 했으니까. 토르발이 나에게 새 옷을 사라고, 혹은 어떤 이유로든 돈을 주면 난 절반만 쓰고 나머지는 모아 뒀어. 언제나 평범하고 싼 옷들만 샀지. 다행히도 난 아무 옷이나 다 잘 어울려서 토르발은 전혀 눈치채지 못했어. 가끔은 슬퍼질 때가 있었어, 크리스티네. 옷을 잘 차려입으면 기분이 좋아지잖아, 그렇지 않니?

린데 부인 그렇지.

노라 난 또 다른 방법으로도 돈을 모았지. 지난겨울, 정말 운 좋게도 난 다른 사람이 써놓은 글을 그대로 베껴 쓰는 일거리를 맡았어. 그래서 매일 밤 문을 걸어 잠그고 늦은 시간까지 남의 글을 대신 썼지. 아, 그땐 정말 피곤했어. 지쳤지. 그래도 앉아서 일하고 돈을 번다는 게 무척 즐거웠어. 마치 내가 남자가 된 것 같았어.

린데 부인 그렇게 해서 얼마나 갚았는데?

노라 정확히 말할 수 없어. 이런 금전 관계는 너무 복잡해서 난 잘 모르겠거든. 하지만 분명한 건 어디서든 최대한 긁어모아서 갚아 왔다는 거지. 막막할 때도 많았어. (웃으며) 그럴 때면 난 여기 앉아서 가끔 돈 많은 늙은이가 나를 사랑하게 되는 상상을 했어.

린데 부인 뭐라고? 어떤 남자가?

노라 들어 봐! 그러고는 그 남자가 곧바로 죽는 거야. 사람들이 유언장을 읽겠지. 거기 큰 글씨로 이렇게 써 있는 거야. 〈나의 모든 재산을 현금으로, 사랑스러운 노라 헬메르 부인에게 즉시 지급하라.〉

린데 부인 그렇지만 노라, 그 사람이 누구야?

노라 하느님 맙소사, 아직도 모르겠니? 그런 사람은 절대 없어. 어떻게든 돈을 마련할 궁리가 없으면, 여기 앉아서 그저 한번 상상해 보는 거야. 하지만 이제 따분한 늙은이 따위는 어디서 와서 어디로 가든 아무 상관도 없어. 난 이제 부자 늙은이나 유언장 같은 건 필요 없다고. 왜냐하면 내 문제는 이제 해결됐으니까. (벌떡 일어나) 오, 하느님, 생각만 해도 너무 멋진 일이야, 크리스티네! 이제 걱정거리가 없어! 자유로워졌어, 완전한 자유라고! 아이들과 함께 뛰놀고, 집을 깨끗하고 아름답게 꾸미고, 토르발이 좋아하는 대로 살아가면 돼! 곧 봄이 오고 파란 하늘을 보게 되겠지. 아마 여행도 갈 수 있을 거야. 어쩌면 다시 바다를 보게 될지도 몰라. 그래, 행복할 때, 인생은 정말 멋져!

초인종 소리가 들린다.

린데 부인 (일어서며) 이제 가야 할 것 같아.

노라 아냐, 그냥 있어. 날 찾아올 사람은 없어. 아마 토르발을 찾을 거야.

하녀 (복도 쪽 문에서) 실례합니다, 마님. 어떤 남자분이 오셨는데요. 변호사님께 드릴 말씀이 있다고 하십시다.

노라 은행장님을 뵙자는 거겠지.
하녀 예, 하지만 의사 선생님이 안에 계셔서…….
노라 어떤 분이시래?
크로그스타 (복도에서) 접니다, 헬메르 부인.

린데 부인이 놀라며 창문 쪽으로 몸을 돌린다.

노라 (크로그스타 쪽으로 몇 걸음 가면서 긴장한 듯 낮은 목소리로) 무슨 일이죠? 남편과 무슨 얘기를 하고 싶으신 거죠?
크로그스타 은행 일입니다. 사소한 일이죠. 전 은행의 하급 직원이고, 듣기로는 남편분이 은행의 새로운 책임자가 되셨다기에.
노라 그래서…….
크로그스타 사업적인 업무입니다, 헬메르 부인. 별로 대단한 일은 아닙니다.
노라 그렇다면 서재로 가보시겠어요?

그녀는 무관심하게 고개를 끄덕여 인사하고는 복도 문을 닫는다. 그러고는 난롯가로 가서 불을 살펴본다.

린데 부인 노라, 지금 그 남자는 누구야?
노라 크로그스타라는 이름의 변호사야.
린데 부인 그래, 역시 그 사람이었구나.

노라 그를 알아?

린데 부인 예전에. 오래전이지만, 얼마간 내가 살던 지역의 법원 서기로 일했거든.

노라 그래, 맞아. 그랬지.

린데 부인 정말 많이 변했네.

노라 아주 불행한 결혼 생활을 했다던데.

린데 부인 지금은 홀아비야?

노라 아이들이 몇 명 있는 것 같던데. 됐다, 이제 불이 붙었어. (그녀는 난로 문을 닫고 흔들의자를 옆으로 민다)

린데 부인 사람들 얘기로는 그 사람, 여러 가지 일에 손을 대고 있다고 하던데.

노라 그래? 아마 그럴지도. 난 잘 몰라. 이제 그 사람 얘기는 그만두자. 지루해!

랑크 박사가 헬메르의 서재에서 나온다.

랑크 (아직 복도에서) 아니, 아니야, 토르발. 방해하고 싶지 않아. 부인과 잠깐 얘기를 나누고 곧 갈 거야. (문을 닫은 후 린데 부인이 있음을 알아챈다) 죄송합니다. 여기서도 방해가 됐군요.

노라 그런 말씀 마세요. (그에게 소개하며) 랑크 박사님, 여긴 린데 부인이에요.

랑크 아하! 이 집에서 여러 번 들었던 성함이군요. 아까 도착했을 때 계단에서 마주쳤던 것 같은데요.

린데 부인 네, 전 계단을 천천히 올라야 해서요. 좀 힘이 들거든요.

랑크 아하, 어디가 불편하신가요?

린데 부인 아마 일을 너무 많이 해서 그럴 거예요.

랑크 다른 증세는 없고요? 기분 전환을 위해 휴가차 이곳을 찾아오신 것 같은데.

린데 부인 일자리를 찾고 있어요.

랑크 일자리가 과로를 치료하는 처방일까요?

린데 부인 아무리 피곤해도 목숨이 붙어 있으니 일을 해야죠, 의사 선생님.

랑크 그렇죠, 보통 그렇다고 생각하죠.

노라 랑크 박사님, 선생님도 남들처럼 오래 살고 싶으시잖아요.

랑크 그럼요, 살고 싶죠. 비참하게라도, 고통을 짊어지고라도 가능한 한 오래 살고 싶죠. 환자들도 다 마찬가지예요. 도덕적으로 문제가 있는 환자도 마찬가지죠. 바로 저기, 헬데르의 서재에 지금 그 비슷한 인간 망종이 있어요.

린데 부인 (낮게) 아······.

노라 누구 말씀이신지?

랑크 크로그스타라는 사람이죠. 전혀 모르실 거예요, 부인. 저 사람은 정신 상태가 글렀어요. 그래도 사는 게 아주 중요하다는 듯이 말을 한단 말입니다.

노라 토르발에게 무슨 얘길 하려는 걸까요?

랑크 확실한 건 나도 모르죠. 내가 들은 건 은행과 관련한 것뿐이니까.

노라 무슨 소린지 모르겠어요. 그러니까 크로그…… 크로그스타라는 저 변호사가 은행 관련 사람이라는 거군요.

랑크 그렇죠, 거기 말단 직원이죠. (린데 부인에게) 혹시 부인이 계셨던 지역에서는 도덕적인 문제를 추궁하는, 그러니까 도덕적 타락에 대해 철저하게 조사해서 그런 자를 찾아내면 더 훌륭하고 수입이 좋은 일자리에 박아 놓고 계속 감시하는, 그런 일들이 있는지 모르겠네요. 결국 건전하고 선량한 사람들은 따돌림을 받게 되지요.

린데 부인 그런 사람들이야말로 가둬 두고 치료해야 할 환자들이라고 하면서 말이죠?

랑크 (어깨를 으쓱하며) 바로 그렇습니다. 이 세상을 모두 병실로 만들어 버리는 철학이죠.

노라, 혼자 생각에 빠졌다가 손뼉을 치며 조용히 웃기 시작한다.

랑크 왜 웃죠? 이 세상에 어떤 사람들이 살고 있는지 알아요?

노라 바보 같은 구닥다리 사회에는 관심 없어요. 난 다른 생각이 나서 웃었어요. 아주 우스워요. 말해 봐요, 랑크 박사님. 이제 은행에서 일하는 모든 사람들이 다 토르발의 부하가 되는 건가요?

랑크 그게 그렇게 즐거워요?

노라 (웃으며 콧노래를 부른다) 신경 쓰지 마세요! (방안을 거닐며) 그래요. 우리가, 토르발이 그렇게 많은 사람들을 거느리고 마음대로 조종할 수 있다는 게 너무너무 즐거워요. (주머니에서 봉지를 꺼내며) 랑크 박사님, 마카롱 드실래요?

랑크 아하! 마카롱! 이 집에선 금지된 걸로 아는데.

노라 맞아요. 이건 크리스티네가 준 거예요.

린데 부인 뭐라고, 내가?

노라 그래그래, 놀라지 마. 넌 토르발이 이걸 먹지 못하게 한 줄 몰랐잖아? 이걸 먹으면 이빨이 썩는다고 토르발이 걱정하는 걸 아시죠? 그래도, 치……. 한 번쯤이야. 그렇지 않나요? 여기 있어요! (마카롱을 의사의 입에 집어넣는다) 크리스티네, 너도 먹어. 나도 하나 더 먹어야지. 딱 하나만. 아니 두 개까지만. (다시 걷기 시작하면서) 그래요, 지금 나는 어마어마하게 행복해요. 이제 하고 싶은 일이 마지막으로 딱 하나 남았어요.

랑크 오, 그게 뭐죠?

노라 토르발 앞에서 말하고 싶어요.

랑크 말하면 되잖아요?

노라 엄두가 나지 않아요. 너무 끔찍해서.

린데 부인 끔찍해?

랑크 자, 그럼 말하지 않는 게 좋겠군요. 그래도 여긴 우리들만 있는데……. 꼭 토르발 앞에서만 말하고 싶은 건가요?

노라 난 이렇게 말하고 싶어요. 〈모두 지옥으로 꺼져 버려!〉

랑크 제정신으로 하는 말인가요?

린데 부인 노라, 정신 차려.

랑크 자, 다시 한 번 말해 보세요. 토르발이 왔어요.

노라 (마카롱 봉지를 감추며) 쉿, 쉿, 쉿!

헬메르가 서재에서 나온다. 손에는 모자를 들었고, 팔에는 외투를 걸쳤다.

노라 여보, 손님하고 같이 나가실 거예요?

헬메르 아냐, 손님은 방금 떠났어.

노라 소개할게요. 이쪽은 크리스티네. 오늘 도착했어요.

헬메르 크리스티네라……. 기억이 가물가물하네요. 죄송합니다.

노라 토르발, 린데 부인이에요. 크리스티네 린데.

헬메르 그래요! 집사람의 학교 때 친구죠?

린데 부인 네, 우린 오래전부터 서로 알고 지냈죠.

노라 잠깐만. 크리스티네는 당신에게 할 얘기가 있어서 아주 먼 길을 왔어요.

헬메르 무슨 얘기죠?

린데 부인 사실은 그게 아니라—

노라 여보, 크리스티네는 사무실 근무에 아주 익숙해요. 또 능력 있는 사람 밑에서 뭔가 배울 수 있는 자리를 잡기를 간절히 원하고, 더구나—

헬메르 훌륭한 생각이네요, 린데 부인.

노라 그래서 신문에 다 있는 인사 발령 소식을 통해 당신이 은행장이 됐다는 걸 알고, 한달음에 여기 왔어요. 토르발, 우리가 크리스티네에게 뭔가 해줄 수 있을 거예요, 그렇죠?

헬메르 아주 불가능한 일은 아니지. 근데 아마 혼자되신 것 같은데?

린데 부인 네.

헬메르 사무실에서 일해 보신 경험은 있나요?

린데 부인 네, 꽤 오래요.

헬메르 그렇다면 자리를 만들어 드릴 수도 있을 것 같군요.

노라 (손뼉을 치면서) 들었지, 들었지?

헬메르 때마침 잘 오셨습니다, 린데 부인.

린데 부인 어떻게 감사드려야 할지…….

헬메르 괜찮습니다. (코트를 걸치며) 하지만 오늘은 일이 있어서, 먼저 실례해야겠습니다.

랑크 잠깐, 나도 같이 가세.

랑크가 털외투를 복도에서 가지고 나와 난로에 덥힌다.

노라 일찍 돌아오세요, 여보.

헬메르 1시간 정도면 될 거야. 더 걸리진 않아.

노라 크리스티네, 너도 갈 거니?

린데 부인 (바깥으로 나갈 준비를 하면서) 그래, 이제 지낼 곳을 알아봐야지.

헬메르 그렇다면 함께 나가면 되겠군요.

노라 (크리스티네를 도와주면서) 여긴 너와 같이 지내기에는 너무 좁아서…….
린데 부인 괜찮아! 잘 있어, 노라. 여러 가지로 고마워.
노라 또 보자. 오늘 밤에 다시 올 거지? 의사 선생님도요. 뭐라고요? 기분이 좋아지면 오시겠다고요? 물론 좋아지겠죠. 따뜻하게 옷으로 잘 감싸세요.

모두들 복도로 나간다. 계단에서 아이들의 목소리가 들린다.

노라 아이들이다! 애들아!

앞에 있는 문으로 달려가 문을 연다. 유모 안네 마리가 아이들과 함께 들어온다.

노라 어서 들어와! (무릎을 굽혀 아이들을 껴안고 입을 맞춘다) 오, 귀여운 내 아이들! 봐, 크리스티네. 사랑스럽지?
랑크 차가운 바람이 부는 이곳에 서서 얘기하지 맙시다!
헬메르 갑시다, 린데 부인. 이제 이곳은 아이들 엄마를 제외하고는 아무도 견디지 못하는 곳이 될 겁니다.

랑크 박사, 헬메르, 린데 부인이 계단을 내려간다. 유모는 아이들을 거실로 데려간다. 노라는 복도로 향한 문을 닫고 들어온다.

노라 오늘은 아주 깨끗하고 건강해 보이는구나! 두 뺨이 빨개졌네! 빨간 사과, 빨간 장미 같아. (대사를 하는 동안 아이들은 계속 떠든다) 재미있었어? 정말 대단하구나. 정말? 에뮈와 보브를 썰매에 태우고 끌었어? 둘이나! 아이고 착해라. 이바르, 넌 정말 똑똑해. 여기, 안네 마리, 내가 잠깐 안고 있을게. 인형처럼 예쁜 우리 아기! (안네 마리로부터 막내 아이를 받아 안고는 아이와 함께 춤춘다) 그래그래, 엄마가 보브와 함께 춤을 출 거야. 눈싸움? 오, 엄마도 같이 있었어야 했는데! 아냐, 괴롭히면 안 돼. 안네 마리, 내가 직접 아이들 옷을 벗겨 줄게. 그렇게 하고 싶어. 아주 재미있거든. 안네 마리, 온몸이 꽁꽁 얼었네. 들어가 잠깐 쉬도록 해. 난로 위에 따뜻한 커피가 있으니 마셔. (안네 마리는 왼쪽에 있는 방으로 간다. 노라는 세 아이가 동시에 얘기하는 동안 아이들의 외출복을 벗겨서 주변에 던져 놓는다) 그랬어? 그렇게 큰 개가 널 뒤쫓아 왔어? 물진 않았지? 아녜요, 이렇게 예쁜 인형 같은 아기는 절대 깨물지 않아요. 그 포장을 들여다보면 안 돼, 이바르! 뭐가 들었을까? 알고 싶지 않니? 아녜요, 그건 무서운 거예요! 그래? 놀이를 하고 싶어? 무슨 놀이를 할까? 숨바꼭질? 그래, 숨바꼭질하자. 보브가 먼저 숨어. 내가? 그래, 그럼 내가 먼저 숨는다.

아이들과 웃고 소리 지르며 숨바꼭질 놀이를 한다. 거실과 옆에 있는 방에 불을 밝히고 나서 노라는 테이블 밑에 숨는다. 아이들이 몰려나와 여기저기 뒤져 보지만 찾지 못한다. 그러다가 엄마가 숨죽여 키득거리는 소리를 듣고 테이블로 달려가 테이블보를 뒤집어 엄마를 찾아낸다. 커다란 함성. 노라는 기어 나와 아이들을 놀래는 척한다. 또다시 함성이 터진다. 잠시 후, 현관문을 두드리는 소리가 들린다. 무대 위에서는 아무도 듣지 못한다. 문이 반쯤 열리고 크로그스타가 나타난다. 숨바꼭질 놀이가 계속되는 동안 그는 잠깐 기다린다.

크로그스타 실례합니다, 헬메르 부인.
노라 (돌아보다가 숨죽인 비명을 지르며) 아! 여기서 뭐하시는 거죠?
크로그스타 죄송합니다. 현관문이 열려 있어서요……. 누군가 잠그는 걸 잊어버렸나 봐요.
노라 (일어서며) 남편은 지금 안 계시는데요, 크로그스타 씨.
크로그스타 알고 있습니다.
노라 그렇다면, 어떻게 오신 거죠?
크로그스타 부인께 드릴 말씀이 있어서…….
노라 나에게? (아이들에게 조용히 이른다) 안네 마리한테 가 보거라. 아냐, 이 낯선 아저씨는 엄마를 해치려는 게 아냐. 이분이 가시면 다시 함께 놀자. (아이들을 왼쪽에 있는 방으로 데려다 주고 문을 닫는다. 그러고 나서 긴장한 듯 불안하게) 제게 할 말이 있다고 하셨나요?
크로그스타 그렇습니다.
노라 오늘? 하지만 초하루가 아니잖아요…….

크로그스타 그렇죠. 오늘은 성탄 전야입니다. 성탄절을 어떻게 보내실지는 모두 다 부인에게 달려 있습니다.

노라 뭘 원하시는 거죠? 오늘은 어떻게 해드릴 수가——

크로그스타 지금 그 문제를 말씀드리고자 하는 게 아닙니다. 다른 문제예요. 잠깐 시간 좀 내실 수 있나요?

노라 그래요, 알았어요. 하지만…….

크로그스타 좋아요. 난 길 건너편에 있는 올센의 카페에 있었어요. 남편분이 나가시는 걸 봤죠.

노라 그랬군요.

크로그스타 어떤 여자분과.

노라 그래서요?

크로그스타 이렇게 말씀드리면 예의가 아닐지 모르겠습니다만, 그분 혹시 린데 부인 아니신지요?

노라 맞아요.

크로그스타 오늘 여기 도착했나요?

노라 그래요, 오늘.

크로그스타 부인하고는 잘 아시나요?

노라 그래요, 친구죠. 하지만 오랫동안…….

크로그스타 저도 그분을 예전부터 알고 지냈습니다.

노라 알고 있어요.

크로그스타 그래요? 부인은 모든 걸 알고 계시는군요. 내가 생각했던 그대로예요. 좋아요. 그러면 이제 본론으로 들어가겠습니다. 린데 부인이 은행에서 일자리를 얻게 되나요?

노라 이렇게 나에게 슬쩍 떠보듯 질문할 수 있나요, 크로그스타 씨? 당신은 단지 내 남편이 고용한 사람들 가운데 하나일 뿐이죠? 하지만 질문하셨으니 대답하지요. 그래요, 린데 부인은 직장을 얻었어요. 내가 거들었죠. 크로그스타 씨, 이제 됐나요?

크로그스타 예상했던 대로군요.

노라 (방 안을 오락가락하면서) 오, 이제 저도 조금이나마 영향력을 행사한다고 말할 수 있겠네요. 내가 여자라고 해서 그렇게 못 할 거라고 생각하지 마세요. 크로그스타 씨, 남 밑에서 일하는 사람들은 보다 높은 지의에 있는 사람들을 조심스러워해야 하는 것 아닌—

크로그스타 누군가에게 영향력을 미칠 수 있다는 거죠?

노라 그래요.

크로그스타 (말투를 바꿔서) 헬메르 부인, 제게 힘을 좀 써주시면 안 될까요?

노라 뭐라고요? 그게 무슨 뜻이죠?

크로그스타 은행에서 내 하찮은 자리라도 유지할 수 있도록 부탁을 드려도 될까요?

노라 무슨 소리예요? 누가 당신을 은행에서 허고하겠다고 했나요?

크로그스타 아무것도 모르는 척하지 마세요. 부인의 친구가 나와 다시는 마주치지 않으려 한다는 걸 너무나 잘 알고 있으니까요. 그리고 누구 때문에 날 쫓아내려고 하는지도 다 알고 있어요.

노라 맹세하건대—

크로그스타 그래요, 그래. 자, 이렇게 하시죠. 아직 시간이 있으니까 부인의 영향력을 행사해서 대책을 세워 주시길 부탁합니다.

노라 그렇지만 크로그스타 씨, 난 아무런 권한이 없어요.

크로그스타 없다고요? 조금 전에는 있다고 말씀하셨던 것 같은데요.

노라 그런 뜻으로 얘기한 게 아녜요. 당신은 내가 이런 일로 내 남편에게 영향을 미칠 수 있다고 생각하셨나요?

크로그스타 난 부인의 남편을 학교 때부터 알고 지냈어요. 그리고 다른 결혼한 남자들과 비교했을 때, 우리 은행장님이 특별히 흔들림 없는 분은 아니시라는 것도 알아요.

노라 남편을 그렇게 말씀하실 거라면, 당장 이 집에서 나가 주세요.

크로그스타 정말 용기가 대단하시군요.

노라 더 이상 당신이 두렵지 않아요. 새해가 되면 모든 걸 다 정리할 거예요.

크로그스타 (침착하게) 헬메르 부인, 이제 말씀드리죠. 만일 필요하다면, 난 은행에서의 자리를 지키기 위해 죽음을 각오하고 싸울 겁니다.

노라 네, 그러셔야겠네요.

크로그스타 단순히 돈 문제만은 아닙니다. 은행에서 받는 돈은 대수롭지 않습니다. 다른 문제가 있어요. 그래요, 물론 당신도 아시겠지만, 몇 년 전 나는 분별없이 행동하다가 사고를 쳤습니다.

노라 어디선가 그런 얘길 들은 것 같군요.

크로그스타 그 일로 재판을 받진 않았지만, 앞길이 막혔습니다. 그래서 난 부인도 알고 있는 그 일에 손을 대야만 했습니다. 어떻게 해서든 일을 찾아야만 했으니까요. 적어도 최고 악질은 아니었다는 거죠. 하지만 이젠 모든 걸 그만두고 싶습니다. 내 아이들이 커가니까요. 그 애들을 위해서라도 내가 사는 사회에서 가능한 한 명예를 되찾고 싶다는 생각이 들었습니다. 은행에서의 제 자리는 그 사다리의 첫 번째 단계와도 같은 것이죠. 그런데 이제 와서 부인의 남편이 나를 사다리에서 걷어차 다시 진흙 구덩이에 빠뜨리고 싶어 해요.

노라 그렇지만 크로그스타 씨, 난 당신을 도울 만한 힘이 없어요.

크로그스타 부인이 그렇게 할 생각이 없기 때문이죠. 그래서 난 부인에게 강요할 생각입니다.

노라 내가 당신으로부터 돈을 빌렸다는 말을 남편에게 하려는 건 아니죠?

크로그스타 만일 이미 말씀드렸다면 어쩌시겠어요?

노라 정말 치욕스럽군요. (울음이 터져 나와 숨이 막힐 듯) 난 자부심과 기쁨을 느끼며 비밀을 지켜 왔는데, 만일 남편이 당신 같은 불한당을 통해 이런 끔찍한 방법으로 그 사실을 알게 된다면……. 당신은 도저히 믿을 수 없을 만큼 불쾌한 상황으로 날 몰아가고 있군요.

크로그스타 단순히 불쾌할 뿐일까요?

노라 (맹렬하게) 그렇게 해보세요! 당신에겐 더 나쁜 일이 닥칠 테니까. 왜냐하면 내 남편은 이제 정말 당신이 어떤 사람인지 분명히 알게 될 테니까요. 그리고 당신은 은행에서 쫓겨나게 될 거예요.

크로그스타 그렇다면 한 가지만 묻죠. 부인이 두려워했던 것은 단지 가정의 불화뿐인가요?

노라 만일 남편이 그 사실을 알게 된다면, 물론 남은 빚을 즉시 다 갚아 줄 거예요. 그렇게 되면 당신과 아무 상관도 없는 일이 되겠죠.

크로그스타 (한 발짝 다가가며) 제 말을 잘 들어 보세요. 부인께서는 기억을 잘못하고 계시거나 금전 거래를 제대로 이해하지 못하시는 것 같군요. 당시 상황을 좀 더 정확히 알려 드리죠.

노라 무슨 뜻이죠?

크로그스타 남편 분이 병들었을 때, 4천8백 크로네 때문에 제게 오셨죠.

노라 돈을 빌릴 사람을 찾을 수 없었기 때문이죠.

크로그스타 전 빌려 드리겠다고 했고요.

노라 그랬죠.

크로그스타 돈을 빌려 주는 대신 몇 가지 조건을 분명히 했어요. 당시 당신은 병든 남편에게 모든 신경을 쏟고 있었기 때문에 자세한 내용을 살펴보지 않았던 거죠. 그래서 지금 분명히 알려 드리려는 겁니다. 자, 난 내가 직접 만든 차용증에 근거해서 당신에게 돈을 빌려 줬습니다.

노라 그래요. 나도 서명을 했죠.

크로그스타 아주 좋습니다. 그렇지만 당신의 서명 밑에 당신 아버님을 보증인으로 세우라는 글을 덧붙였습니다. 당신 아버님도 차용증에 서명하도록 했고요.

노라 서명하도록 했다니요? 아빠가 거기에 서명을 했죠.

크로그스타 날짜는 빈칸으로 남겨 뒀죠. 당신 아버님이 서명하실 때 날짜를 기록하실 수 있도록. 기억하고 계세요?

노라 그래요, 그런 것 같군요……

크로그스타 그리고 난 당신이 아버님께 우편으로 보낼 수 있도록 차용증을 넘겨 드렸습니다. 이렇게 일이 진행되지 않았나요?

노라 그래요.

크로그스타 물론 당신은 곧장 그렇게 했죠. 닷새가 엿새 정도 뒤에 당신은 아버님의 서명이 담긴 차용증을 제게 되돌려 줬어요. 그렇게 당신은 돈을 빌렸죠.

노라 그렇다면 뭐가 문제죠? 내가 납입해야 할 날짜를 지키지 않았나요?

크로그스타 네, 거의 잘 지키셨죠. 그렇지만 다시 조금 전 이야기로 되돌아가겠습니다. 당신으로서는 정말 힘든 시절이었죠, 그렇지 않나요, 헬메르 부인?

노라 그래요, 그랬죠.

크로그스타 내가 알기로는 아버님도 상당히 편찮으셨는데.

노라 거의 돌아가시기 직전이었죠.

크로그스타 곧 돌아가셨죠?

노라 네.

크로그스타 말해 보세요, 헬메르 부인. 아버님이 돌아가신 날을 기억하세요? 몇 월 며칠이었는지요.

노라 아빠는, 그러니까 9월 29일에 돌아가셨어요.

크로그스타 정확하게 맞히셨습니다. 이미 조사해 확인했죠. 그런데 좀 이상한 점이 있네요. (서류 한 장을 꺼낸다) 저로선 설명할 수 없지만……

노라 이상한 점이라뇨? 도저히 이해할 수가 없네요.

크로그스타 이상하군요, 헬메르 부인. 당신 아버님이 보증을 서기 위해 서명하신 날짜는 돌아가시고 사흘이 지난 다음입니다.

노라 뭐라고요? 그게 무슨 소리——

크로그스타 당신 아버님은 9월 29일에 돌아가셨습니다. 그렇지만 여길 보십시오. 여기 아버님이 서명하신 날짜는 10월 2일입니다. 이상하지 않은가요, 헬메르 부인? (노라는 침묵을 지킨다) 해명해 주실 수 있으세요? (노라는 침묵을 지킨 채 가만히 있다) 여기 명백한 증거가 하나 더 있습니다. 10월 2일이란 날짜와 해당 연도를 쓴 글씨는 내가 알고 있는 당신 아버님의 필체와 다릅니다. 이제 이렇게 설명할 수 있겠군요. 당신 아버님이 서명한 후 날짜를 써 넣는 것을 잊어버려서, 누군가 아버님이 돌아가신 날짜도 모르고 부주의하게 날짜를 대신 써넣었을지 모르죠. 그런데 정말 중요한 문제는 서명입니다. 이 서명은 진짜겠죠?

그렇지 않나요, 헬메르 부인? 정말 당신 아버님이 직접 자신의 이름으로 서명했습니까?

노라 (짧은 침묵이 흐른 다음, 머리를 뒤로 돌려 크로그스타를 뚫어져라 쳐다보면서) 아뇨, 그렇지 않아요. 내가 아빠의 이름으로 서명했어요.

크로그스타 헬메르 부인, 그 말씀이 위험한 자백이 된다는 걸 알고 계세요?

노라 왜요? 당신은 이미 빌려 준 돈을 거의 다 받았어요.

크로그스타 한 가지만 물어볼게요. 왜 차용증을 아버님께 보내 드리지 않았던 거죠?

노라 그럴 수 없었어요. 아빠의 병은 매우 심각했으니까요. 만일 아빠에게 서명을 부탁하려면, 돈을 어디에 써야 하는지 말해야 하죠. 그때 아빠의 상태로는, 그런 말을 견딜 수 없었을 거예요. 남편이 죽어 간다고 말한다는 건 그때 상황에서는 불가능했죠.

크로그스타 그렇다면 여행을 포기하는 게 더 좋은 방법이 아니었을까요?

노라 그것도 역시 불가능했어요. 남편의 목숨을 구하기 위한 여행인데, 그걸 포기할 수는 없죠.

크로그스타 하지만 나에게 위조 서류를 보낸다는 죄책감은 들지 않으셨나요?

노라 난 그렇게 생각하지 않았어요. 당신에 대해선 전혀 걱정하지 않았어요. 당신은 날 정말 견디기 힘들게 했어요. 남편이 그렇게 위중한 상황이라는 사실을 너무나 잘 알고 있었으면서도 매몰차게도 하찮은 형식만 고집했으니까요.

크로그스타 헬메르 부인, 당신이 어떤 일을 저질렀는지 정확히 모르시네요. 그렇다면 제 얘기를 들려 드리죠. 나도 한때 지금 이 경우보다 더하지도 덜하지도 않은 똑같은 일에 말려들었지요. 그런데도 난 결국 그 일로 인해 평판을 망치고 말았어요.

노라 당신이? 당신이 부인을 구하기 위해 모든 위험을 감수했다는 말인가요?

크로그스타 법은 개인적인 동기에 관해서는 아무것도 묻지 않습니다.

노라 그렇다면 그건 아주 나쁜 법이군요.

크로그스타 나쁘건 나쁘지 않건, 만일 내가 이 차용증을 법원에 제출하면, 당신은 법에 따라 처벌될 겁니다.

노라 믿을 수 없어요. 죽어 가는 아빠를 위해 딸이 불안과 근심을 덜어 줄 권리도 없나요? 아내가 남편의 목숨을 구할 권리를 가져서는 안 된다는 건가요? 난 법을 잘 모르지만, 어디에선가는 이런 일을 허용할 거라고 확신해요. 변호사인 당신이 그걸 모르는군요. 크로그스타 씨, 당신은 정말 아주 나쁜 변호사예요.

크로그스타 그럴지도 모르죠. 하지만 우리 두 사람이 관련된 이 일에 관해서만은 아주 잘 알고 있다는 것을 당신도 아실 겁니다. 아무튼 좋습니다. 원하시는 대로 하세요. 하지만 만일 날 쫓아내려고 하신다면, 난 당신을 끌고 들어갈 겁니다. (인사를 건네고 현관 쪽 문으로 나간다)

노라 (잠시 동안 멍하니 서 있다가 정신을 차리고 고개를 끄떡인다) 말도 안 돼! 날 협박하려는 거야! 그렇게 만만하진 않을걸. (아이들의 외출복을 정리하다가 곧 멈춘다) 그렇지만……. 아냐, 그럴 리 없어. 난 사랑했기 때문에 그랬어.

아이들 (왼쪽 복도에서) 엄마, 그 아저씨 막 대문을 나갔어.

노라 그래, 알고 있어요. 저 아저씨 얘기는 아무에게도 하지 마. 알아들었지? 아빠한테도 하면 안 된다.

아이들 안 할게, 엄마. 이제 다시 엄마랑 놀아도 돼?

노라 아냐, 아냐. 지금은 안 돼.

아이들 아까 엄마가 약속했는데.

노라 그래, 하지만 지금은 안 돼. 안으로 들어가라. 할 일이 너무 많아요. 안으로 들어가, 착하지, 예쁜 아이들. (아이들을 조심스럽게 방으로 들어가게 하고 문을 닫는다. 소파에 앉아 수놓을 거리를 들고는 몇 바늘 수를 놓다가 갑자기 멈춘다) 헬레네! 크리스마스트리를 이쪽으로 가져와. (테이블로 가서 왼쪽 서랍을 연다. 잠시 사이를 두고) 아냐, 절대 그럴 리 없어!

하녀 (크리스마스트리로 쓸 가문비나무를 들고 들어오며) 어디에 놓을까요, 마님?

노라 저기……. 방 가운데.

하녀 가져올 게 더 있나요?

노라 없어, 고마워. 필요하면 부를게.

하녀는 가문비나무를 가운데로 옮겨 놓고 밖으로 나간다.

노라 (분주하게 나무를 장식하면서) 촛불은 여기, 꽃은 여기에……. 정말 끔찍한 인간이야! 아무것도 아냐. 말 뿐이야. 단지 그렇다는 얘기겠지. 아무 일도 일어나지 않을 거야. 크리스마스트리를 아름답게 꾸며야지. 토르발, 난 당신이 원한다면 어떤 일이라도 다 할 거예요. 노래 부르고, 춤추고…….

헬메르가 서류 뭉치를 겨드랑이에 끼고 복도에서 들어온다.

노라 벌써 돌아오셨어요?
헬메르 그래, 누가 여기 왔었어?
노라 여기? 아뇨.
헬메르 이상하군. 크로그스타가 나가는 걸 봤는데.
노라 오, 그래요. 크로그스타가 여기 잠깐 있었어요.
헬메르 노라, 그 사람이 나에게 잘 부탁한다는 말을 남겼다고 당신 눈에 써 있는데.
노라 그렇군요.
헬메르 당신 스스로 해본 생각이었던 것처럼 꾸미려는 거였겠지? 그래서 그가 여기 오지 않았던 것처럼 하는 게 좋겠다고…….
노라 그래요, 토르발. 하지만…….
헬메르 노라, 노라, 그렇게까지 해야겠어? 그런 인간과 이야기하고 약속을 해? 더구나 그 모든 걸 나한테 숨기고!
노라 숨겨요?

헬메르 아무도 오지 않았다고 했잖아? (손가락을 흔들며) 내 노래하는 작은 새는 이제 다시는 그러면 안 돼요. (허리를 끌어안으며) 꼭 그렇게 해야만 했어? 그래, 물론 그럴 수 있어. 이제 더 이상 그 얘기는 하지 말자. (난롯가에 앉으며) 아, 여긴 깔끔하고 편안하군. (서류를 넘긴다)

노라 (나무에 장식을 하며, 잠깐 사이를 두고) 토르발!

헬메르 왜?

노라 내일모레 스텐보르그 씨 댁에서 있을 파티가 엄청나게 기다려져요.

헬메르 난 당신이 어떤 선물로 날 놀라게 할지 엄청나게 궁금해.

노라 오. 너무 큰 기대는 하지 말아요!

헬메르 왜?

노라 내가 원하는 걸 찾을 수가 없었어요. 전부 다 그냥 그렇고 그래요. 너무 촌스러워요.

헬메르 그건 다 귀여운 노라가 내린 결론이지?

노라 (토르발의 의자 뒤에서 팔을 의자 등이 올리고) 당신, 많이 바빠요?

헬메르 그래.

노라 이 서류는 다 뭐예요?

헬메르 은행과 관련된 일이지.

노라 벌써부터 일을?

헬메르 은퇴하는 전임 은행장으로부터 인사 이동과 은행 업무 전반에 걸친 권한을 넘겨받았어. 성탄절 기간 동안

이 일을 다 처리해야 돼. 새해가 시작되기 전에 모두 다 결정해 두려고.

노라 그래서 불쌍한 크로그스타가…….

헬메르 그런 거지.

노라 (아직 의자 등에 기대고 있다. 토르발의 머리카락을 손가락으로 쓰다듬으며) 만일 당신이 그렇게 바쁘지 않다면, 한 가지 부탁할 게 있는데요.

헬메르 들어 볼까? 어떻게 해드리면 되는데?

노라 당신만큼 안목이 높은 사람은 아무도 없죠. 난 파티에서 제일 좋은 옷을 입고 싶어요. 토르발, 당신이 내 의상 좀 점검해 주고 무엇을 입으면 좋을지, 어떤 디자인이 잘 어울리는지 말해 줄래요?

헬메르 우리 귀여운 반항아가 순순히 항복을 하신 건가?

노라 그래요, 토르발. 난 당신이 도와주지 않으면 아무것도 못해요.

헬메르 좋았어, 잠깐 생각해 볼게. 뭔가 떠오르는 게 있을 거야.

노라 기대할게요! (크리스마스트리 쪽으로 간다. 잠시 사이를 두고) 이 붉은색 꽃은 정말 예뻐. 그런데요, 여보, 말해 줘요. 크로그스타가 저지른 일이 어떤 것이었어요?

헬메르 그는 다른 사람의 서명을 위조했어. 그게 어떤 의미인지 알아?

노라 그럴 만한 일이 있어서 그랬겠죠.

헬메르 그랬겠지, 아니면 생각이 모자랐거나. 누구나 그럴 수 있어. 그리고 난 그렇게 단 한 가지 일로 그 사람을 단죄하고 싶진 않아.

노라 그렇죠, 당신은 그러면 안 돼요. 그렇죠, 토르발?

헬메르 하지만 남자라면 공개적으로 자신의 죄를 인정하고, 처벌을 받아들여야지.

노라 처벌을?

헬메르 크로그스타는 그렇게 하지 않았어. 요리조리 핑계를 대고, 술수를 써서 혐의에서 벗어났지. 그래서 그 사람의 도덕성을 아무도 믿지 않게 된 거야.

노라 당신도 그렇게 생각해요?

헬메르 그 인간이 어떻게 사는지 알아? 그는 거짓말과 위선, 속임수로 사람들을 대해 왔어. 가까운 사람들 앞에서도 가면을 쓰고 살았지. 심지어 아내와 아이들에게까지. 아이들에게 정말 못된 짓을 했어.

노라 어떻게요?

헬메르 거짓말하는 분위기가 집안에 다 전염되어 구석구석 오염되어 있었지. 그런 집안 환경에서는 아이들이 숨을 쉴 때마다 병균을 들이마시고 타락하게 된다고.

노라 (등 뒤로 다가가며) 정말이에요?

헬메르 여보, 변호사로 일하며 알게 된 사실이야. 청소년 시절에 빗나간 사람들의 어머니는 거의 대부분 거짓말쟁이였어.

노라 꼭 집어서 〈어머니〉가요?

헬메르 일반적으로 어머니 쪽에서 그런 영향을 받은 경우가 많았다는 거지. 하지만 아버지도 마찬가지야. 모든 변호사들이 다 아는 얘기지. 크로그스타는 벌써 수년간 거짓과 속임수로 아이들에게 나쁜 영향을 미쳐 왔어. 아이들과 함께 집에 있으면, 아이들이 거짓말과 속임수라는 독약에 중독이 되고 말아. 그래서 난 그를 타락했다고 보는 거지. (노라에게 두 손을 내민다) 그러니 사랑하는 나의 노라는 그자를 절대 변호하지 않겠다는 약속을 해야만 합니다. 손가락을 걸고. 자, 자, 왜 이럴까? 손가락 이리 주세요. 약속. 내가 그와 함께 일할 수 없다는 건 분명해. 그런 인간이 내 주변에 있는 건 정말 싫으니까.

노라 (손가락을 풀고 크리스마스트리 반대쪽으로 걸어가며) 여긴 정말 덥네요! 난 해야 할 일이 아직 많이 남았어요.

헬메르 (일어서며 서류를 챙긴다) 그래, 저녁 먹기 전에 몇 가지는 다 해결하도록 해야겠어. 당신 옷차림도 어떻게 할지 생각해 보고, 이 나무에 매달아 놓을 금박 봉투에 관해서도 심사숙고해 보고……. (노라의 머리에 손을 얹으며) 오, 나의 소중하고 귀여운 종달새. (방으로 들어가 문을 닫는다)

노라 (잠시 침묵하다가 조용히) 아녜요, 아냐! 진실이 아냐! 그럴 리 없어. 그렇게 할 수 없어.

안네 마리 (왼쪽 복도에서) 아이들이 마님께 와도 좋은지 물어보는데요.

노라 아냐, 아냐. 데려오지 마! 안네 마리, 당신이 아이들 옆에 있어 줘.

안네 마리 잘 알겠습니다, 마님.

노라 (두려움에 얼굴이 창백해지면서) 아이들이 삐뚤어진다니! 가정을 망친다니! (짧은 침묵. 곧 고개를 든다) 사실이 아냐. 절대 그럴 수 없어!

제2막

같은 방. 피아노 옆에 크리스마스트리가 있다. 장식은 떨어지고 타버린 초가 남아 있다. 노라의 외출복이 소파 위에 놓여 있다.

노라, 혼자서 쉴 새 없이 방 안을 오간다. 결국 소파 옆에 서서 코트를 집어 든다.

노라 (다시 코트를 놓으며) 누군가 올 거야! (문 쪽으로 가서 엿듣는다) 아냐, 아무도 없어. 당연하지, 성탄절에 찾아올 사람은 아무도 없어. 내일도 오지 않을 거야. 그래도 어쩌면……. (문을 열고 바깥을 내다본다) 아냐, 우편함엔 아무것도 없어. 확실히 비어 있어. (앞으로 나오며) 말도 안 돼! 물론 진심이 아닐 거야. 그런 일은 없을 거야. 아무튼 난 아이가 셋이나 있잖아.

안네 마리가 큰 상자를 들고 무대 왼쪽 방에서 나온다.

안네 마리 드디어 가장무도회 의상들을 넣어 둔 상자를 찾았어요.
노라 고마워, 테이블에 놓아 줘.
안네 마리 (그렇게 하면서) 하지만 끔찍할 정도로 뒤죽박죽인데요.
노라 아, 그걸 갈기갈기 다 찢어 버리면 얼마나 좋을까.
안네 마리 맙소사, 곧 정리될 거예요. 조금만 참으세요.
노라 그래, 린데 부인에게 가서 도움을 구해야겠어.
안네 마리 지금 다시 나가시려고요? 날씨가 이렇게 매서운데? 부인, 감기 들어요.
노라 그보다 더 나쁜 일이 생길지도 몰라. 애들은 어때?
안네 마리 꼬마들은 성탄절 선물을 가지고 놀고 있죠. 하지만…….
노라 날 찾고 있어?
안네 마리 엄마랑 함께 있는 게 이미 익숙해져서요.
노라 그래, 안네 마리. 하지만 난 전만큼 아이들과 있을 수 없어.
안네 마리 그렇죠, 어린아이들은 어쨌든 적응하겠죠.
노라 그렇게 생각해? 엄마가 떠나면 아이들이 잊어버릴까?
안네 마리 하느님 맙소사, 떠나시다니요? 아주요?
노라 안네 마리, 내 말 좀 들어 봐. 난 정말 궁금했어. 진심으로 말해 줘. 당신은 어떻게 아이들을 낯선 사람들에게 줄 수 있었어?

안네 마리 노라 아씨 댁 유모가 되려면, 그렇게 해야 했으니까요.

노라 그래, 알아. 하지만 어떻게 그렇게 할 수 있었어?

안네 마리 이렇게 좋은 일자리를 제가 또 어떻게 얻을 수 있었겠어요. 고통받는 가난뱅이의 딸에게는 최선이었어요. 아무리 찢어지게 가난해도, 그 뱀 같은 백수건달 놈은 날 위해서 어떤 일도 하려고 하지 않았으니까요.

노라 그렇다면 당신 딸은 당신을 완전히 잊어버렸겠네.

안네 마리 아녜요, 그렇지 않아요. 교회에서 견진 성사를 받았을 때나 결혼했을 때, 다 나에게 편지로 알려 줬어요.

노라 (그녀의 목을 껴안으며) 안네 마리, 당신은 내가 어렸을 때 정말 좋은 엄마가 되어 줬어.

안네 마리 그때 우리 귀여운 노라 아씨에겐 엄마가 안 계셨죠.

노라 만일 우리 아이들에게도 엄마 없이 당신만 있다면, 당신은……. 바보 같은 소리! 말도 안 돼! (상자를 열면서) 아이들한테 가봐요. 내가 얼마나 아름다운지 내일 보여 줄 거야.

안네 마리 그래요, 노라 아씨가 내일 파티에서 가장 아름다운 분이 되실 거예요.

안네 마리가 무대 왼쪽에 있는 문으로 나간다.

노라 (상자를 풀기 시작하다가 곧이어 내던진다) 다, 집을 뛰쳐나갈 용기가 있다면! 아무도 여기 찾아오지 않고 아무 일도 일어나지 않는다면……. 헛소리. 아무도 안 와. 그런 생각 말아야지. 목도리 먼지나 털어야겠다. 예쁜 장갑이야, 예뻐. 생각하지 말자! 하나, 둘, 셋, 넷, 다섯, 여섯……. (소리를 지르며) 사람들이 오고 있어! (문으로 가려다가 멈추고 망설인다. 노라가 외출복 쪽으로 움직이면 린데 부인이 외투를 벗고 복도에서 나타난다) 그래, 크리스티네구나. 밖에 다른 사람은 없어? 와줘서 고마워.

린데 부인 나를 찾았다고 하던데.

노라 그래, 아까는 지나다가 잠시 들렀어. 너한테 도움을 청할 일이 있어서. 이리 와서 여기 앉아. 이것 좀 봐. 내일 스텐보르그 영사님 댁에서 열릴 파티에 입고 갈 의상이야. 토르발은 내가 나폴리의 물고기 잡는 소녀가 되어 타란텔라 춤을 추라는 거야. 카프리에서 그 춤을 배웠거든.

린데 부인 그래, 진짜 춤을 출 생각이야?

노라 응, 토르발이 그래야 한대. 이게 내 의상이야. 토르발이 이탈리아에서 사준 거야. 이젠 다 찢어졌네. 어떻게 해야 할지 모르겠어…….

린데 부인 다시 손을 좀 보면 되겠는데. 가장자리 여기저기에 실밥이 풀려서 그런 것뿐이야. 바늘하고 실 있지? 여기 필요한 게 다 있네.

노라 고마워.

린데 부인 (바느질하면서) 그럼 내일 이걸 입고 나가면 되겠다. 노라, 너 알고 있니? 잠깐만, 이 옷을 입은 네 모습을 한번 봐야지. 나 어젯밤 너한테 고맙다고 얘기한다는 걸 깜빡 잊어버렸어.

노라 (일어나 방 저쪽으로 걸어가며) 어제는 다른 때처럼 화기애애한 분위기는 아니었어. 조금 더 일찍 오지 그랬니, 크리스티네. 토르발은 집안 분위기를 우아하고 매력적으로 만들 줄 알거든.

린데 부인 너도 만만치 않을 텐데. 네 아빠도 그러셨잖아. 그런데 랑크 박사는 언제나 그렇게 풀이 죽어 있니?

노라 아냐, 어제는 특별히 더 저기압이었어. 그 사람은 심각한 병을 앓고 있어. 결핵성 척추염이라고. 불쌍한 사람이지. 첩을 두고 살았던 그 사람 아버지는 정말 역겨운 사람이야. 여러 가지 소문이 많았지. 그래서 랑크 박사가 어릴 때부터 병을 앓았다는 거야.

린데 부인 (바느질거리를 무릎에 놓으며) 노라, 그걸 어떻게 알았니?

노라 (주변을 거닐며) 너도 아이가 셋이나 있으면 정말 많은 사람들을 만나게 될 거야. 그중에는 어느 정도 의술을 익힌 여자들도 있고. 그 사람들이 하는 이런저런 얘기를 다 들은 거지.

린데 부인 (다시 바느질을 한다. 잠깐 침묵) 랑크 박사는 매일 여기 오니?

노라 하루에 한 번씩. 토르발과 어린 시절부터 아주 가까운 친구였어. 내 친구이기도 하고. 랑크 박사는 식구나 마찬가지야.

린데 부인 근데 그분 솔직한 분이니? 남이 듣기 좋아하는 소리만 하는 거 아니야?

노라 아니야, 정반대야. 왜 그런 생각을 했어?

린데 부인 어제 날 소개했을 때 이 집에서 내 이름을 여러 번 들었다고 했거든. 그런데 네 남편은 내가 누구였는지도 모르는 것 같았어. 그래서 랑크 박사가 어떻게…….

노라 그건 랑크 박사가 맞아, 크리스티너. 토르발은 거의 믿을 수 없을 정도로 나에게만 관심을 쏟고 있어. 오직 나에 관해서만 알고 싶어 하지. 결혼하고 나서 처음 얼마간은 내가 집에 돌아와 오랜만에 만난 친구에 관한 얘기만 해도 질투를 할 정도였어. 그래서 난 내 친구들에 관한 얘기를 하지 않았지. 하지만 랑크 박사는 남의 얘기 듣기를 좋아하니까 여러 가지 얘기를 다 들려줬어.

린데 부인 내 얘기 좀 들어 봐, 노라. 어쨌든 넌 아직 어린아이야. 난 너보다 조금은 더 나이가 들었고 게다가 쓰라린 경험도 있기 때문에 충고하는데, 랑크 박사에게 속마음을 털어놓는 건 그만둬.

노라 왜?

린데 부인 어제 말했던, 널 좋아하는 돈 많은 사람—

노라 불행하게도 그런 사람은 존재하지 않아.

린데 부인 랑크 박사는 잘살아?

노라 그래.

린데 부인 돌봐 주는 사람은 없어?

노라 아무도 없어. 그런데?

린데 부인 매일 여기 와?

노라 그래, 그렇게 말했잖아.

린데 부인 배운 사람이 어떻게 그렇게 행동하지?

노라 네가 무슨 말을 하는지 모르겠다.

린데 부인 이제 연극은 그만해, 노라. 너에게 돈을 빌려 준 사람이 누군지 내가 모를 것 같아?

노라 너 정말 미쳤니? 어떻게 그런 생각을! 여기 매일 오는 우리들의 좋은 친구를! 생각만 해도 끔찍해!

린데 부인 그럼 정말 그 사람이 아니야?

노라 아냐, 맹세코 그런 생각은 해본 적도 없어. 아무튼 그때 랑크 박사에게는 누구에게 빌려 줄 돈도 없었어. 최근에야 재산을 물려받았으니까.

린데 부인 그래, 널 위해서는 오히려 다행이다.

노라 난 한 번도 랑크 박사에게 돈을 빌릴 생각을 해보지 않았어. 만일 내가 부탁했다면—

린데 부인 물론 넌 하지 않았어.

노라 물론 안 했지. 그럴 필요도 없었어. 하지만 만일 내가 부탁했다면, 분명히—

린데 부인 남편 모르게?

노라 난 다른 방법으로라도 그 일에서 벗어나야 했을 거야. 물론 그것도 남편 모르게. 정말 그 일에서 벗어나야 했겠지.

린데 부인 그래, 그게 바로 어제 내가 했던 얘기야. 하지만······.

노라 (왔다갔다하면서) 이런 일은 여자보다는 남자가 처리하는 게 더 좋을 거야…….

린데 부인 남편이 처리하면 되잖아. 그렇게 해.

노라 말도 안 돼. (멈춰 서며) 빌린 돈을 다 갚으면 차용증을 돌려받겠지?

린데 부인 그럼.

노라 그럼 그걸 갈기갈기 찢어 버리고, 불에 태워……. 그 구역질나는 서류!

린데 부인 (그녀를 똑바로 쳐다본다. 바느질감을 내려놓고, 천천히 일어선다) 노라, 너 나한테 뭔가 숨기는 게 있어.

노라 어떻게 알았지?

린데 부인 어제 아침부터 뭔가 이상해. 노라, 무슨 일이야?

노라 (다가서며) 크리스티네! (바깥에서 들리는 소리에 귀 기울이며) 쉿! 토르발이 집으로 돌아왔어. 아이들과 저쪽으로 가서 잠깐만 있어 줘. 토르발은 바느질하는 모습을 보기 싫어하니까. 안네 마리에게 도우라고 할게.

린데 부인 (흩어진 바느질감을 모아) 그래, 좋아. 하지만 나한테 전부 다 털어놓기 전엔 돌아가지 않을 거야. (왼쪽에 있는 방으로 들어간다. 때맞춰 헬메르가 복도에서 들어온다)

노라 (헬메르에게 다가가면서) 오, 당신을 기다리고 있었어요, 사랑하는 토르발.

헬메르 옷 만들어 주는 사람이 왔었어?

노라 아뇨, 크리스티네예요. 옷 손질하는 걸 도와주고 있었어요. 아주 멋있을 것 같아요.

헬메르 그래, 정말 그럴듯한 생각이었어, 안 그래?

노라 뛰어나죠. 하지만 당신의 제안에 따르는 나도 착하지 않아요?

헬메르 (노라의 턱 밑에 손을 대고) 착하다고? 남편의 의견에 동의하는 것이? 그래, 당신의 엉뚱한 말버릇이지. 난 당신이 별 뜻 없이 말한다는 걸 알아. 방해하지 말아야겠군. 그 옷을 입어 보려는 것 같으니.

노라 일을 하시겠다고요?

헬메르 그래. (서류 꾸러미를 보여 준다) 봐, 은행에서 가져온 거야. (서재로 들어가려 한다)

노라 토르발.

헬메르 예.

노라 당신의 다람쥐가 정중히 부탁할 게 있는데…….

헬메르 그래?

노라 들어주실 거죠?

헬메르 물론이지. 하지만 어떤 일인지 알아야겠는데.

노라 만일 당신이 다정하게 대해 주면서 그렇게 해주겠다고 말하면, 다람쥐는 신이 나서 이리저리 뛰어다니며 온갖 재주를 다 보여 줄 거예요.

헬메르 그래, 말해 봐. 무슨 부탁이지?

노라 종달새는 온 집 안을 날아다니며 높고 낮은 소리로 노래할 거예요.

헬메르 그래, 어쨌든 그건 종달새가 항상 하고 있는 일이잖아.

노라 나는 아기 요정이 되어 당신을 위해 달빛 아래에서 춤을 출 거예요, 토르발.

헬메르 노라, 오늘 아침에 했던 부탁과는 다른 종류의 것이길 바라오.

노라 (가까이 다가가며) 토르발, 제발 들어줘요!

헬메르 당신 정말 다시 그 얘길 꺼내려는 거군.

노라 그래요, 그래. 내가 말한 대로 해주세요. 은행에서 크로그스타가 자기 자리를 지킬 수 있게 해줘요.

헬메르 하지만 노라, 난 그 자리를 린데 부인에게 넘겼어.

노라 정말 잘하셨어요. 하지만 크로그스타 대신 다른 사람을 해고하세요.

헬메르 당신은 정말 도저히 믿을 수 없을 정도로 제멋대로군! 그렇게 바보 같은 약속을 미리 해버렸기 때문에, 이제 내 생각엔—

노라 그 이유 때문이 아니에요, 토르발. 당신 자신을 위해서죠. 그 사람은 끔찍한 몇몇 신문에 논설을 쓰고 있다고 당신이 말했잖아요. 그가 당신에게 큰 상처를 입힐 수도 있어요. 난 그 사람이 정말 두려워요…….

헬메르 아하, 그래, 알겠어. 당신은 예전 일이 떠올라서 무서워하는 거야.

노라 그게 무슨 뜻이죠?

헬메르 당신 아버지에 관한 생각을 하는 거지?

노라 그래요. 그 끔찍한 인간들이 아빠에 관해서 신문에 어떤 험담을 늘어놓았는지 생각해 봐요. 만일 정부에서 당신을 감독관으로 은행에 보내지 않았더라면, 그래서 당신이 친절하게 도와주지 않았더라면 아버지는 틀림없이 해고되었을 거예요.

헬메르 귀여운 노라, 당신 아버지와 나 사이에는 결코 무시할 수 없는 차이가 있어. 당신 아버지가 공직자로서 했던 행동은 한 점 흠 없이 깨끗하다고는 할 수 없지만, 나는 달라. 난 내 명예를 가능한 한 오랫동안 지킬 수 있게 되기를 원해.

노라 하지만 사악한 사람들이 어떤 일을 할지 모르잖아요. 내 말대로 하면 기분 좋게, 조용히 우리 집에서 행복하게 살 수 있어요. 당신과 나와 아이들 모두 평화롭게, 아무 걱정 없이……. 토르발—

헬메르 계속 이런 방식으로 그 사람을 변호한다면, 그 사람을 더더욱 놔둘 수 없소. 이미 은행에서는 내가 크로그스타를 해고할 거라는 걸 다 알고 있어. 은행의 새로운 책임자를 그 아내가 조종한다는 소문이 퍼지면 어떻게 될까?

노라 소문이요?

헬메르 그래, 우리 귀여운 반항아가 주장을 굽히지 않는다면, 난 모든 부하 직원들 앞에서 바보 멍청이가 되는 거야. 사람들은 내가 외부의 다른 압력에도 영향을 받을 거라고 생각하겠지. 그 결과는 금방 드러나고 말아. 아무튼 한 가지 분명한 사실은, 내가 은행의 책임자로 있는 한 크로그스타가 자리를 지킬 수 없다는 거야.

노라 왜 그렇죠?

헬메르 그 사람의 도덕적 결함을 너그럽게 봐줄 수도 있소. 만일 내가 꼭 그래야만 한다면…….

노라 그래요, 토르발. 그렇게 해줘요.

헬메르 그래, 나도 그 사람이 자기 일에 관해서는 아주 훌륭한 점이 많다는 소리를 들었어. 더구나 그는 어린 시절 내 친구였지. 아무 생각 없이 시작한 젊은 날의 우정이 이제 나이 들어서는 후회스러울 뿐이야. 당신에게만 말해 두는데, 한때 우리는 막역한 사이였어. 그런데 그자는 눈치 없이 남들 앞에서 그 사실을 숨기지도 않아. 오히려 자기와 완전히 같은 직급이라도 되는 것처럼 날 대하지. 언제나 날 보면, 〈어이! 토르발, 나랑 얘기 좀 하지.〉 이런 식이야. 정말 거슬려. 그놈은 내가 은행에서 지내는 걸 참을 수 없게 만들어 버릴 거야.

노라 토르발. 너무 심각하게 생각하지 마세요.

헬메르 왜?

노라 그런 건 아주 사소한 일이에요.

헬메르 뭐라고? 사소한 일이라고? 당신, 내가 사소한 일에 집착하는 사람으로 보여?

노라 그런 게 아니에요, 토르발. 절대로……. 그건 단지…….

헬메르 알았어. 당신이 사소한 일이라고 했으니, 난 더더욱 그렇게 행동할 거야. 사소한 일이라고! 그래 아주 잘됐어! 이제 더 이상 이 문제에 대해서는 얘기하지 맙시다. (문으로 가면서 하녀를 부른다) 헬레네!

노라 뭐하시는 거예요?

헬메르 (서류를 뒤적이며) 결정했어. (하녀가 들어온다) 이 편지 보이지? 배달해 줄 사람을 빨리 찾아서 이 편지를 보내. 서둘러. 주소는 봉투에 있어. 그리고 여기 돈.

하녀 네. (편지와 함께 퇴장)

헬메르 (서류를 정리하면서) 그래, 이제 됐어. 귀여운 고집쟁이 아가씨.

노라 (숨이 막히는 듯) 토르발, 도대체 어떤 편지예요?

헬메르 크로그스타에게 보내는 해고 통지서.

노라 보내지 마요, 토르발! 아직 시간이 있어요. 오, 토르발, 제발 보내지 말아요! 나를 위해서, 아니 당신을 위해서, 아이들을 위해서! 토르발, 내 말대로 해요! 우리 모두에게 어떤 일이 일어나게 될지 당신은 상상도 못 할 거예요.

헬메르 이미 늦었어.

노라 그래요, 너무 늦었군요.

헬메르 여보, 노라. 그렇게 걱정하는 게 오히려 나를 모욕하는 일이 되긴 하지만, 당신을 용서해 주지. 그래, 내가 엉터리 변호사의 복수를 두려워한다는 건 모욕이야. 그렇지 않아? 하지만 난 당신을 용서할 거야. 모든 건 다 그대로야. 당신이 날 그 정도로 사랑하고 있다는 증거이기도 하니까. (두 팔로 노라를 안는다) 사랑하는 노라, 이렇게 할 수밖에 없어. 중요한 사실은, 어려운 일이 닥칠수록 난 용기가 생기고 더 강해진다는 거지. 당신도 알고 있지? 난 모든 걸 스스로 해결할 수 있는 그런 남자라고.

노라 (겁에 질려서) 그게 무슨 뜻이죠?

헬메르 말 그대로, 내가 모든 걸 책임진다고.

노라 (단호하게) 당신은 절대 그렇게 할 수 없을 거예요. 절대로.

헬메르 그래, 좋아. 그렇다면 둘이서 나누는 거야, 노라. 남편과 아내로서. 당연하지. (다정하게 노라를 달랜다) 이제 행복해? 그래그래. 이제 겁에 질린 비둘기 같은 눈빛은 그만. 이제 충분해. 그저 상상일 뿐이야. 당신은 타란텔라 춤과 탬버린 연습을 하는 게 어떻겠소? 난 서재로 가서 문을 닫을게. 그러면 아무 소리도 들리지 않을 테니 여기서 마음껏 시끄럽게 해도 좋아. (문 쪽으로 몸을 돌리며) 그리고 랑크 박사가 오면 내가 어디 있는지 말해 줘. (머리를 끄덕이고는 서류를 들고 서재로 들어간 다음 등 뒤로 문을 닫는다)

노라 (두려움이 가득한 눈빛으로 꼼짝하지 않고 마치 얼어붙은 듯 서 있다가 속삭이듯 말한다) 그이는 그렇게 할 거야. 무슨 일이 있어도 기어코 그러고 싶은 거야. 아냐, 안 돼. 그런 일이 생겨선 안 돼! 그 일만은 절대! 무슨 방법이 없을까? (현관에서 초인종이 울린다) 랑크 박사군! 다른 일이라면 몰라도 그것만은 안 돼!

손으로 얼굴을 문질러 정신을 차리고 현관으로 가서 문을 연다. 랑크 박사는 털외투를 걸치고 바깥에 서 있다 이때부터 조명이 어두워진다.

노라 랑크 박사님, 초인종 소리를 들었어요. 하지만 토르발을 만나실 수는 없을 것 같아요. 지금 몹시 바쁘거든요.

랑크 당신은 어때요?

노라 (랑크가 방으로 들어오는 동안 노라는 뒤에서 문을 닫는다) 오, 당신도 잘 아시죠? 난 당신에겐 언제나 시간을 내 드린다는 걸요.

랑크 고맙습니다. 가능한 한 오랫동안 부인과 시간을 보내고 싶군요.

노라 무슨 뜻이죠? 가능한 한이라뇨?

랑크 그래요. 왜, 걱정스러우신가요?

노라 아뇨, 어쩐지 낯설게 느껴지는군요. 무슨 일 있으세요?

랑크 오랫동안 기다려 왔던 일이죠. 하지만 이렇게 빨리 닥치리라고는 생각지 않았어요.

노라 (랑크의 팔을 잡으며) 무슨 일이 생긴 거예요?

랑크 (난로 옆에 앉으며) 난 내리막길에 들어섰어요. 손쓸 도리도 없답니다.

노라 (숨을 돌리고) 그렇다면 당신에 관한……?

랑크 누구겠어요? 자신을 속여 봐야 별수 없죠. 내가 돌봐야 하는 환자들 가운데 가장 심각한 환자는 바로 나예요. 헬메르 부인, 난 지난 며칠 동안 내 건강 상태를 점검해 봤어요. 끝장이에요. 한 달 안에 아마 난 무덤 안에 누워 있게 될 거예요.

노라 정말 끔찍한 말씀을 다 하시는군요.

랑크 끔찍하죠. 하지만 더 나쁜 것은 그 전에 찾아오는 두려움이에요. 아직 마지막으로 검사해 볼 게 하나 남아 있어요. 그 검사가 끝나면 분명히 알게 되겠죠. 언제 무너지기 시작하는지를. 당신한테 몇 가지 부탁이 있어요. 헬메르는 아주 예민한 성격이라 추한 걸 참아 내지 못하죠. 내 병실에 헬메르가 들어오지 못하게 하세요.

노라 하지만 랑크 박사님······.

랑크 어떤 일이 있더라도 그를 병원으로 오게 하고 싶지 않아요. 그에게는 병원 문을 잠가 놓고 싶죠. 내가 최악의 상태라는 게 분명해지면, 곧바로 당신에게 검은 십자가를 그려 넣은 명함을 보낼게요. 그러면 당신은 내 죽음이 가까워졌다는 사실을 알게 될 거예요.

노라 아녜요. 오늘 정말 이상한 말씀만 하시는군요. 이제 그만 기분이 좋아지면 좋겠어요.

랑크 이 두 팔에 죽음을 안고 있는데? 다른 사람의 죄 때문에 이렇게 고통스러워해야 한다면, 이런 경우 도대체 정의는 어딨죠? 모든 가족이 어쨌든 이 잔인한 업보를 받아들여야 한다는 게 이미 정해져 있는데.

노라 (귀를 막으며) 라 라 라 라! 기운을 내세요! 자, 즐겁게!

랑크 그래요, 결국 난 이 모든 일을 웃음으로 받아들일 수밖에 없어요. 죄 없는 내 척추는 숱한 여자들과 놀아나던 우리 아버지의 자유분방한 해군 장교 시절에 대한 죗값을 치러야 했죠.

노라 (왼쪽 테이블로 가면서) 아버지께서 아스파라거스와 오리 간으로 만든 요리를 아주 좋아하셨나 봐요?

랑크 물론이죠. 송이버섯 요리도 좋아하셨죠.

노라 송이버섯. 그래요. 굴 요리도 좋아하셨을 것 같은데요.

랑크 굴 요리. 물론이죠. 아주 좋아하셨죠.

노라 그리고 포트와인과 샴페인도 즐기셨고요. 슬프게도 이 맛있는 음식들은 모두 뼈에 나쁜 영향을 주죠.

랑크 특히 그런 음식을 즐기지 않는 불행한 사내의 뼈가 공격받을 땐 더 슬프죠.

노라 아, 그래요. 가장 슬픈 일이죠. 우리 모두에게.

랑크 (살피듯이 쳐다보면서) 흠······.

노라 (잠시 여유를 두고) 왜 웃으시죠?

랑크 아녜요, 아니죠. 당신이 웃었어요.

노라 아녜요, 당신이 웃었어요, 랑크 박사님!

랑크 (일어서면서) 당신은 내가 생각했던 것보다 훨씬 더 재미있는 사람이네요!

노라 난 오늘 제정신이 아닌데요.

랑크 그래 보여요.

노라 (두 손을 랑크의 어깨에 올리며) 랑크 박사님, 토르발과 나를 남겨 두고 돌아가시면 안 돼요.

랑크 내가 없어져도 곧 괜찮아질 거예요. 누구든 죽으면 곧바로 잊히기 마련이죠.

노라 (걱정스럽게 바라보며) 그렇게 생각하세요?

랑크 새로운 사람을 만나겠죠. 그렇게 되면······.

노라 누가 새로운 사람을 만나요?

랑크 당신과 당신 남편. 내가 없어지고 나면 말이에요. 이미 당신은 그렇게 하고 있으니 잘 지내리라 믿어요. 지난 밤 린데 부인은 무슨 일로 여기 왔죠?

노라 자, 이제 그만하세요……. 불쌍한 크리스티네에게 질투를 느끼시는 건 아니겠죠?

랑크 물론 질투를 느끼죠. 이 집에서 내 후임이 될 사람인데. 내가 누렸던 시절이 지나가면, 분명 그분의 시대가…….

노라 쉿, 그렇게 큰 소리로 얘기하지 마세요. 저 안에서 듣겠어요.

랑크 오늘 또 왔어! 그것 봐요.

노라 제 옷을 좀 고쳐 주려고 왔어요. 오늘 정갈 이상하시네. (소파에 앉는다) 이제 기분을 풀고 즐기세요. 내일이면 당신은 내가 얼마나 아름답게 춤추는지 브게 될 거에요. 당신을 위해 춤춘다고 상상해도 좋아요. 물론 토르발도 그렇게 상상하겠지만요. (상자에서 여러 가지를 꺼낸다) 랑크 박사님, 여기에 좀 앉아 보세요. 박사님께 보여 드릴게 있어요.

랑크 (앉으며) 뭔데요?

노라 여기 이걸 봐요!

랑크 실크 스타킹이군요.

노라 살색이에요. 예쁘지 않아요? 지금은 여기가 까맣지만, 내일은……. 아녜요, 발만 보세요. 아냐, 당신이니까 위쪽까지 보셔도 좋아요.

랑크 흠.

노라 왜 그리 못마땅하게 보시는 거죠? 잘 어울릴 것 같지 않아요?

랑크 정확히 뭐라고 말하기 어려운데요.

노라 (잠깐 그를 쳐다보고는) 민망해라. (스타킹으로 가볍게 귀를 치면서) 이건 벌이에요. (스타킹을 다시 상자에 집어넣는다)

랑크 이번에는 어떤 근사한 걸 보여 주시렵니까?

노라 이젠 아무것도 보여 주지 않겠어요. 점잖지 못하시니까요. (콧노래를 부르며 다시 뭔가를 찾는다)

랑크 (약간의 사이를 두고) 이렇게 당신 가까이에 앉아 친절한 대접을 받고 있으니, 만일 내가 이 집에 드나들지 않았다면 도대체 어떤 삶을 살았을지 짐작도 할 수 없군요. 상상조차 할 수 없어요.

노라 (웃으며) 그래요, 당신은 정말 우리들과 잘 지냈어요.

랑크 (조용히 앞을 바라보며) 그리고 난 이 모든 것을 남겨 놓고 가야만 하죠.

노라 말도 안 돼요. 당신은 떠나지 않아요.

랑크 (조금 전처럼) 감사의 표시도 남기지 못하고, 심지어 잠깐 스치는 후회도 없이 떠나겠죠. 비어 있는 자리는 누군가 처음 온 사람이 채우고 말겠죠.

노라 지금 말해도 되는지 잘 모르겠지만, 만일 내가 당신에게 부탁이 있다면……. 아, 아니에요…….

랑크 무슨 일이죠?

노라 당신의 우정을 시험해 보는 일.

랑크 그래요. 뭔데요?

노라 내 말은 엄청난 부탁을——

랑크 그것만큼 나를 행복하게 만들어 줄 일이 있을까요?

노라 어떤 일인지 아직 모르시잖아요.

랑크 그래요, 말해 주세요.

노라 아녜요, 말할 수 없어요. 너무 엄청나고 말도 안 되는 얘기라서. 충고나 도움 혹은 큰 호의가 따르는 일이에요.

랑크 그렇다면 더 잘됐네요. 도대체 무슨 일인지 모르겠네요. 말해 보세요. 날 믿지 못하나요?

노라 아녜요, 그 누구보다 믿고 있어요. 당신은 나와 가장 친하고 또 내가 제일 아끼는 친구란 걸 잘 아시잖아요. 그래서 당신에게는 말할 수 있어요. 그래요, 랑크 박사님, 날 지키기 위해 도와주실 일이 있어요. 당신은 토르발이 날 얼마나 깊이 사랑하고 있는지 잘 아시죠. 그 사람은 날 위해서라면 주저 없이 자신의 생명을 바칠 사람이에요.

랑크 (그녀에게 몸을 숙이며) 노라, 그렇게 할 수 있는 사람이 오직 남편뿐이라고 생각하세요?

노라 (약간 놀라면서) 그렇다면 누가……?

랑크 당신을 위해 기꺼이 목숨을 내놓을 다른 이가 과연 누구일까요?

노라 (무겁게) 그만하세요.

랑크 내가 죽기 전에 당신이 알아야 한다고 다짐했죠. 지금까지 이렇게 좋은 기회는 없었어요. 그래요, 노라. 이제 알겠죠? 그 어떤 사람보다도 날 신뢰할 수 있다는 사실을 말이에요.

노라 (일어나면서 냉정하고 침착하게 말한다) 잠깐 실례하겠어요.

랑크 (그녀에게 길을 내주며 여전히 소파에 앉아서) 노라…….

노라 (현관으로 통하는 문 앞에서) 헬레네, 등불을 가져와. (난롯가를 지나간다) 아, 랑크 박사님. 당신은 정말 무서운 분이에요.

랑크 (일어서면서) 누군가처럼 당신을 그렇게 사랑했기 때문에? 그게 무서운 건가요?

노라 아뇨, 당신이 죽기 전에 나에게 그런 말을 해야겠다고 다짐했다는 사실이요. 그럴 필요가 없었는데요.

랑크 무슨 뜻이죠? 그렇다면 당신은 이미 알고 있었다는—

하녀가 등불을 들고 들어와 테이블 위에 놓고는 다시 나간다.

랑크 노라……. 헬메르 부인……. 말해 주세요. 알고 있었나요?

노라 오, 내가 알고 있었는지 모르고 있었는지 어떻게 알겠어요? 말할 수 없어요. 왜 그렇게 촌스럽게 구세요, 랑크 박사님! 정말 모든 것이 다 잘 돌아갔는데.

랑크 그래요, 아무튼 난 이 몸과 마음을 당신에게 바칠 준비가 다 되어 있어요. 계속해 보시죠.

노라 (그를 쳐다보면서) 이렇게 된 마당에요?

랑크 그래요, 말해 보시죠. 무슨 일인지.

노라 이젠 아무 말도 할 수 없어요.

랑크 더 이상 날 괴롭히지 마세요. 당신을 위해 인간으로서 할 수 있는 일이라면 뭐든 하게 해주세요.

노라 이제 날 위해 해줄 수 있는 일은 없어요. 사실, 난 누군가의 도움이 필요했던 게 아니었어요. 당신도 알고 있듯이……. 내가 만든 환상이었어요. 정말 그래요, 물론이죠! (흔들의자에 앉아 그를 쳐다보고는 웃는다) 그래요, 당신은 정말 좋은 분이에요. 저기 등불이 놓이니, 약간 부끄럽다는 생각이 들지 않나요?

랑크 아뇨, 별로. 하지만 이제 그만 돌아가는 게 좋겠죠? 영원히 말이에요.

노라 아뇨, 그러시면 안 돼요. 언제나처럼 계속해서 여기 오셔야 해요. 토르발이 당신 없이 지낼 수 없다는 걸 잘 아시잖아요.

랑크 그렇다면 당신은?

노라 난 당신이 오시는 게 언제나 즐거워요.

랑크 그래서 내가 착각에 빠지게 된 거죠. 당신은 나에겐 도저히 풀 수 없는 수수께끼 같아요. 가끔은 당신이 남편보다는 나와 함께 있는 걸 더 좋아한다고 느꼈어요.

노라 그래요, 정말 사랑하는 사람이 있는가 하면 함께 있을 때 좋은 사람이 있기 마련이죠.

랑크 그럴 수도 있군요.

노라 어려서는 물론 아빠를 가장 사랑했죠. 하지만 하녀들의 방에서 몰래 놀 때도 좋았어요. 왜냐하면 하녀들은 나에게 뭔가 가르치려 들지 않았죠. 언제나 재미있는 얘기만 서로 주고받았으니까.

랑크 아, 바로 내가 하녀들 대신이었군요.

노라 (벌떡 일어서며 그에게 다가간다) 아녜요. 그런 뜻이 아니에요. 하지만 당신도 알고 있듯이 토르발과 있으면 아빠와 함께 있는 것 같아서——

하녀가 복도에서 안으로 들어온다.

하녀 부인. (속삭이며 노라의 손에 명함 한 장을 건네준다)

노라 (명함을 흘낏 보고는) 아! (주머니에 넣는다)

랑크 뭐가 잘못됐나요?

노라 아녜요, 아무것도 아녜요. 그냥…… 새로 주문한 의상에 관한 거예요.

랑크 그래요? 당신 의상은 저기 있는데.

노라 그래요, 이건 다른 옷이에요. 내가 주문했죠. 토르발은 몰라요.

랑크 아하, 그렇다면 큰 비밀이란 게 그거였군요.

노라 그렇죠. 그 사람에게 가세요. 저 안에서 일하고 있어요. 가능한 한 오래 붙들고 있어 주세요.

랑크 걱정 마세요. 빠져나가지 못할 겁니다. (헬메르의 서재로 들어간다)

노라 (하녀에게) 그래서, 부엌에서 기다리고 있어?

하녀 네, 뒤에 있는 계단으로 올라왔어요.

노라 내가 다른 사람과 있다고 말하지 그랬어?

하녀 그래도 아무 소용이 없었어요.

노라 안 가겠대?

하녀 마님을 만나서 얘기하기 전에는 가지 않겠대요.

노라 그렇다면 들어오게 해. 하지만 조용히. 헬레네, 다른 사람에게는 말하면 안 돼. 남편이 알면 깜짝 놀랄 거야.

하녀 알겠습니다. (퇴장한다)

노라 드디어 끔찍한 일이 생기기 시작하는구나. 아냐, 아냐. 그런 일이 생기면 안 돼. 그래선 안 돼.

헬메르의 방 앞으로 가서 문을 걸어 잠근다. 하녀는 복도 쪽 문을 열어 주고 크로그스타가 등장하면 뒤에서 문을 닫는다. 크로그스타는 외출복 차림이다. 털외투에 덧신을 신고, 모피로 만든 모자를 쓰고 있다.

노라 (다가가면서) 조용히 얘기해요. 남편이 집에 있어요.

크로그스타 나와는 상관없어요.

노라 나한테 원하는 게 뭐예요?

크로그스타 몇 가지 답변이죠.

노라 그렇다면 빨리. 뭐죠?

크로그스타 당신도 알고 있겠지만 난 해고 통지서를 받았습니다.

노라 어떻게 해볼 수가 없었어요. 당신을 위해 정말 열심히 노력해 봤지만 아무 소용이 없었어요.

크로그스타 남편이 정말 당신을 조금이라도 사랑하긴 하는 겁니까? 내가 당신에게 어떻게 할지 잘 알면서 그렇게 대담하게—

노라 남편이 알고 있을 거라고 생각해요?

크로그스타 모르겠죠. 알고 있었다면 내가 좋아하는 토르발 헬메르가 이렇게 남자다운 용기를 보이지는 않았겠죠.

노라 크로그스타 씨, 제 남편에게 예의를 지켜 주세요.

크로그스타 물론 그래야겠죠. 그래도 부인께서 이 모든 사실을 감추고 계시는 걸 보니까, 부인이 저지르셨던 일이 어떤 일이었는지 어제보다는 더 분명하게 아신 모양이네요.

노라 당신 설명을 들을 정도는 아니지요.

크로그스타 그렇죠, 난 썩어 빠진 변호사니까.

노라 나에게 원하는 게 뭐예요?

크로그스타 부인이 어떤지 인사차 들렸죠. 난 하루 종일 이 문제에 대한 생각에서 벗어날 수 없었어요. 미천한 대부업자에 저질 언론인이라는 소릴 듣는 나 같은 사람도 흔히 말하는 동정심은 어느 정도 지니고 있죠.

노라 그렇다면 보여 주세요. 우리 아이들을 생각해서라도.

크로그스타 당신이나 당신 남편은 내 아이들을 생각해 본 적이 있나요? 하지만 지금은 그걸 문제 삼을 때가 아니죠. 내가 하고 싶은 말은, 이 문제를 지나치게 심각하게 생각하실 필요는 없다는 겁니다. 당분간 난 아무런 절차도 밟지 않을 생각이니까.

노라 정말이에요? 난 걱정했는데.

크로그스타 이 문제는 원만히 풀릴 겁니다. 우리 세 사람을 제외한 다른 사람들은 알 필요가 없으니까.

노라 남편도 알면 안 돼요.

크로그스타 어떻게 모르죠? 혼자서 돈을 갚을 수 있어요?

노라 아뇨. 지금 당장은 안 돼요.

크로그스타 그렇다면 며칠 사이에 돈을 마련할 방법이라도 있나요?

노라 빌려 줄 사람은 없어요.

크로그스타 글쎄요, 만약 빌려 줄 사람이 있다 해도, 지금은 별 소용이 없겠죠. 지금 당장 두 손에 돈다발을 쥐고 있어도, 나에게 써준 차용증은 돌려받지 못할 테니까요.

노라 그걸 어떻게 하실 건지 말씀해 주세요.

크로그스타 그냥 쥐고 있을 겁니다. 내가 보관하고 있겠어요. 아무도 모르게. 그래서 당신이 막다른 골목에 다다랐다고 느낄 때—

노라 그렇게 될 거예요.

크로그스타 혹은 집을 뛰쳐나가겠다는 생각을—

노라 그럴지도 모르죠.

크로그스타 어쩌면 더 끔찍한—

노라 그래요.

크로그스타 그렇다면 이제 그만 포기하시죠.

노라 내가 그런 생각을 했다는 걸 어떻게 알았죠?

크로그스타 처음엔 누구나 다 그렇게 생각하죠. 나 역시 그랬으니까. 하지만 그럴 용기가 없었어요.

노라 (힘없이) 나도 그래요.

크로그스타 (긴장을 풀고) 정말 그렇게 생각했어요?

노라 난 용기가 없어요. 그렇게 할 수 없어요.

크로그스타 아무튼 그건 어리석은 짓이에요. 그냥 집안이 한 번 발칵 뒤집혔다가 가라앉고 나면 돼요……. 여기 내 주머니에 당신 남편에게 줄 편지가 있어요.

노라 모든 걸 다 말할 건가요?

크로그스타 가능한 한 조심스럽게 쓰긴 했지만……

노라 (재빨리) 그 편지를 보면 안 돼요. 찢어 버리세요. 어떻게 해서든 돈을 마련할게요.

크로그스타 죄송합니다만 부인, 그 일에 대해서는 조금 전에 힘들겠다고 말씀하신 것 같은데—

노라 내가 빚진 돈에 관해 말하는 게 아녜요. 남편에게 얼마를 요구할 건지만 알려 주세요. 내가 그 돈을 드릴게요.

크로그스타 난 남편에게 돈을 요구하는 게 아닙니다.

노라 그렇다면 뭐죠?

크로그스타 말씀드리죠. 난 다시 일어서고 싶은 겁니다, 부인. 출세하고 싶은 거예요. 당신 남편이 날 도와줄 수 있어요. 지난 1년 6개월 동안 난 사람들이 나쁘게 평가할 일은 하지 않았어요. 언제나 최선을 다했죠. 내가 맡은 일을 하는 게 즐거웠어요. 난 조금씩 달라졌어요. 그런데 이제 와서 다시 내쫓겼습니다. 이젠 누군가 동정심에 나를 다시 채용해 주는 것으로는 참을 수가 없어요. 다시 올라설 거예요. 은행으로 돌아가서, 전보다 더 높은 자리를 차지할 거예요. 당신 남편이 그렇게 해줘야 해요.

노라 그는 그렇게 하지 않을 거예요!

크로그스타 그렇게 할 겁니다. 난 당신 남편을 알아요. 그는 단 한마디라도 거절하지 못할 사람이죠. 내가 옆에 있으면 그가 어떻게 달라지는지 보게 될 거예요. 1년 안에 난 은행장의 오른팔이 될 거예요. 토르발 헬메르가 아니라 닐스 크로그스타가 은행을 운영하게 될 겁니다.

노라 그런 날은 절대 오지 않아요.

크로그스타 혹시 다른 생각을 하고 계시다면—

노라 이젠 나도 용기가 생겼어요.

크로그스타 당신이 날 겁주겠다고? 응석받이에 철없이 자란 부인이?

노라 두고 보세요. 보게 될 거예요.

크로그스타 얼음 덩어리 밑에서요? 얼어붙은 저 검은 강 속에 누워 있는 모습을? 봄이 되면 흉측하게 머리카락이 다 빠지고 아무도 알아볼 수 없는 모습으로 부풀어서 떠오르는—

노라 위협하지 마세요.

크로그스타 나 역시 위협받고 싶지 않아요. 위협은 아무나 할 수 있는 게 아닙니다. 아무튼 요점이 뭐였죠? 어쨌든 당신 남편의 운명은 내 손에 달렸으니까.

노라 언제까지요? 내가 더 이상 이 세상에 있지 않아도?

크로그스타 잊어버리셨어요? 그렇다면 당신에 대한 평판은 전적으로 내 손에 의해 좌우지되겠군요. (노라가 말없이 그를 노려본다) 그래요, 경고하는 겁니다. 얼빠진 짓 하지 마세요. 헬메르에게 편지를 전하고 답변을 기다릴 겁니다. 내게 이런 방법을 쓰게 만든 사람이 바로 당신 남편이라는 걸 명심해 두세요. 그렇기 때문에 난 그를 용서할 수 없어요. 절대로. 안녕히 계세요, 헬메르 부인(복도를 통해 밖으로 나간다)

노라 (문가로 가서 문을 조금 열고 엿듣는다) 갔구나. 편지는 남기지 않았어. 아니야, 아냐. 그럴 리가 없어! (조금 떨어져 문을 연다) 뭐야? 아래로 내려가지 않고 밖에서 기다리고 있잖아. 마음이 바뀌었나? 어쩌면—

그 순간 편지통에 편지 떨어지는 소리가 나고 크로그스타의 발소리가 아래쪽으로 내려가면서 희미해진다. 노라는 숨죽여 울면서 방을 가로질러 소파 옆 테이블로 간다. 짧은 침묵.

노라 편지통에 있어. (조심스럽게 복도 문 쪽으로 살금살금 걸어간다) 저기 있어. 토르발, 토르발……. 이제 우리에게 희망은 없어!

린데 부인이 왼쪽 방에서 의상을 들고 들어온다.

린데 부인 다 됐어. 입어 볼래?
노라 (낮게 쉰 목소리로) 크리스티네, 이리 좀 와봐.
린데 부인 (옷을 소파 위에 던져 놓고) 무슨 일이야? 혼란스러워 보여!

노라 괜찮아. 편지 보여? 아니, 저기…… 창문 너머 편지통 보이니?

린데 부인 그래, 보인다.

노라 크로그스타의 편지야.

린데 부인 노라……. 돈을 빌린 사람이 크로그스타였구나!

노라 그래, 이제 토르발도 모든 걸 다 알게 될 거야.

린데 부인 내 말을 믿어, 노라. 두 사람을 위해서는 오히려 잘된 거야.

노라 돈을 빌리기만 한 게 아냐. 내가 서명을 위조했어.

린데 부인 맙소사…….

노라 너한테만 말하는 거야, 크리스티네. 네가 증인이 될 수 있도록.

린데 부인 증인이라니? 어떤 증인?

노라 내가 만일 정신을 못 차리고……. 가끔씩 그럴 때가 있거든—

린데 부인 노라!

노라 아니면 나에게 무슨 일이 생기거나, 내가 만일 여기서 없어지면—

린데 부인 노라, 너 지금 제정신이 아니구나.

노라 그리고 만일 누군가 이 모든 일을 뒤집어쓰고 혼자서 대가를 치르려고 하면……. 무슨 말인지 알겠어?

린데 부인 그래, 하지만 왜 그런 생각을 하는지—

노라 그건 진실이 아니라고 증언해, 크리스티네. 난 제정신이야. 멀쩡하다고. 그래서 지금 너에게 말해 두는 거야. 나 빼고는 아무도 모르는 일이야. 나 혼자서 그랬어. 이 점을 잘 기억하고 있어야 해.

린데 부인 그렇게 할게. 하지만 난 이해할 수가 없구나.

노라 어떻게 이해하겠니? 곧 놀라운 일이 벌어질 거야.

린데 부인 놀라운 일?

노라 그래, 놀랍고도 끔찍해, 크리스티네. 이런 일은 일어나서는 안 돼. 이 세상 그 어느 곳에서도.

린데 부인 지금 즉시 크로그스타를 만나야겠어.

노라 가지 마. 널 다치게 할 거야.

린데 부인 한때는 나를 위해 뭐든 해주기도 했어.

노라 그래?

린데 부인 그는 어디 살고 있지?

노라 내가 어떻게 알아? 잠깐만 (주머니를 뒤진다) 여기 명함이 있어. 하지만 편지는, 편지는 어떻게 하지?

헬메르 (서재에서 문을 두드리며) 노라!

노라 (갑자기 비명을 지른다) 무슨 일이지? 왜 그러세요?

헬메르 그렇게 놀라지 마. 아직 들어가지 않을 거야. 문이 잠겨 있어서. 의상을 입어 보는 중이야?

노라 그래요, 입어 보고 있어요. 아주 멋있어요, 토르발.

린데 부인 (명함을 훑어보고) 가까운 곳에 사는구나.

노라 하지만 이제 틀렸어. 우린 끝이야. 편지가 저기 들어 있다고.

린데 부인 남편이 우편함 열쇠를 가지고 있어?

노라 항상.

린데 부인 크로그스타로 하여금 변명을 둘러대면서 편지를 되찾아 가게 해야지. 남편이 보기 전에.

노라 보통 때 같으면 지금 이 시간에 우편함을 열어 보는데.

린데 부인 붙들어 둬. 서재로 가서 남편과 함께 있어. 가능한 한 빨리 돌아올게. (복도를 통해 서둘러 나간다. 노라는 헬메르의 방으로 가 문을 열고 안을 들여다본다)

노라 토르발!

헬메르 (서재 안에서) 그래, 이제 거실에 가도 괜찮아? 자, 랑크, 어디 한번 구경해 보세. 그런데……

노라 왜 그래요?

헬메르 랑크는 대단한 의상 퍼레이드가 있을 거라고 했는데.

랑크 (문턱에서) 나도 그렇게 기대했는데. 추측이 빗나갔군.

노라 내일까지는 아무도 내 멋진 모습을 보지 못할 거예요.

헬메르 하지만 노라, 많이 피곤해 보여. 연습을 너무 힘들게 한 거 아니야?

노라 아뇨, 연습은 전혀 못 했어요.

헬메르 그래도 연습을 해야ㅡ

노라 네, 그래요. 해야죠, 토르발. 하지만 당신이 도와주지 않으면 못 해요. 전부 다 잊어버렸어요.

헬메르 둘이 하면 금방 기억이 되살아날 거야.

노라 그래요, 끝까지 날 도와줘야 해요, 토르발. 약속하죠? 아, 긴장돼요. 엄청난 파티가 열리는 거죠? 오늘 밤 당신은 나를 위해 모든 걸 포기해야만 해요. 어떤 일도 하면 안 돼요. 일거리 근처에만 가도 안 돼요. 알았죠, 토르발?

약속해요.

헬메르 약속합니다. 오늘 밤 당신을 위해서 무슨 일이든 다 하겠습니다…… 대책 없는 아가씨. 흠……. 우선 한 가지만 해결하고. (복도로 간다)

노라 밖에는 왜 나가세요?

헬메르 편지가 왔는지 잠깐 들여다보려고.

노라 안 돼요, 안 돼. 토르발, 그러면 안 돼요!

헬메르 어째서?

노라 토르발, 제발. 저기엔 아무것도 없어요.

헬메르 잠깐 들여다볼게. (가려고 하자, 노라는 피아노로 가서 타란텔라의 첫머리를 연주한다. 헬메르가 문에서 멈춘다)

노라 당신과 함께 연습하지 않으면 내일 춤을 출 수 없어요.

헬메르 (다가오면서) 노라, 그렇게 걱정이 돼?

노라 엄청나게 두렵죠. 지금 당장 연습을 시작해요. 저녁 식사 시간까지는 아직 여유가 있어요. 오, 토르발, 나를 위해 피아노를 쳐줘요. 어떻게 춤춰야 하는지 가르쳐 줘요. 제대로 추는지 지켜봐 줘요. 언제나 그래 왔듯이.

헬메르 원하신다면 기꺼이 해드리죠. (피아노 앞에 앉는다)

노라는 상자에서 탬버린을 거칠게 꺼내 잡고는 여러 가지 색깔로 장식된 긴 숄을 온몸에 휘감아 걸치더니, 앞으로 튀어나와 외친다.

노라 날 위해 연주해 주세요! 춤출 거예요!

헬메르가 연주하고, 노라는 춤춘다. 랑크는 헬메르 뒤에 서서 지켜본다.

헬메르 (연주하면서) 조금 더 천천히, 천천히······.
노라 잘 안 돼요.
헬메르 그렇게 거칠게 하면 안 돼, 노라!
노라 이렇게 하는 게 맞아요.
헬메르 (멈추며) 아냐, 아냐. 전부 다 틀렸어.
노라 (웃으며 탬버린을 흔든다) 그것 봐요. 내가 뭐랬어요?
랑크 내가 연주해 볼게.
헬메르 (일어서며) 그래, 좋은 생각이야. 그렇게 하면 내가 더 잘 가르쳐 줄 수 있지.

랑크가 피아노 앞에 앉아 연주한다. 노라는 점점 더 거칠게 춤춘다. 헬메르는 난로 옆에 자리 잡고 계속해서 노라에게 춤에 대해 지시한다. 노라는 그의 말을 귀담아듣지 않는다. 머리가 풀어져 어깨 위로 흘러내린다. 그래도 상관하지 않고 계속해서 춤춘다. 린데 부인이 들어온다.

린데 부인 (넋을 잃은 듯 문 앞에서) 아······!
노라 (여전히 춤추면서) 크리스티네, 어때? 재미있지!
헬메르 하지만 노라, 당신은 마치 춤에 목숨을 건 사람 같아.
노라 그래요, 그래!
헬메르 랑크, 그만해. 완전히 미쳤어. 그단!

랑크가 연주를 멈추자 노라도 갑자기 춤추기를 그만둔다.

헬메르 (노라에게 다가가며) 이 정도인 줄 정말 몰랐어. 내가 가르쳐 준 걸 모두 다 잊어버렸군.

노라 (탬버린을 바닥에 팽개치면서) 그래요.

헬메르 연습을 더 해야겠어.

노라 그래요, 연습이 얼마나 중요한지 보셨잖아요. 내가 제대로 할 수 있도록 끝까지 잘 가르쳐 주겠다고 약속하죠, 토르발?

헬메르 한번 해봅시다.

노라 오늘과 내일, 당신은 나만 생각해야 돼요. 어떤 편지도 들여다보지 마세요. 우편함은 건드리지도 말아요.

헬메르 아, 당신은 여전히 그 남자를 두려워하고 있군.

노라 그래요, 두려워하고 있어요.

헬메르 노라, 당신 얼굴에 그 남자로부터 편지가 왔다고 쓰여 있어.

노라 난 몰라요. 그럴 수도 있겠죠. 하지만 지금은 그 따위 편지를 읽으면 안 돼요. 모든 일이 다 끝날 때까지는 우리 둘 사이에 끔찍한 일이 끼어들게 해선 안 돼요.

랑크 (헬메르에게 부드럽게) 그렇게 하도록 하지.

헬메르 어린아이처럼. 하지만 내일 밤 당신이 춤을 다 추고 나면—

노라 당신 마음대로 하세요.

하녀 (오른쪽 문에서) 식사가 준비됐습니다.

노라 헬레네, 샴페인을 준비해.

하녀 알겠습니다. (나간다)

헬메르 이야, 저녁 식사가 완전히 향연이 되겠군!

노라 그래요, 밤새도록 샴페인을 마셔요! (외친다) 헬레네, 마카롱도 준비하고. 되도록 많이. 이번 한 번만이야.

헬메르 (노라의 팔을 붙들며) 잠깐, 잠깐, 잠깐만……. 너무 지나치지 않게, 소란 피우지 말고……. 다시 귀여운 종달새로 돌아와야지.

노라 그래요, 정말 그렇게 되고 싶어요. 이제 저녁 먹으러 가야죠. 랑크 박사님도 같이 가시죠. 크리스티네도. 머리 만지는 것 좀 도와줘.

랑크 (헬메르와 같이 움직이며 부드럽게) 아무 일도 없어야 할 텐데……. 그녀에게 무슨 일이 있는 건 아니겠지?

헬메르 그럼, 아무 일도 아냐. 내가 얘기한 그 터무니없는 걱정거리가 있을 뿐이지. (함께 오른쪽으로 나간다)

노라 그래, 어떻게 됐어?

린데 부인 그는 시골에 갔대.

노라 네 얼굴에 그렇게 쓰여 있었어.

린데 부인 내일 밤에 다시 돌아온대. 그에게 메모를 남겼어.

노라 그렇게까진 안 해도 되는데. 이제 와서 어쩔 수 없지. 이 모든 일이 다 지나고 나면 큰 기쁨이 찾아올 거야……. 아름다운 일이 일어나길 기다려야지.

린데 부인 어떤 일이 일어나길 기대하는데?

노라 넌 모르는 일이야. 안으로 들어가자……. 난 여기 잠깐 있다가 들어갈게.

린데 부인이 식당으로 들어간다. 노라는 마치 스스로 마음을 추스르려는 듯 잠시 그대로 서 있다. 그러고 나서 시계를 본다.

노라 5시구나. 한밤중이 되려면 일곱 시간이 남았네. 내일 밤까지는 스물네 시간. 그때가 되면 타란텔라 춤은 끝나 있겠지. 스물네 시간 더하기 일곱 시간……. 살아 있을 수 있는 시간이 서른한 시간 남았군.

헬메르 (오른쪽 문에서) 우리 종달새에게 무슨 일이 생긴 건가요?

노라 (팔을 벌리고 그에게 가면서) 당신 종달새 여기 있어요!

제3막

같은 방. 소파와 테이블, 의자와 주위에 있던 것들이 방 한가운데로 옮겨졌다. 등불은 테이블 위에서 타오르고, 복도로 향하는 문은 열려 있다. 위층에서 무도회 음악이 들린다.

린데 부인이 테이블 옆에 앉아서 생각 없이 책장을 넘긴다. 책을 읽으려고 하지만 집중이 안 되는 것 같아 보인다. 한두 번, 문 쪽에서 들리는 소리에 귀 기울이며 긴장한다.

린데 부인 아직은 아냐. 시간이 얼마 없는데. 만일 그자가—(귀 기울인다) 아, 왔군. (복도로 나가서 조심스럽게 외부로 통하는 문을 연다. 계단을 올라오는 발소리가 조용히 들린다. 속삭인다) 여기예요. 아무도 없어요.
크로그스타 (문 앞에서) 당신이 남긴 쪽지를 봤어요. 무슨 일이죠?
린데 부인 할 말이 있어요.

크로그스타 그래요? 그런데 여기, 바로 이 집에서?

린데 부인 내가 사는 곳은 안 돼요. 출입문이 따로 없거든요. 이리 와요. 아무도 없어요. 하녀는 잠들었고, 헬메르 가족은 위층에서 파티를 벌이고 있어요.

크로그스타 (방으로 들어서며) 그래그래, 그렇군……. 그렇다면 오늘 밤 두 사람은 춤을 추고 있겠군요, 그렇죠?

린데 부인 춤을 추면 안 될 이유라도 있나요?

크로그스타 그럴 리가요.

린데 부인 아무튼 얘기 좀 해요.

크로그스타 우리 둘 사이에 더 이상 할 얘기가 남았던가요?

린데 부인 많이 남았죠.

크로그스타 난 그렇게 생각하지 않아요.

린데 부인 당신은 나를 전혀 이해하지 못하고 있어요.

크로그스타 한 냉혹한 여인이 좀 더 나은 상대가 나타나자 짐을 싸서 남자를 떠났다. 이 이해할 것도 없는 흔해 빠진 이야기를요?

린데 부인 내가 그 냉혹한 여잔가요? 당신과 헤어지는 것이 그렇게 쉬웠을 것 같아요?

크로그스타 안 그랬나요?

린데 부인 정말 그렇게 생각해요?

크로그스타 그렇다면 어떻게 나에게 그런 편지를 남길 수 있죠?

린데 부인 다른 방법이 없었어요. 당신과 헤어져야만 했기 때문에……. 당신이 나에게 느끼고 있는 감정을 정리하도록 하는 게 제 의무라고 생각했어요.

크로그스타 (주먹을 꽉 쥐면서) 그렇군요! 모든 게…… 다 돈 때문이지!

린데 부인 내겐 가난한 어머니와 나이 어린 남동생이 둘씩이나 있었다는 사실을 잊어서는 안 돼요. 우린 미래가 불확실한 당신만 바라보고 있을 수 없었어요.

크로그스타 그랬겠지. 하지만 다른 남자 때문에 날 버릴 권리는 없었소.

린데 부인 그래요. 나도 모르겠어요. 내가 정말 옳았는지 나 자신에게 수없이 묻고 또 물어 봤죠.

크로그스타 (조금 더 낮은 목소리로) 당신이 날 떠났을 땐 마치 내가 서 있는 발 아래 땅이 꺼지는 것 같았어. 지금의 날 봐. 난 난파선 판자 조각에 매달려 허우적대고 있소.

린데 부인 누군가 도와줄 사람이 나타날 거예요.

크로그스타 당신이 나타나기 전까지는 그랬지. 하지만 이젠 끝이야.

린데 부인 정말 몰랐어요. 오늘에야 비로소 내가 은행에 있던 당신 자리를 차지했다는 사실을 알게 됐어요.

크로그스타 당신이 그렇게 말한다면 나도 믿어야겠지. 어쨌든 지금 바로 이 순간, 당신도 그 자리를 내놓고 싶진 않을 텐데?

린데 부인 그래요. 하지만 내가 그렇게 해도 당신에겐 도움이 되진 않아요.

크로그스타 도움이란 말은 집어치워. 어쨌든 난 내 자리를 되찾아야 해.

린데 부인 난 이성적으로 행동하는 법을 배웠어요. 인생과 절박한 내 처지가 그걸 가르쳐 줬죠.

크로그스타 인생은 내게 듣기 좋은 소리는 믿지 말라고 가르치더군.

린데 부인 아주 건전한 가르침을 받았군요. 하지만 그래도 행동은 믿겠죠, 그렇지 않아요?

크로그스타 무슨 뜻이지?

린데 부인 당신은 자신이 마치 조난당해 허우적대는 남자 같다고 했어요.

크로그스타 그렇게 말할 충분한 근거가 있어.

린데 부인 그래요, 나 역시 난파선에 매달려 허우적거리는 여자죠. 나를 돌봐 줄 사람도, 돌볼 사람도 없어요.

크로그스타 당신이 선택한 일이야.

린데 부인 그땐 다른 걸 선택할 수 없었어요.

크로그스타 그래서?

린데 부인 이렇게 조난당한 두 사람이 힘을 합치면 어떻게 될까요?

크로그스타 뭐라고?

린데 부인 뗏목 하나에 둘이 매달려 있으면, 혼자 있는 것보다는 좋을 텐데.

크로그스타 크리스티네!

린데 부인 내가 왜 돌아왔는지 알겠어요?

크로그스타 나를 생각하고 온 거요?

린데 부인 살아가기 위해서는 일자리가 필요했어요. 생각해 보니까, 내 인생에서 그래도 제일 즐거웠을 때는 일하고 있던 때였어요. 이제 세상에 완전히 혼자 남으니 외롭고 황폐해져서……. 자신만을 위해 일해야 한다면, 그래요, 그렇다면 아무 재미도 느낄 수 없을 거예요. 크로그스타, 내가 누군가를 위해 일할 수 있게 해주세요.

크로그스타 믿을 수 없어. 감정에 휩쓸려서 스스로를 희생하는 바보짓일 뿐이야.

린데 부인 내가 그렇게 흥분한 것처럼 보여요?

크로그스타 진심이야? 내 과거를…… 내가 어떻게 살아왔는지 모두 다 알잖아?

린데 부인 그래요.

크로그스타 이곳 사람들이 날 어떻게 생각하는지도 알지?

린데 부인 하지만 조금 전에, 그때 나와 헤어졌기 때문에 이렇게 됐다고 말했잖아요?

크로그스타 그랬을 거요.

린데 부인 그래서, 이젠 늦었나요?

크로그스타 크리스티네……. 당신, 진심이지? 그래, 그런 것 같군. 당신을 보면 알겠어. 그렇게 할 자신 있어?

린데 부인 난 누군가의 어머니가 되고 싶어요. 그리고 당신 아이들에게는 어머니가 필요해요. 우린 서로가 필요해요. 크로그스타, 난 당신을 믿어요. 당신의 본성을 믿어요. 당신과 함께라면 어떤 위험도 감당할 수 있어요.

크로그스타 (린데 부인의 두 손을 움켜잡고) 고가워, 크리스티네. 고마워……. 이제 난 사람들 앞에서 명예를 회복할 수 있소. 아, 잊은 게—

린데 부인 (귀를 기울이며) 타란텔라! 이제 가세요. 가요!

크로그스타 왜 그래?

린데 부인 위에서 춤추는 소리가 들리죠? 파티가 끝나면 모두 내려올 거예요.

크로그스타 그래, 알았어. 갈게. 그동안 쓸데없는 짓을 했군. 물론 당신은 내가 어떤 일을 꾸몄는지 모르고 있을 테지만.

린데 부인 아뇨, 난 다 알고 있어요.

크로그스타 알면서도 나를…….

린데 부인 절망이 당신 같은 사람을 어떻게 몰아가는지도 잘 알고 있죠.

크로그스타 할 수만 있다면 되돌려 놔야 할 일이 있어!

린데 부인 간단해요. 당신 편지는 아직 우편함에 있으니까.

크로그스타 정말?

린데 부인 당연하죠. 하지만…….

크로그스타 (조심스럽게 살피며) 그렇다면 이 모든 일이 다 그렇게 된 건가? 당신은 그저 친구를 위해서……? 정직하게, 솔직하게 말해 줘. 사실이야?

린데 부인 크로그스타, 한 번 다른 사람 때문에 자신을 희생한 사람은 두 번 다시 그렇게 하지 않아요.

크로그스타 내 편지를 돌려 달라고 해야겠어.

린데 부인 안 돼요, 안 돼.

크로그스타 아냐, 그렇게 하고 싶어. 여기서 헬데르를 기다렸다가 그가 내려오면 편지를 돌려 달라고 할 거야. 날 해고한 것에 대한 답장이니까, 그도 읽어 볼 필요가 없다고 할 거야.

린데 부인 아뇨, 크로그스타, 편지를 그냥 두세요.

크로그스타 하지만 그 편지 때문에 날 여기 오게 했잖아?

린데 부인 그래요. 처음엔 정신이 없었죠. 하지만 그동안 하루가 지났고, 난 이 집에서 몇 가지 놀라운 사실을 알게 됐어요. 헬메르도 알고 있어야 해. 이 끔찍한 비밀을 드러내야 해. 그래서 두 사람이 모든 것을 분명하게 이해할 수 있어야 해. 언제까지나 거짓말을 해대면서 상황을 피해 갈 수는 없어요.

크로그스타 그래, 당신이 그렇게 하겠다면……. 하지만 난 당장 해야 할 일이 있어.

린데 부인 (엿들으며) 서둘러요! 가세요, 어서! 춤이 끝났어요. 빨리요!

크로그스타 아래서 기다리고 있을게.

린데 부인 그래요, 그렇게 하세요. 집으로 돌아갈 때 꼭 같이 가요.

크로그스타 이렇게 행복할 수가……. 여태껏 이런 감정은 느껴 본 적이 없어!

그는 앞문을 통해 나간다. 거실과 복도로 통하는 문은 열려 있다.

린데 부인 (방안을 조금 더 말끔하게 정리하고 외출할 준비를 한다) 이렇게 달라지다니! 그래, 달라졌어! 사람들은 가정을 꾸리기 위해 일하고, 가족을 위해 사는 거야. 그럴 만한 가치가 있지. 빨리들 내려왔으면 좋겠는데. (엿듣는다) 아, 거의 다 왔구나. 옷을 입어야지.

밖에서 헬메르와 노라의 목소리가 들린다. 열쇠로 문을 열고, 헬메르는 노라를 거의 강제로 복도로 끌고 간다. 노라는 이탈리아풍 의상을 입고, 크고 검은 숄을 둘렀다. 헬메르는 파티 복장에 도미노[2]를 걸쳤다.

노라 (아직 복도에서 실랑이하면서) 아녜요, 아냐, 아냐. 여기 말고요! 다시 올라갈 거예요. 이렇게 일찍 가고 싶지 않아요!

헬메르 하지만 노라, 여보……

노라 오, 부탁해요. 제발, 토르발. 진짜로 한 시간만 더!

헬메르 더는 1분도 안 돼. 노라, 여보, 우리 약속했잖아. 이제 그만 갑시다. 이제 들어가. 여기 있다가는 감기 들겠어. (저항하는 그녀를 점잖게 거실로 들여보낸다)

린데 부인 안녕하세요?

노라 크리스티네!

헬메르 아, 린데 부인. 웬일로 이렇게 늦게 여기에……?

---

2 *domino*. 큰 모자가 달린 겉옷.

린데 부인 죄송해요. 노라의 의상을 꼭 한번 보고 싶어서요.

노라 그래서 여기 앉아서 날 기다렸어?

린데 부인 그래, 내가 너무 늦게 왔거든. 넌 벌써 위층으로 올라갔고. 그래서 널 보고 가려고 생각했지.

헬메르 (노라의 숄을 벗기며) 아주 잘하셨어요. 볼만합니다. 사랑스럽지 않나요, 린데 부인?

린데 부인 저도 그렇게 말하려고 했어요.

헬메르 아주 멋지죠? 파티에 참석한 모든 사람들이 다 똑같이 느꼈을 거예요. 하지만 정말 고집쟁이죠. 귀여운 고집쟁이. 어쩌겠어요? 보시다시피 이렇게 억지로 끌고 왔죠.

노라 아, 토르발. 30분 정도도 더 머무르지 못하게 한 걸 후회하게 될 거예요.

헬메르 들으셨죠, 린데 부인? 우레와도 같은 박수갈채를 받으며 타란텔라 춤을 췄어요. 정말 당연한 박수갈채였죠. 예술적이라고 하기에는 좀 과하다 싶은 면도 있었지만, 꽤 자연스러웠죠. 아무튼 그게 무슨 상관이겠어요? 중요한 건 성공했다는 겁니다. 굉장한 성공이었죠. 그렇다고 그 자리에 그냥 있어야 합니까? 그러면 가치가 떨어지죠. 그럴 수는 없었어요. 난 내 사랑스러운 카프리 아가씨를 붙들어서는, 빠른 발걸음으로 사람들 사이를 돌아다니며 정중하게 답례를 했죠. 그러고는 소설의 한 구절에서처럼 고상하고도 사랑스러운 환상이 사라지듯 그곳을 빠져나왔습니다. 퇴장은 말로 표현할 수 없을 정도로 신중해야 합니다. 하지만 이렇게 중요한 것을 설명해도 노라는 이해하지 못하는군요. 와, 여긴 정말 덥네. (의자 위에 도미노를 벗어 놓고, 자기 방 문을 열어 둔다) 뭐야? 캄캄하군. 아, 물론 그렇겠지. 실례합니다. (방으로 들어가 초를 두세 개 켠다)

노라 (숨쉴 틈 없이 재빠르게 속삭인다) 그래서 어떻게 됐어?

린데 부인 (낮은 소리로) 얘기했어.

노라 그래서?

린데 부인 노라, 남편에게 모든 걸 다 말해야만 해.

노라 (힘없이) 알고 있어.

린데 부인 크로그스타에 관해서는 걱정할 필요 없어. 하지만 솔직히 다 말해.

노라 그러고 싶지 않아.

린데 부인 결국 편지를 통해 알게 될 거야.

노라 고마워, 크리스티네. 난 어떻게 할지 결정했어. 쉿!

헬메르 (다시 등장하며) 자, 린데 부인. 노라를 충분히 칭찬해 주셨나요?

린데 부인 네, 이제 가려고요.

헬메르 이렇게 빨리요? 이 뜨개질거리는 당신 건가요?

린데 부인 (받으며) 아, 네. 잊을 뻔했네요.

헬메르 뜨개질을 하시는군요.

린데 부인 네.

헬메르 뜨개질보다는 수를 놓는 게 더 좋을 텐데.

린데 부인 정말요? 어째서죠?

헬메르 훨씬 더 아름다워 보여요. 한번 보시겠어요? 왼손에 천을 잡고 오른손으로는 바늘을 쥐고, 이렇게 가볍게 집어넣었다가 빼내면 부드러운 곡선이 생기죠. 그렇지 않아요?

린데 부인 그런 것 같네요…….

헬메르 하지만 뜨개질은 보기에 너무 흉해요. 보세요. 두 팔을 옆구리에 꼭 붙이고, 바늘은 위아래로만 움직이죠. 왠지 꼭 중국 사람 같아 보여요. 아, 정말 오늘 나온 샴페인은 얼마나 훌륭했는지!

린데 부인 네. 노라, 난 그만 가볼게! 이제 더 이상 고집 피우지 마!

헬메르 말씀 한번 잘 하셨어요!

린데 부인 안녕히 계세요.

헬메르 (문으로 배웅하며) 안녕히 가세요. 집까지 편안하게 가시기 바랍니다. 그래요, 여기서 그렇게 멀지 않죠. 그럼 가세요. (린데 부인이 떠나자 헬메르는 문을 닫고 다시 등장한다) 자, 이제 완전히 떠나셨구먼. 정말 할 일이 없나 보군.

노라 피곤하지 않아요, 토르발?

헬메르 아니, 괜찮은데.

노라 졸리지 않아요?

헬메르 전혀. 오히려 들떠 있지! 근데, 당신은 피곤하고 졸린 것 같군.

노라 그래요, 피곤해요. 빨리 자고 싶어요.

헬메르 그래그래! 내 말이 맞았지? 파티를 빨리 끝내고 오는 게 옳았지?

노라 당신은 언제나 옳은 소리만 하시죠.

헬메르 (그녀의 눈썹에 키스하며) 우리 귀여운 종달새가 이제야 정신을 차리셨군. 그런데 오늘 밤 랑크가 정말 재미있어하던데, 봤어?

노라 그랬어요? 난 그이와 한 마디도 못 해봤는데.

헬메르 확실하진 않지만, 한동안은 그렇게 즐거워하는 걸 본 적이 없었던 것 같아. (잠시 노라를 쳐다보다가 가까이 다가가며) 음, 이렇게 매혹적인 당신과 완전히 둘만 있으니 정말 좋군!

노라 그렇게 쳐다보지 마요, 토르발!

헬메르 내가 가진 가장 값비싼 보물을 지켜봐서는 안 된다는 건가? 이 미인은 내 것이고, 나만의 것이고, 완벽하고도 온전하게 내 것인데!

노라 (테이블 반대편으로 가서) 오늘 밤만은 그런 말 마세요.

헬메르 (노라를 뒤쫓아) 타란텔라 춤의 열정이 아직 당신에게 남아 있군. 난 알 수 있어. 그래서 더 당신을 원하게 돼. 들어 봐! 손님들이 떠나가기 시작했어. (좀 더 부드럽게) 노라……. 이제 곧 집 안이 조용해질 거야.

노라 그러길 바라요.

헬메르 그래, 사랑하는 노라, 그래야지. 아, 당신 알고 있어? 우리가 함께 파티에 참석해 있으면서도 내가 당신에게서 떨어져 있거나 당신과 얘기하지 않고 적당한 거리를 두고 몰래 훔쳐보는 이유를 알아? 난 당신을 나의 숨겨

둔 연인이라고 상상하는 거야. 비밀리에 약혼한. 그래서 아무도 우리 둘의 관계를 눈치채지 못하게 하는 거지.

노라 그래요, 알아요, 알아. 당신이 언제나 날 그렇게 생각하고 있다는 걸.

헬메르 그래서 떠날 시간이 되면, 난 당신의 부드럽고 탄력 있는 어깨에, 목에서부터 기가 막힌 곡선을 그리고 있는 이 어깨에 숄을 걸쳐 주는 거야. 이제 막 결혼식을 마친 젊은 신부에게 신랑이 해주는 것처럼. 난 마치 당신을 처음 집으로 데리고 오는 것처럼 안내하지. 그래서 이제 우리 둘만 있게 된 거야. 완전히 우리 둘뿐이야. 이렇게 우리 둘만 있게 되는 것도 처음이지. 젊고 아름다운 당신은 떨고 있어! 난 오늘 밤 그렇게 생각했어! 당신이 유혹하는 듯한 타란텔라 춤을 추고 있을 때, 내 피는 끓어올랐어. 더 이상 거기 있을 수가 없었지. 그래서 당신을 그렇게 급하게 집으로 데리고 온 거야.

노라 이제 그만 저리 가세요, 토르발! 날 내버려 둬요! 그런 말 듣기 싫어요.

헬메르 무슨 소리야? 날 놀리는 거야, 노라? 날 원하지 않소? 당신 남편이잖아!

밖에서 문 두드리는 소리가 들린다.

노라 (깜짝 놀라며) 들었어요?
헬메르 (문으로 가며) 거기 누구요?

랑크 (밖에서) 나야. 잠깐 들어가도 되겠나?

헬메르 (목소리를 낮춰 짜증을 내며) 이 시간에 웬일이야? (소리를 높여서) 잠깐만 기다려 줘. (가서 문을 연다) 집으로 돌아가는 길에 들러 주다니 기쁘군.

랑크 자네 목소리가 들려서 잠깐 들른 거야. (주위를 둘러보며) 그래, 여긴 정든 곳이지. 정말 따뜻한 당신들의 보금자리야.

헬메르 내가 보기에 자넨 위층에서 아주 즐거운 시간을 보냈던 것 같은데.

랑크 물론이지. 그러면 안 되나? 인생에서 얻을 수 있는 것은 다 얻어야 하지 않겠나? 가능한 것은 모두 다. 되도록이면 오래. 오늘 마신 와인은 정말 좋았어.

헬메르 샴페인도!

랑크 자네도 그렇게 생각했나? 나도 내가 그렇게 많이 마실 줄은 몰랐어.

노라 토르발도 오늘 밤 많이 마셨어요.

랑크 그랬어요?

노라 네, 샴페인을 마시면 늘 기분이 좋아진답니다.

랑크 그럼. 낮 시간에 열심히 일했으면, 저녁은 즐겁게 보내야지.

헬메르 열심히 일했다고? 난 그렇게 말하고 싶지 않은데.

랑크 (헬메르의 어깨를 두드리며) 아니야, 난 그래!

노라 랑크 박사님, 오늘 어떤 검사를 하실 거라고 들었던 것 같은데요.

랑크 그랬죠.

헬메르 대단한데, 귀여운 노라가 의학적인 검사에 관해서 말하다니!

노라 결과에 대해 축하해도 되나요?

랑크 그럼요.

노라 결과가 좋았나요?

랑크 의사와 환자 양쪽 모두가 더 바랄 나위 없이 좋았죠. 확실히!

노라 (캐묻듯 재빨리) 확실하다고요?

랑크 그래요, 틀림없이. 검사를 했으니 오늘 밤은 유쾌하게 지내도 괜찮지 않을까요?

노라 맞아요, 랑크 박사님.

헬메르 나도 찬성이네만 아침에 고생하면 안 되겠지.

랑크 그래, 세상 모든 일에는 대가를 치르지 않으면 안 되니까.

노라 랑크 박사님, 가장무도회를 좋아하시나요?

랑크 그럼요, 특히 변장이 훌륭하거나 낯설게 보일 때는—

노라 그럼 얘기해 주세요. 다음번엔 우리 둘이 어떤 모습으로 나타나면 좋겠어요?

헬메르 벌써 다음번 무도회를 걱정해? 성격도 급하군.

랑크 두 분이라……. 행운의 여신으로 변장하면 어떨까—

헬메르 그것도 좋겠군. 의상은 어떻게 준비하지?

랑크 부인께서는 평상복 차림으로도 괜찮아요.

헬메르 그렇다면 자네도 어떻게 변장할지 결정해야지.

랑크 난 이미 결정했어.

헬메르 어떻게?

랑크 다음번 무도회에서 난, 보이지 않는 사람으로 분장할 거야.

헬메르 재미있겠는데.

랑크 엄청나게 크고 검은 모자에 관해 들어 본 적이 있나? 보이지 않는 사람의 모자라고들 하지. 그걸 쓰면 아무에게도 보이지 않아.

헬메르 (웃음을 참으며) 오, 그래, 그렇겠지.

랑크 내가 여기 왜 왔는지 잊고 있었군. 헬메르, 나에게 진한 아바나 여송연을 하나 주게.

헬메르 기꺼이 주지. (담뱃갑을 내민다)

랑크 고마워. (한 개비를 꺼내 끝을 자른다)

노라 (성냥을 긋는다) 불을 붙여 드릴게요.

랑크 고맙습니다. (노라가 성냥으로 여송연에 불을 붙여 준다) 그럼, 안녕히 계십시오.

헬메르 잘 가게, 친구.

노라 편안히 주무세요.

랑크 고마워요.

노라 내게도 인사해 주세요.

랑크 당신에게도? 원하신다면 그러죠. 편안히 주무세요. 담배에 불을 붙여 주셔서 고마워요. (두 사람 모두에게 머리를 끄떡이고는 나간다)

헬메르 (조용히) 취했어.

노라 (멍하니) 그런가 봐요.

헬메르가 주머니에서 열쇠를 꺼내 복도로 나간다.

노라 왜 그러세요, 토르발?
헬메르 우편함을 비워야겠어. 가득 찼거든. 내일 아침 신문이 들어갈 자리가 없어.
노라 오늘 밤에도 일하시게요?
헬메르 그럴 생각 없다는 거 알잖아. 아니, 이게 뭐야? 누군가 자물쇠를 건드렸어.
노라 자물쇠를?
헬메르 그래, 분명해. 누가 그랬지? 하녀가 그랬을 리는 없는데. 잠깐만, 여기 부러진 머리핀이 있어. 노라, 이건 당신 거야.
노라 (재빨리) 아이들이 그랬을 거예요.
헬메르 아이들에게 잔소리를 좀 해야겠군. 음, 됐어. 이제 열렸네. (우편함에서 꺼낸 것들을 들고 부엌을 향해 외친다) 헬레네? 헬레네……. 등불 좀 가져와. (방으로 돌아와 문을 닫는다. 손에 편지를 들고 있다) 이것 봐, 얼마나 많이 쌓여 있었는지 알겠지? (분류한다) 이건 뭐지?
노라 (창가에서) 편지! 안 돼요, 안 돼, 토르발!
헬메르 랑크의 명함 두 장이야.
노라 랑크 박사님이?
헬메르 (들여다보면서) 랑크 박사. 내과의사. 맨 위에 있네.

방금 나가면서 우편함에 넣어 둔 것 같은데.

노라 명함에 어떤 표식이 없나요?

헬메르 이름 위에 검은 십자가가 있어. 이것 봐, 섬뜩한데. 마치 자신의 죽음을 널리 알리려는 것 같아.

노라 그러려는 거예요.

헬메르 뭐라고? 그가 그렇게 얘기했어?

노라 네, 만일 이런 명함이 도착하면, 우리들에게 작별을 고하는 것으로 알라고 했어요. 이제 혼자 숨어서 죽을 거예요.

헬메르 불쌍한 친구야. 오래 버티지 못할 거라고 생각은 했지만 이렇게 빨리……. 이제 치명상을 입은 짐승처럼 몸을 숨기겠군.

노라 이렇게 돼버린 것, 잠자코 가게 해야죠. 그렇지 않아요, 토르발?

헬메르 (이리저리 걸으며) 그동안 가족처럼 지내 왔는데, 그 친구 없이 지내야 한다는 건 상상조차 할 수 없어. 그 친구의 고독과 그가 겪어야 했던 고통은 이렇게 빛나는 우리들의 행복에 가려 언제나 어두웠던 거야. 그래, 그렇게 하는 게 적어도 그 친구를 위한 최선의 방법일지도 몰라. (멈춰 선다) 그리고 결국은 우리들을 위해서도. 노라, 이젠 우리 둘만 남았어. (두 팔로 그녀를 감싼다) 아, 사랑하는 나의 아내. 아무리 꼭 끌어안아도 더욱 안고 싶어. 당신 알아? 여러 번 난 당신이 알 수 없는 위험에 빠져들었으면 싶었어. 그렇게 되면 난 내 몸과 마음과 모든 것을 당신을 위해 바칠 수 있을 테니까.

노라 (포옹을 풀고 나오며 결연한 태도로 딱딱하게 말한다) 이제 편지를 읽어 봐요, 토르발.

헬메르 아냐, 오늘 밤은 안 돼. 오늘 밤은 그냥 당신과 함께 있고 싶어…….

노라 당신 친구의 죽음을 마음에 품고?

헬메르 그래, 이 일로 우리 둘 다 약간 놀랐지. 우리 둘 사이에 죽음과 부패가 끼어들었어. 이런 생각에서 벗어나야 해. 그래, 잠시 떨어져 있어요.

노라 (그의 목을 감싸 안으며) 토르발……. 잘 자요! 잘 자!

헬메르 (이마에 입 맞추며) 잘 자, 노래하는 작은 새. 잘 자요, 노라. 이제 편지를 읽어야지. (편지를 들고 방으로 들어가면서 문을 닫는다)

노라, 사나운 눈길로 주변을 두리번거리다가 헬메르의 도미노를 움켜쥔다. 옷을 어깨로 끌어당기며 쉰 독소리로 재빨리, 거의 발작을 일으키듯 속삭인다.

노라 절대로 당신을 다시 보지 못할 거야. 절대로, 절대, 절대로. (숄로 머리를 감싼다) 아이들도 다시는 코지 못할 거야. 그래, 심지어 아이들까지…… 절대로, 절대……. 꽁꽁 얼어붙은 검은 강……. 바닥이 안 보일 정도로 깊은……. 그래, 이 모든 일이 지나가 버리면…… 이제 그이의 손에 들려 있을 거야. 편지를 읽겠지. 지금……. 아냐, 아냐. 아직은 아니야. 토르발, 잘 있어요. 아이들도……

복도로 나가려 한다. 거의 같은 순간 헬메르가 문을 던지듯 열고 나온다. 그는 손에 편지를 들고 서 있다.

헬메르 노라!
노라 (비명을 지르며) 아……!
헬메르 이게 뭐야? 이 편지에 뭐라고 쓰여 있는지 알아?
노라 네, 알아요. 날 가게 내버려 두세요. 나갈 거예요!
헬메르 (그녀를 붙들며) 어딜 가는데?
노라 (빠져나오려고 애쓰며) 날 구하려 하지 말아요, 토르발!
헬메르 (비틀거리며 뒤로 물러선다) 이게 사실이야? 이자가 말한 게 정말이야? 끔찍해! 아냐……. 이건 있을 수 없는 일이야.
노라 사실이에요. 난 이 세상 무엇보다 더 당신을 사랑했어요.
헬메르 그런 멍청한 변명 따위는 집어치워.
노라 (그에게 다가가며) 토르발!
헬메르 이 한심한 여자야……. 당신이 무슨 일을 저질렀는지 알기나 해?
노라 떠나게 해주세요. 나 때문에 당신이 곤란해지는 것은 원치 않아요. 나 대신 죄를 뒤집어쓰면 안 돼요.
헬메르 비련의 여주인공 흉내는 그만둬! (복도 문을 잠근다) 여기 있어야 해. 그리고 설명해 봐. 당신이 무슨 짓을 한 건지 알고 있어? 대답해 봐! 알고 있느냐고!

노라 (그를 뚫어져라 쳐다보는 그녀의 얼굴이 점점 굳어 간다) 그래요, 이제야 모든 걸 다 알겠군요.

헬메르 (서성이며) 아! 이게 도대체 무슨 꼴이야! 8년 동안 나의 자랑이고 기쁨이던 여자가 위선자에 거짓말쟁이……. 더 심각한 건, 범죄자였다니! 당신에게 이렇게 지저분한 면이 있었다니……. 에잇! (노라는 침묵을 지킨 채 굳은 표정으로 그를 바라본다) 이렇게 될 줄 미리 짐작했어야 했는데. 이 모든 건 당신 아버지의 경솔한 성격 때문에……. 당신이 그걸 물려받았어. 종교에 대한 생각도, 도덕에 대한 기준도, 의무감도 없지. 난 그런 당신 아버지를 눈감아 준 책임을 지게 된 거야. 당신을 위해 그렇게 했는데, 이제 당신이 나에게 이런 방식으로 갚는군!

노라 네, 그렇게 됐네요.

헬메르 당신이 내 행복을 짓밟았어. 내 미래가 엉망이 되었다고! 생각할수록 끔찍해. 난 부도덕한 짐승의 손아귀에 완전히 사로잡히게 됐어. 그 짐승은 자기가 원하는 대로 마음껏 날 조종할 거야. 나에게 명령하고, 날 부려먹을 거야. 난 찍소리도 못 하겠지. 이 일로 난 파묻할 거야. 그래, 밑바닥까지 가겠지. 이 모든 게 다 경솔한 한 여자 때문에 생긴 일이야.

노라 내가 이 세상에서 사라지고 나면, 당신은 자유로워질 거예요.

헬메르 집어치워! 당신은 당신 아버지와 똑같아. 언제나 그럴듯한 말주변을 입에 달고 다니지. 당신이 이 세상에서 사라진다고 해서 나에게 무슨 도움이 되겠어? 아무 도움이 안 돼. 그자는 모든 것을 다 들춰낼 거야. 오히려 내가 당신의 범죄에 연루되었을 거라는 의심만 사게 될걸! 사람들은 내가 배후에 있었고, 모든 게 내 생각이었다고 믿을 거야! 그게 모두 내가 결혼해서 지금까지 그렇게도 아껴 왔던 당신 때문이라고. 이제 내게 무슨 짓을 했는지 알겠어?

노라 (침착하고 냉정하게) 네.

헬메르 이해가 안 돼……. 도대체 나로서는 믿기 힘든 일이야. 하지만 해결하도록 노력해야지. 숄을 벗어. 벗으라고 했잖아! 그자를 진정시킬 방법을 찾아야 해. 무슨 수를 써서라도 해결해야지. 당신과 나는 아무 일도 없었던 것처럼 행동해야 돼. 물론 사람들 앞에서만. 알고 있겠지만, 당신은 집에만 있어야 해. 하지만 아이들을 맡길 수는 없어. 이젠 당신을 믿을 수 없으니까. 오, 그렇게 사랑하던 당신에게 이렇게까지 말해야 하다니. 하지만 지금은…… 그래, 모든 게 다 끝났어. 이제 오늘부터 행복이란 없어. 판자나 유리 조각이나 긁어 모아야겠지. (초인종이 울린다. 헬메르가 움직인다) 이게 무슨 소리지? 이렇게 늦은 시각에! 벌써 끔찍한 일이 일어났나? 설마 그가……? 노라, 당신은 숨어 있어! 아프다고 해. (노라는 일어선 채 움직이지 않는다. 헬메르가 복도 문을 연다)

하녀 (옷을 반만 걸친 채 복도에서) 부인께 온 편지예요.

헬메르 이리 줘. (편지를 잡아채고는 문을 닫는다) 그래, 그 놈에게서 온 거야. 당신은 안 돼. 내가 직접 읽어 봐야지.

노라 읽어 보세요.

헬메르 (등불로 가서) 우리 둘 다 이제 끝이라고 생각하니 편지 읽기가 겁나는군. 그래도 알 건 알아 둬야지. (봉투를 뜯어서 몇 줄 읽다가, 동봉한 서류를 보고는 즐거운 비명을 지른다) 노라! (노라는 의아해하며 그를 빤히 쳐다본다) 노라! 아냐, 내가 다시 읽어 볼게. 그래그래, 꿈이 아니야. 이제 살았다! 노라, 난 이제 다시 살았어!

노라 나는요?

헬메르 물론 당신도 마찬가지지. 우리 둘 다 살았어, 우리 모두. 당신이 쓴 차용증을 보냈어. 미안하고 후회한다는 내용의 편지와 함께. 보여 줄까? 그는 다시 행복을 찾았대. 오, 그가 무슨 말을 하는지는 중요하지 않아. 이제 우린 살았어, 노라! 이제 아무도 당신을 다치게 하지 않을 거야. 오, 노라, 노라······. 아냐, 우선 이 흉측한 것을 없애야지. 다시 한 번 더 자세히 보고. (잠시 차용증을 훑어본다) 아냐, 더 이상 쳐다보고 싶지 않아. 이건 단지 악몽이었을 뿐이야. (편지와 함께 차용증을 조각조각 찢어서 난로에 집어넣고는 불에 타는 것을 지켜본다) 아무것도 남지 않았군. 그자가 편지에 쓰길, 당신은 크리스마스이브부터······. 당신에겐 정말 끔찍한 사흘이었겠군, 노라.

노라 지난 사흘은 정말 힘들었어요.

헬메르 힘들었겠지. 도저히 다른 방법이 없었을 테니까. 하지만……. 아냐, 이제 더 이상 이 지저분한 일은 생각하지 맙시다. 다시 기쁨을 찾고 이제 다 지나갔다고, 이제 모두 다 끝났다고만 얘기합시다. 노라, 내 말 듣고 있어? 당신은 아직 일이 어떻게 된 건지 모르는 것 같은데, 이제 끝났다고! 근데 왜 그래? 왜 그렇게 차갑게 노려보고 있어? 아, 불쌍한 노라, 알겠어. 내가 아직 당신을 용서하지 않은 줄 알고 있구나. 하지만 노라, 약속할게. 모든 걸 다 용서한다고. 날 사랑해서 그랬다는 거 알아.

노라 그건 정말이에요.

헬메르 아내가 남편을 사랑하는 건 당연해. 당신은 다만 판단력이 부족해서 잘못된 방법을 택했던 거야. 하지만 당신 혼자 감당할 수 없는 일 때문에 내가 당신을 덜 사랑하게 되었다고 생각하는 건 아니지? 그럴 필요 없어. 그냥 나한테 기대면 돼. 나에게 의논하면 내가 당신에게 이렇게 저렇게 하라고 알려 줄 거야. 당신처럼 연약하고 무력한 여자가 예전보다 훨씬 더 사랑스러워 보이지 않는다면, 난 남자도 아냐. 조금 전에 내가 했던 끔찍한 말들은 다 잊어버려. 내가 쌓아 온 모든 것을 다 잃어버릴 것 같아서 그런 거였어. 당신을 용서할게, 노라……. 당신을 용서한다고 맹세해.

노라 용서해 줘서 고마워요. (오른쪽 문을 통해 나간다)

헬메르 안 돼, 가지 마……. (들여다보며) 뭘 하는 거지?

노라 무도회에서 입었던 의상을 벗으려고요.

헬메르 (열린 문 옆에서) 그래, 그렇게 해. 진정하도록 해.

생각을 집중하고. 바들바들 떨고 있는 내 귀여운 종달새, 당신을 감싸 줄 큰 날개가 나한테 있으니 안심하고 쉬어. (문 쪽으로 걸어간다) 오, 노라……. 우리 집은 정말 아늑하고 포근해. 당신에겐 여기가 안전해. 송골매의 발톱에서 다치지 않게 잡아챈 비둘기 같은 당신을 보호할 수 있는 곳이지. 두근거리는 당신 심장에 평화와 안식을 줄 거야. 조금씩 그렇게 될 거야, 노라. 날 믿어. 내일이면 당신도 달라질 거야. 그리고 곧 모든 것이 정상으로 돌아오겠지. 당신을 용서한다는 말은 이제 더 이상 하고 싶지도 않아. 당신도 느낄 거야. 내 말이 진심이라는 걸 당신도 알게 될 거야. 내가 당신을 탓하거나, 심지어 비난했다고 생각하는 건 아니지? 노라, 당신은 남자의 마음을 몰라. 가끔씩 남자들은 아내를 가슴 깊은 곳에서부터 용서해 주고 나서 말할 수 없이 달콤한 만족감을 느껴. 그건 아내를 이중으로 소유하고 있는 것 같은 기분이지. 마치 아내가 이 세상에 다시 태어난 것 같아. 이런 방식으로 용서를 베풀면 아내가 아내이자 동시에 자식처럼 여겨져. 그래, 귀엽고 무력한, 그리고 대책 없는 당신이 바로 그런 아이야. 이제 더 이상 두려워하지 마. 내게 마음을 열기만 하면 내가 곧 당신의 양심이자 의지가 될 거야. 이게 뭐야? 왜 옷을 갈아입었어?

노라 그래요, 토르발. 외출복으로 갈아입었어요.

헬메르 하지만 왜, 지금, 이렇게 늦게?

노라 오늘 밤 난 잘 수 없어요.

헬메르 하지만 노라…….

노라 (시계를 보며) 아주 늦은 건 아니네요. 앉아요, 토르발. 당신과 할 얘기가 많아요. (그녀는 테이블 한쪽 끝에 앉는다)

헬메르 노라…… 왜 그래? 이렇게 차갑게…….

노라 앉으세요. 시간이 좀 걸릴 거예요. 할 말이 많아요.

헬메르 (노라의 맞은편에 앉는다) 날 겁주는 건가? 노라, 당신을 이해할 수가 없군.

노라 그래요, 바로 그거예요. 당신은 날 이해하지 못해요. 그리고 나도 당신을 절대로 이해하지 못했어요. 난 그걸 오늘 밤 알게 됐죠. 아뇨, 내 말을 끊지 마세요. 끝까지 들어야 해요. 이제 우린 끝이에요, 토르발.

헬메르 무슨 뜻이지?

노라 (짧은 침묵이 흐른 다음) 이렇게 앉아 있는 이유가 뭐라고 생각하세요?

헬메르 그 이유가 뭔데?

노라 우린 8년간 함께 결혼 생활을 해왔어요. 이렇게 당신과 나, 남편과 아내가 진지한 대화를 나눈 게 오늘이 처음이란 걸 알고 계세요?

헬메르 진지한 대화라……. 어떤 의미로 하는 말이야?

노라 지난 8년 동안, 아니죠, 우리가 처음 만났을 때부터 우린 단 한 번도 진지하게 얘기해 본 적이 없었어요.

헬메르 말해 봐야 감당도 못할 문제에 당신까지 끌어들여야 했을까?

노라 난 문제에 관해 얘기하는 게 아녜요. 지금까지 우린 함께 앉아서 진지하게 얘기해 본 적이 없었다는 거죠.

헬메르 하지만 노라, 그런 일은 당신과 맞지 않잖아?

노라 바로 그거예요. 당신은 날 전혀 이해하지 못해요. 난 정말 대단히 잘못된 취급을 받았다고요, 토르발. 처음에는 아빠 때문이었고, 그다음은 바로 당신 때문에요.

헬메르 뭐라고? 이 세상 그 누구보다도 당신을 사랑한 우리 두 사람 때문에——

노라 (머리를 흔들며) 당신은 날 사랑하지 않았어요. 나와 사랑에 빠져 있는 것이 재미있다고 생각했을 뿐이죠.

헬메르 노라, 어떻게 그런 말을?

노라 그게 진실이에요, 토르발. 아빠와 집에 있을 때, 아빠는 자기 생각을 나에게 다 말해 주었고, 그러면 나도 똑같은 생각을 하곤 했어요. 하지만 아빠와 다른 생각이 들 땐, 난 그 생각을 감추어야 했어요. 아빠 마음에 들지 않을 거라고 생각했기 때문이죠. 아빠는 나를 인형이라고 불렀어요. 내가 인형과 놀듯, 아빠는 나와 놀아 줬죠. 그러고 나서 난 당신 집으로 온 거예요.

헬메르 우리의 결혼 생활을 이런 식으로 얘기할 거야?

노라 (흔들리지 않고) 내 말은, 난 아빠의 손에서 당신의 손으로 넘겨졌다는 거죠. 당신은 당신 취향에 다라 모든 것을 결정했어요. 나도 당신과 같은 취향을 가지거나, 그런 척했죠. 뭐가 옳은 건지 나도 잘 모르겠어요. 내 생각엔 반반이었던 것 같아요. 때로는 이렇게, 때로는 저렇게요. 이제 돌이켜 생각해 보니, 난 이 집에서 마치 하루 벌어

하루 먹으며 살아가는 거지 같았다는 것을 걸 알게 됐어요. 난 당신을 속이면서 살아왔어요, 토르발. 하지만 그게 바로 당신이 원했던 거예요. 당신과 우리 아빠가 날 죄인으로 만든 거죠. 지금 내가 이렇게 무력해진 건 당신들 잘못이에요.

헬메르 노라……. 이건 말도 안 되는 얘기야. 게다가 은혜를 모르는 일이고! 나와 지내는 동안 행복하지 않았어?

노라 아뇨, 절대로. 그렇게 생각했을 뿐이지, 사실은 그렇지 않았어요.

헬메르 아니라고……. 행복하지 않았다고!

노라 단지 재미있었을 뿐이죠. 당신은 언제나 나에게 잘해 줬어요. 하지만 이 집은 아이들이 안전하게 놀 수 있도록 가두어 두는 놀이터에 불과할 뿐이에요. 여기 있는 나는 당신의 아내라는 인형이죠. 아빠가 날 어린 인형으로 취급했던 것처럼요. 바꿔 말하면, 내 아이들 역시 내 인형이죠. 아이들과 놀면 재미있듯이 당신이 나에게 와서 놀아 주면 즐거웠던, 그게 우리들 결혼 생활이었어요, 토르발.

헬메르 과장되고 바보 같긴 하지만 아주 틀린 얘기는 아냐. 하지만 이제부터는 모든 게 달라질 거야. 노는 시간은 이제 끝이야. 수업을 다시 시작해야지.

노라 누가 그 수업을 듣는데요? 나? 아니면 아이들?

헬메르 당신과 아이들 모두 다 함께.

노라 아, 토르발, 당신은 나를 가르칠 만한 사람이 아녜요.

헬메르 어떻게 그런 말을!

노라 그리고 난……. 내가 어떻게 아이들을 기르겠어요?

헬메르 노라!

노라 조금 전에 당신 스스로 말했죠? 나에게 아이들을 맡길 수 없다고 하지 않았나요?

헬메르 화가 났을 때 얘기야! 왜 그렇게 심각하게 받아들여?

노라 당신은 진실을 말했어요. 난 아이들을 키울 수 없어요. 그 전에 꼭 해야 할 일이 있어요. 나 자신을 가르치는 일이죠. 당신은 도움이 안 돼요. 나 혼자 할 거예요. 그래서, 난 당신을 떠날 거예요.

헬메르 (펄쩍 뛰듯 일어서며) 지금 뭐라고 했어?

노라 나 자신과 세상을 제대로 알기 위해, 난 완전히 독립해야 해요. 그래서 이제 더 이상 당신과 함께 있고 싶지 않은 거예요.

헬메르 노라, 노라!

노라 지금 바로 떠날 거예요. 크리스티네가 오늘 밤 날 받아 줄―

헬메르 미쳤군! 허락할 수 없어. 안 돼!

노라 이제부터는 허락하지 않는다고 해봐야 소용없어요. 난 내 물건을 챙겨서 나가요. 이제 당신에게서는 아무것도 받지 않을 거예요. 앞으로 영원히.

헬메르 이게 도대체 무슨 미친 짓이야?

노라 내가 살던 옛날 집으로 돌아갈 거예요. 거기서 뭔가 일자리를 찾는 게 훨씬 더 쉬울 것 같아서요.

헬메르 정말 제멋대로군. 세상 물정이라고는 하나도 모르는 주제에!

노라 이제 알도록 노력할 거예요, 토르발.

헬메르 집을 버리고, 남편과 아이들까지! 사람들이 어떻게 말할지 생각해 봤어?

노라 상관없어요. 내가 아는 건 이 일이 내게 정말 중요하다는 것뿐이에요.

헬메르 최악이군! 가장 신성한 의무를 모른 척하겠다는 거야?

노라 내가 가장 신성하게 지켜야 할 의무가 어떤 거라고 생각하세요?

헬메르 꼭 말해야 알겠어? 남편과 아이들 아닌가?

노라 나에겐 다른 의무가 있어요. 똑같이 신성한.

헬메르 아냐, 그런 게 어딨어. 도대체 그게 뭐야?

노라 나 자신에 대한 의무죠.

헬메르 당신은 아내이자 어머니야. 무엇보다도 먼저.

노라 난 더 이상 그렇게 믿지 않아요. 내가 믿는 건 내가 당신과 똑같은 인간이라는 거예요. 아니라면 적어도 난 그렇게 되기 위해 노력할 거예요. 대부분의 사람들이 당신처럼 생각한다는 걸 난 알아요, 토르발. 그리고 당신이 취하고 있는 입장에 대해서는 셀 수조차 없을 만큼 많은 책들이 다 한결같은 목소리로 지지하고 있어요. 하지만 난 이제 대부분의 사람들이 하는 얘기에 대해서도, 책에 쓰여 있는 내용에 대해서도 만족할 수 없어요. 그런 내용을 이해하기 위해서라도 나 <u>스스로</u> 깊이 생각해 봐야겠어요.

헬메르 집안에서의 당신의 위치에 대해서 아무것도 이해하지 못했어? 이런 문제에 대해서라면 오류 없이 제대로 인도해 줄 길잡이가 있잖아? 당신에게는 종교가 있어.

노라 오, 토르발. 난 정말 종교가 뭔지 모르겠어요.

헬메르 어떻게 그런 말을 할 수 있지?

노라 나에게 견진 성사를 베풀어 주신 한센 신부님이 하신 말씀만 알고 있죠. 그분은 나에게 종교에 대허 이런저런 말씀을 해주셨어요. 이 집을 떠나면, 난 그분이 하신 말씀을 혼자서 되새겨 볼 거예요. 그 말씀이 옳았는지, 아니 적어도 나에게 적합한 것인지 생각해 볼 거예요.

헬메르 이런 얘기는 젊은 여자 입에서 나올 말이 아냐. 만일 당신에게 종교가 통하지 않는다면, 당신의 양심에 대해 묻겠어. 당신은 도대체 도덕적인 원칙을 알고 있는 거야? 대답해 봐. 그것조차 없단 말이야?

노라 그래요, 토르발. 대답하기 쉽지 않네요. 정말 모르겠어요. 사실 지금 난 혼돈 속에 빠져 있어요. 분명히 알고 있는 사실은, 내가 당신과는 완전히 다르게 생각한다는 거죠. 법도 내가 생각했던 법이 아니라는 걸 알게 됐어요. 그래서 법이 옳다는 생각을 내 머릿속에 집어넣을 수가 없어요. 여자는 죽어 가는 아버지를 위해 배려를 해줄 어떤 권리도 없고, 죽어 가는 남편을 살리기 위한 일을 할 권리도 없나요? 난 이런 법을 믿을 수 없어요.

헬메르 마치 어린아이처럼 얘기하는군. 당신은 이 사회를 모르고 있어.

노라 그래요, 몰라요. 하지만 난 이제 나 자신을 알게 됐어요. 난 세상과 나 가운데 누가 옳은지 확인하겠어요.

헬메르 당신은 아파, 노라. 열이 있군. 당신 지금 제정신이 아니야.

노라 이렇게 내 정신이 또렷했던 적은 없었어요. 오늘 밤처럼 모든 일이 분명했던 적도 없고요.

헬메르 남편과 아이들을 내팽개치겠다고 해놓고도, 정신이 또렷하고 분명하다고?

노라 그래요, 그렇게 할 거예요.

헬메르 그렇다면 마지막으로 한 가지 이유만 남았군.

노라 그게 뭐죠?

헬메르 당신은 더 이상 날 사랑하지 않아.

노라 그래요. 정확하게 말씀하셨어요.

헬메르 노라, 어떻게 그런 말을!

노라 오, 이렇게 말하는 저도 괴로워요, 토르발. 당신은 나에게 언제나 그렇게 친절했는데. 그래도 어쩔 수 없어요. 난 더 이상 당신을 사랑하지 않아요.

헬메르 (흥분을 억제하려고 노력하면서) 그 생각, 분명하고 확실한 거야?

노라 그래요, 분명하고 확실해요. 그게 바로 내가 더 이상 이 집에서 살 수 없는 이유예요.

헬메르 내가 왜 당신의 사랑을 잃게 됐는지 말해 줄 수 있어?

노라 물론이죠, 할 수 있어요. 오늘 밤에 난 놀라운 일이 일어나리라 생각했었는데, 그 일은 일어나지 않았어요. 당신은 내가 생각하고 있던 그런 사람이 아니었어요.

헬메르 좀 더 자세히 말해 봐. 무슨 소린지 모르겠어.

노라 지난 8년 동안, 난 고통스럽게 기다려 왔어요. 오, 하느님……. 그런 기적이 매일 찾아오지는 않을 거라는 건 알고 있었으니까요. 그러다가 이 천재지변이 나에게 닥친 거예요. 모든 게 폭로됐죠. 난 이제 곧 놀라운 일이 일어날 거라고 믿어 의심치 않았어요. 크로그스타의 편지가 저기 놓여 있을 때, 난 단 한 순간도 당신이 그자의 술수에 넘어가리라고 상상하지 않았어요. 당신이 그자에게 이렇게 말할 거라고 확신하고 있었죠. 〈이 따위 얘기, 하고 싶으면 온 세상에 다 알려 봐!〉 그런데 막상 그 일이 벌어지니까—

헬메르 그러면 나더러 어쩌란 말이야? 내가 아내를 모욕과 수치 속에 드러내면—

노라 그 사람이 모든 걸 폭로하면, 난 당신이 분명 나 대신 모든 것을 뒤집어쓰고, 〈내가 잘못한 일이야〉라고 말할 줄 알았어요.

헬메르 노라!

노라 당신이 그런 희생을 치르도록 내가 절대로 내버려 두지 않았을 거라고 생각하겠죠? 물론 그랬을 거예요. 그래도 당신의 뜻을 꺾지는 못하겠죠. 내가 두려움 속에서 기대했던 건 정말 놀라운 일, 그야말로 기적이었죠. 그런 일이 일어나지 않도록, 당신을 위해 난 내 인생을 끝내려고도 했어요.

헬메르 난 당신을 위해 밤낮으로 일했어, 노라. 당신을 위해 고통을 기쁘게 감수하고 희생했어. 하지만 자기의 명예를 포기할 수 있는 사람은 아무도 없어. 심지어 사랑하는 사람을 위해서라도 그건 못 해.

노라 수백만의 여자들은 바로 그렇게 했어요.

헬메르 오, 당신은 마치 아무것도 모르는 아이처럼 생각하고 말하는군.

노라 그럴지도 모르죠. 하지만 당신의 생각과 말을 들으니 나와 인생을 함께할 사람 같지는 않군요. 당신은 내게 닥친 위험이 아니라, 어쩌면 당신에게 일어날지도 모르는 위험만 두려워했어요. 그런데 그 두려움에서 벗어나니 아무 일도 없었던 것처럼 행동하네요. 난 결국 예전의 나로 돌아가게 되겠죠. 당신의 귀여운 종달새, 당신의 인형으로. 그리고 당신은 전보다 두 배나 더 조심스럽게 날 돌봐야겠죠. 왜냐하면 부서지기 쉽고 연약하니까. (일어선다) 그 순간 토르발, 내가 여기서 낯선 사람과 살았구나, 그 사람과 세 아이를 낳았구나 하는 생각이 갑자기 떠올랐어요. 아……. 더 이상 견딜 수 없어요! 내 몸이 갈기갈기 찢겨 나갔으면 좋겠어요.

헬메르 (무겁게) 알겠어, 알아. 우리 사이에 정말 엄청난 틈이 생겼어. 하지만 노라, 그 빈틈을 어떻게 다시 채울 수는 없을까?

노라 이제 난 더 이상 당신의 아내가 될 수 없어요.

헬메르 내가 달라질게. 달라질 수 있어.

노라 그럴지도 모르죠. 당신의 인형이 떠나고 난 뒤라면.

헬메르 당신 없이 어떻게 살아! 노라, 상상도 할 수 없어!

노라 아무리 그래도 안 돼요. (오른쪽으로 들어가 외출복과 테이블 옆 의자에 둔 여행 가방을 들고 돌아온다)

헬메르 노라, 노라, 지금은 안 돼! 내일 아침까지 기다려.

노라 (코트를 입으며) 낯선 남자의 집에서 밤을 지내고 싶지 않아요.

헬메르 여기서 오누이처럼 살아갈 수도 있잖아.

노라 (모자의 끈을 묶으며) 그런 관계가 얼마나 지속될지는 당신이 더 잘 알잖아요. (숄을 두르며) 잘 있어요, 토르발. 아이들은 만나고 싶지 않아요. 나보다 더 좋은 사람이 돌보겠죠. 이제 내가 가는 길에, 그 아이들을 위해 해줄 수 있는 건 아무것도 없어요.

헬메르 하지만 어느 날엔가, 노라, 언젠가는······ .

노라 모르겠어요. 내가 어떻게 되는지 나도 모르겠어요.

헬메르 하지만 당신이 어떻게 생각하든 당신은 나의 아내야. 지금 이 순간도 그렇고 앞으로도 영원히.

노라 잘 들어요, 토르발. 지금 내가 하는 것처럼 아내가 남편의 집을 버리고 떠나면, 남편은 그 여자에 대해 어떤 법적 책임도 없다고 들었어요. 그게 아니더라도, 난 당신을 모든 의무에서 풀어 드릴게요. 당신은 이제 어떤 구속도 느끼지 않게 될 거예요. 저도 마찬가지고요. 서로 완전한 자유를 찾아요. 여기 당신이 준 결혼반지가 있어요. 돌려 드릴게요. 제 것도 주세요.

헬메르 반지까지.

노라 그래요, 이것까지.

헬메르 우리들의 결혼반지를…….

노라 그래요. 자, 이제 다 끝났어요. 열쇠는 두고 갈게요. 집안일은……. 하녀들이 나보다도 훤해요. 내가 떠나면 내일 크리스티네가 와서 내 짐을 다 쌀 거예요. 그 짐은 고향으로 부치라고 하겠어요.

헬메르 모든 게 다 끝났어! 노라……. 앞으로 나에 대해서는 아무 생각도 하지 않을 거야?

노라 물론 자주 생각하겠죠……. 아이들도 생각하고, 그리고 이 집도…….

헬메르 당신에게 편지 써도 괜찮겠어, 노라?

노라 아뇨, 절대로 그러지 마세요.

헬메르 하지만 당신에게 뭔가 보내 주고 싶은데…….

노라 아무것도, 아무것도 안 돼요.

헬메르 만일 당신이 필요하다면 도와주고 싶—

노라 아뇨. 분명히 말해 두지만, 남에게서는 아무것도 받지 않을 거예요.

헬메르 노라……. 내가 당신에게 남 이상이 될 수는 없을까?

노라 (여행 가방을 들며) 오, 토르발……. 기적이 생기기 전에는 안 돼요.

헬메르 말해 봐. 당신이 말하는 기적이 도대체 뭔데?

노라 그건…… 당신과 나 둘 다 변하는 거예요. 오, 토르발, 난 더 이상 기적을 믿지 않아요.

헬메르 하지만 난 믿겠어. 말해 줘! 우리가 변하면 어떻게 되는지.

노라 그러면 함께 사는 게 진정한 결혼 생활이 될 수 있겠죠. 잘 있어요. (복도를 통해 나간다)

헬메르 (문 가까이에 있는 의자에 무너지듯 주저앉으며 손으로 얼굴을 감싼다) 노라! 노라! (주위를 두리번거리다가 일어선다) 비었어. 노라는 여기 없어. (어떤 희망이 그의 내부에서 타오른다) 기적이 일어난다면……?

아래쪽에서 탕 하고 문 닫히는 소리가 들린다.

유령

등장인물

헬레네 알빙 부인 육군 대위이자 의전 장관이었던 알빙의 미망인

오스왈드 알빙 알빙 부인의 아들, 화가

만데르스 목사

야코브 엥스트란드 목수

레지네 엥스트란드 알빙 부인의 하녀

장소

서부 노르웨이 피오르드 부근, 알빙 부인의 시골 저택

제1막

넓은 정원에 면한 거실. 왼쪽 벽에 문이 하나 있고, 오른쪽에는 두 개의 문이 있다. 거실 한가운데 놓인 둥근 탁자 주변에 의자들이 있다. 여러 권의 책과 잡지, 신문이 탁자 위에 있다. 전면 왼쪽에 창문이 있다. 그 아래 작은 소파가, 앞에는 재봉틀이 있다. 거실은 무대 뒤쪽의 다소 좁은 온실과 통한다. 온실 벽은 모두 커다란 유리로 되어 있다. 온실 오른쪽 벽에 있는 문을 통해서는 정원으로 나갈 수 있다. 계속 내리는 비에 젖은 피오르드의 음산한 풍경이 온실 벽 유리를 통해 희미하게 보인다.
야코브 엥스트란드가 정원으로 이어지는 문 옆에 서 있다. 그의 왼쪽 다리는 약간 휘어 있고, 나무로 바닥을 만들어 붙인 장화를 신고 있다. 레지네가 텅 빈 물뿌리개를 손에 들고 엥스트란드가 더 다가오는 것을 막으려 한다.

레지네 (목소리를 낮추며) 왜 그래요? 들어오지 마세요. 비에 흠뻑 젖었잖아요.

엥스트란드 이건 하느님께서 우리들에게 내리시는 비야.

레지네 악마가 내리는 거겠죠.

엥스트란드 맙소사, 왜 그런 소리를 하니, 레지네. (절름거리며 몇 걸음 들어선다) 사실은 할 말이 있어서——

레지네 그만 좀 쿵쿵거려요, 정말! 주인집 도련님이 위층에서 주무시고 계세요.

엥스트란드 자고 있어? 이 시간에?

레지네 상관 마세요.

엥스트란드 어젯밤, 밖에 나가서 좀 마셨어…….

레지네 그런 것 같네요.

엥스트란드 그래, 우린 유혹에 약한 인간이야. 우리 모두, 아가야…….

레지네 그래요, 우리 모두 다 그렇죠.

엥스트란드 너도 알고 있겠지만, 세상엔 유혹이 많아……. 그래도 난 오늘 아침 5시 30분에 깨어나 일하러 왔지.

레지네 그래요, 알았어요, 그러니 이젠 가세요. 여기서 이렇게 아버지와 속닥거릴 여유 없어요.

엥스트란드 뭘 할 여유가 없다고 말했니?

레지네 이렇게 같이 있는 걸 누군가에게 보이고 싶지 않다고요. 그러니 어서 가세요.

엥스트란드 (몇 걸음 다가오며) 염병할, 네게 하려던 얘기를 끝내기 전에는 안 간다. 난 오늘 오후에 학교에서 하던 일거리를 매듭지었고, 밤에는 배를 타고 시내로 돌아가서 집으로 갈 거다.

레지네 (중얼거리며) 잘 가세요!

엥스트란드 고맙다, 아가야. 너도 내일 고아원 개원식을 보게 되겠지. 내 생각엔 엄청나게 먹고 마시고 놀게 될 것 같아. 그래도 야코브 엥스트란드가 유혹을 못 이기는 놈이라고 말하는 사람은 아무도 없게 할 거야.

레지네 흥!

엥스트란드 내일, 엄청나게 멋있는 사람들이 다 모일 거야. 마을에서 만데르스 목사도 오겠지.

레지네 오늘 오실 거예요.

엥스트란드 너도 알고 있구나. 목사님께 잔소리 듣지 않도록 행동거지 조심해야지.

레지네 아하! 그랬군요!

엥스트란드 뭐가 그랬다는 거냐?

레지네 (노려보며) 이번에는 목사님을 속이려는 거죠?

엥스트란드 쉿! 너 미쳤니? 내가 그분께 무슨……. 만데르스 목사님께서 내게 얼마나 잘해 주셨는데, 그분을 속일 리가. 어쨌든 내가 하고 싶은 말은, 내가 오늘 밤 다시 집으로 돌아간다는 거야.

레지네 내 생각엔 빠를수록 좋겠는데요.

엥스트란드 그래. 하지만 너랑 같이 돌아가고 싶어, 레지네.

레지네 (입을 다물지 못하고) 나랑 같이……. 지금 뭐라고 했어요?

엥스트란드 너랑 같이 집으로 돌아가고 싶다고 했다.

레지네 (경멸하듯) 아뇨, 절대 안 돼요! 절대로 못 데려갈 거예요.

엥스트란드 뭐? 어디 두고 보자.

레지네 그래요, 두고 보자고요. 나를? 알빙 부인 같으신 분 밑에서 자란 나를요? 이 댁에서 친자식처럼, 가족처럼 자란 나를? 그런 나를 데리고 가겠다고요? 그런 곳에? 기가 막혀서!

엥스트란드 그게 무슨 돼먹지 못한 소리야? 아버지 앞에서, 계집애가!

레지네 (쳐다보지도 않고 중얼거린다) 나더러 당신과는 아무 상관도 없는 아이라고 그동안 몇 번이나 그러셨잖아요.

엥스트란드 뭐라고! 너 도대체 무슨 꿍꿍이속으로 이러는 거냐?

레지네 그렇다면 그렇게 수없이 저주를 퍼붓고, 날 불륜의 흔적이라고 부른 건 뭐죠?

엥스트란드 만일 내가 그렇게 지저분한 말을 했다면, 벼락을 맞겠다.

레지네 나한테 어떤 말을 했는지 다 알고 있어요.

엥스트란드 그래, 그랬다면 아마 내가 취했을 때였겠지……. 흠, 세상엔 유혹이 참 많단다, 레지네.

레지네 흥!

엥스트란드 아니면 네 엄마가 잔소리를 하기 시작할 때 그런 말을 했는지도 모르지. 어쨌든 나도 화풀이는 해야 하니까. 언제나 도도했어, 그 여자는. (흉내 내면서) 〈날 내버려 둬요, 엥스트란드. 조용히 하세요. 난 3년 동안이나

로젠볼드에서 의전 장관이신 알빙 님의 시중을 들었어요.〉 (웃으며) 맙소사! 그 여자는 자기가 시중들던 기간에 알빙 대위가 의전 장관이 됐다는 사실을 절대 잊어버리지 않았지.

레지네 불쌍한 어머니! 당신이 마지막 길까지 괴롭히면서 몰아붙였기 때문에 그분이 돌아가신 거예요.

엥스트란드 (어깨를 들썩이며) 그래, 그랬어! 모든 게 다 내 잘못이지.

레지네 (돌아서며, 목소리를 낮춰서) 어휴! 그리고 저놈의 다리 때문이죠!

엥스트란드 무슨 소릴 하는 거냐?

레지네 삐에 드 무통.[3]

엥스트란드 그건 영어냐?

레지네 네.

엥스트란드 여기서 많이 배웠구나. 이번에는 그게 도움이 되겠다.

레지네 (잠시 침묵하다가) 날 데리고 가서 어떻게 하실 건데요?

엥스트란드 아버지가 하나뿐인 자식을 데리고 가겠다는데 무슨 말이 그렇게 많아? 난 외롭다. 아무도 돌보지 않는 홀아비야, 그렇지 않니?

레지네 오, 제발 나한테 그런 쓸데없는 소리 좀 하지 말아

---

3 *pied de mouton*. 〈양의 다리〉라는 뜻의 프랑스어.

요. 내가 집으로 가서 무슨 일을 하길 바라는 거예요?

엥스트란드 사실은 내가 약간 새로운 일을 하게 됐다.

레지네 (비웃으며) 그런 얘기는 그동안 실컷 들었어요! 하지만 언제나 망했죠.

엥스트란드 그래, 하지만 이번엔 잘 보라고, 레지네! 빌어먹을······.

레지네 (발을 구르며) 그런 욕지거리는 그만둬요!

엥스트란드 쉿! 그래, 네 말이 맞다! 난 그냥 이번에 고아원 일을 하면서 돈을 좀 모았다는 얘길 하려고 한 거야.

레지네 그래요? 좋으시겠어요.

엥스트란드 이런 시골에서는 사람들이 돈 쓸 일이 없잖니?

레지네 그래서요?

엥스트란드 그래, 너도 알겠지만 난 벌이가 되는 일을 하고 싶어. 선원들을 위한 호텔 같은 걸—

레지네 쳇!

엥스트란드 진짜 고급 호텔 말이야. 갑판원을 위한 싸구려 헛간 말고. 맹세코 그런 건 절대 아니지! 선장이나 항해사를 위한······. 그리고 품위 있는 사람들을 위한 곳이지.

레지네 그래서 나더러 뭘 하라는 거죠?

엥스트란드 일손을 빌리자는 거지. 그래, 내 말이 무슨 뜻인지 알겠지? 넌 그냥 자리만 지켜 주면 돼. 염병할 막일은 하지 말고. 네가 원하는 괜찮은 일만 하면 되는 거야.

레지네 정말요?

엥스트란드 그런 곳에는 여자가 있어야 해. 확실히 그래야지. 밤에는 조금이라도 즐겨야 하는 법이거든. 노래하고 춤추고 뭐 그런 것 말이야. 너도 알겠지만, 험한 파도와 싸우는 사람들에겐 그런 게 필요해. (조금 더 다가온다) 이제 한 곳에 처박혀 있는 바보 같은 짓은 그만둬, 레지네. 여기서 나가면 어떤 일을 할 거냐? 부인으로부터 받은 훌륭한 교육이 다 너에게 도움이 되지 않겠니? 사람들이 그러던데, 새로 생기는 고아원에서 네가 아이들을 돌볼 거라고 하더라. 너 같은 아이에게 그 일이 어울릴 것 같니, 응? 그렇게 많은, 더러운 애새끼들을 위해 온갖 힘든 일을 다 해가면서 혹사당해야겠어?

레지네 하지만 만일 내가 생각하는 대로만 되면……. 그래, 그렇게 될 거야. 가능해!

엥스트란드 뭐가 돼?

레지네 몰라도 돼요……. 모아 둔 돈이 그렇게 많아요?

엥스트란드 이것저것 다 긁어모으면, 2천 크로네는 될 거다.

레지네 나쁘지 않네.

엥스트란드 새로 사업을 시작하기엔 충분해.

레지네 나한테 조금 줄 생각은 해보지 않았죠?

엥스트란드 그럴 수는 없다.

레지네 옷 한 벌 사줄 생각도 없고요?

엥스트란드 나랑 마을로 돌아가자. 옷은 얼마든지 사줄게.

레지네 쳇, 나도 마음만 먹으면 얼마든지 살 수 있어요.

엥스트란드 그래도 아버지 밑에 있는 게 더 좋을 거다. 부둣가에 괜찮은 집도 하나 봐두었어. 보증금을 많이 달라고 하지는 않을 거야. 그곳에 선원의 집 같은 걸 만드는 거야. 어때?

레지네 하지만 난 안 가요! 아버지와는 아무것도 같이하고 싶지 않아요. 이제 가세요!

엥스트란드 제기랄! 그렇다면 잠깐이라도 같이 있자. 이런 기회는 쉽게 오지 않아. 그냥 잠기만 하면 되는 거야. 너, 지난 한두 해 사이에 상당히 예뻐졌구나.

레지네 그래서요?

엥스트란드 이제 곧 항해사가 나타날 거야. 아니, 선장이 올지도 모르지.

레지네 그런 사람들하고는 결혼하지 않을 거예요. 뱃사람들은 사부아 비브르[4]가 없어요.

엥스트란드 뭐가 없다고?

레지네 난 뱃사람들을 잘 알고 있다고요. 내 결혼 상대가 아니에요.

엥스트란드 꼭 결혼하지 않아도 돼. 그냥 잠깐만 있어 주면 되지. (좀 더 은밀하게) 예전에 요트를 타고 온 사람 가운데 어떤 영국인은 1천5백 크로네나 지불했단다. 너보다 더 예쁘지도 않은 여자한테 말이야.

레지네 (다가가며) 꺼져!

엥스트란드 (물러서며) 그래그래, 설마 날 때리진 않겠지?

레지네 팰 거야! 엄마에 관해 한마디만 더 지껄이면, 패 죽

---

4 *savoir vivre*. 〈예의범절〉이라는 뜻의 프랑스어.

일 거야. 꺼져! 안 들려? (정원으로 통하는 문까지 엥스트란드를 밀어 붙인다) 그리고 문 닫는 소리 내지 말고 가요. 알빙 도련님이—

엥스트란드 그는 자고 있을 텐데. 너 도련님 생각을 많이 하는구나. (부드럽게) 아하! 도련님이구나, 그렇지?

레지네 나가! 빨리 꺼져요! 제정신이 아니군요! 아냐, 그쪽이 아녜요. 저기 만데르스 목사님이 오고 계셔 뒤쪽 계단으로 내려가세요.

엥스트란드 (오른쪽으로 가며) 알았다, 간다. 넌 자식이 아버지에게 어떻게 해야 하는지 저기 오는 목사님과 얘기해 봐라. 아무리 그래도 난 네 아버지야. 너도 알고 있지? 교적부에 그렇게 기록돼 있어. 증명할 수 있어.

그는 레지네가 열어 준 다른 쪽 문으로 나간다. 그가 나가자 레지네는 문을 닫고, 서둘러 거울을 보며 자신의 모습을 살핀다. 손수건으로 얼굴을 닦고 옷깃을 바로 세우고 나서 바쁜 듯 꽃을 살펴본다. 만데르스 목사가 외투를 입고 우산을 든 채 작은 가방을 어깨에 걸치고 정원에서 온실로 들어온다.

만데르스 잘 지냈니, 엥스트란드 아가씨.

레지네 (뒤로 돌아 놀라면서 반갑게) 만데르스 목사님! 안녕하세요, 목사님. 증기선이 벌써 도착했나요?

만데르스 방금 도착했다. (거실로 들어서며) 정말 이 비는 질기게도 오래 내리는구나.

레지네 (뒤따르며) 그렇지만 농부들에겐 은혜로운 비 아닌 가요, 목사님.

만데르스 그래, 네 말이 맞다. 도시 사람들은 거기까지는 생각 못 하지. (외투를 벗기 시작한다)

레지네 제가 도와 드릴게요. 어머! 많이 젖었어요. 복도에 잠깐 걸어 둘게요. 우산도 이리 주세요……. 다른 데 치워 둬야겠어요. 곧 마를 거예요.

그녀는 외투와 우산을 들고 오른 쪽 두 번째 문으로 나간다. 만데르스 목사는 작은 가방과 모자를 의자 위에 놓는다. 잠시 후 레지네가 되돌아온다.

만데르스 아, 안으로 들어오니까 참 좋구나. 그래, 여긴 어떠니? 모두 잘 지내고 계시지?

레지네 네, 고맙습니다.

만데르스 그래도 바쁘겠구나. 내일 행사 준비는 다 됐나?

레지네 네, 정말 일이 많아요.

만데르스 알빙 부인은 집에 계시겠지?

레지네 물론이죠. 위층에서 오스왈드 도련님에게 드릴 코코아를 준비하고 계세요.

만데르스 그래, 오스왈드가 왔다는 소문은 부두에서 들었다.

레지네 네, 그저께 도착하셨어요. 오늘쯤 오실 줄 알았는데.

만데르스 건강하지?

레지네 아주 좋으신 거 같아요. 하지만 여행이 힘드셨나 봐요. 끔찍할 정도로 피곤해하세요. 파리에서 여기까지 오시느라……. 중간에 한 번도 쉬지 않고 오셨대요. 아직 주무시고 계실 거예요. 조금 낮은 목소리로 얘기하는 게 좋겠어요.

만데르스 쉿! 아주 조용히 얘기하자꾸나.

레지네 (안락의자를 탁자 옆으로 옮겨 놓는다) 앉으세요, 목사님. 편하게 쉬세요. (목사가 앉자 아래 발판을 놓아 준다) 됐어요. 편하시죠?

만데르스 좋구나. 고맙다. (그녀를 보며) 지난번에 봤을 때보다 더 성숙해진 것 같구나.

레지네 목사님도 그렇게 생각하세요? 알빙 부인도 저더러 살이 붙었다고 하셨어요.

만데르스 살이 붙어? 오, 그래. 조금 그렇긴 하구나. 아주 좋아 보인다.

짧은 침묵.

레지네 가서 알빙 부인께 목사님이 오셨다고 말씀드릴까요?

만데르스 고맙지만 서두를 건 없다. 레지네, 네 아버님은 여기서 나가서 어떻게 지내시고 계시니?

레지네 잘 지내세요. 신경 써주셔서 고맙습니다.

만데르스 지난번 시내에서 내게 들르셨더군.

레지네 그래요? 목사님과 얘기하는 걸 좋아하세요.

만데르스 넌 자주 찾아뵙지?

레지네 저요? 시간이 되면…….

만데르스 아버님은 그리 강한 분이 아니셔. 도움의 손길을 간절히 바라고 계시지.

레지네 네, 그러신 것 같아요.

만데르스 사랑하는 사람을 곁에 두고 싶어 하신단다. 그 사람의 충고도 얻고 싶어 하시지. 지난번 날 찾아왔을 때 솔직하게 털어놓으시더구나.

레지네 제게도 비슷한 문제에 관해 얘기하셨어요. 하지만 알빙 부인이 절 보내 주실지 모르겠어요……. 특히 지금은 새로 생기는 고아원 일도 봐야 하고, 저도 알빙 부인 곁을 떠나고 싶지 않아요. 저에게 언제나 잘 대해 주셨으니까요.

만데르스 하지만 딸의 의무가 있단다. 물론 알빙 부인의 동의를 먼저 구해야 하겠지만…….

레지네 하지만 제가 이 나이에 혼자 사는 아버지와 같은 집에 있는 게 맞는 일인지는 잘 모르겠어요.

만데르스 무슨 소리니! 그는 네 아버지야.

레지네 그렇죠, 하지만 그래도 마찬가지예요. 만일 훌륭한 집에서 교양 있는 분과 함께 지내는 거라면…….

만데르스 그래도, 레지네…….

레지네 내가 애정과 존경심을 가질 수 있고, 나를 딸처럼 여겨 주시는 분이라면…….

만데르스 그래, 하지만 자식된 도리는——

레지네 그런 분이 아버지라면 저도 집으로 돌아가는 게 아주 기쁠 거예요. 하지만 여길 떠나면 전 무서울 정도로 외로워질 거예요. 목사님도 이 세상에 혼자 있다는 게 어떤 건지 잘 아시잖아요. 그리고 솔직하게 말씀드리면, 난 생각도 있고 능력도 있어요. 제게 맞는 일자리를 목사님이 알아봐 주실 수 있나요?

만데르스 내가? 아냐, 난 정말 그런 데를 모른다.

레지네 하지만 목사님…… 목사님은 절 아껴 주시잖아요. 만약에—

만데르스 (일어서며) 그래, 아끼지.

레지네 그렇다면 만일 내가—

만데르스 알빙 부인을 모셔 오는 게 좋겠다.

레지네 그렇게 할게요, 목사님.

레지네가 왼쪽으로 나간다. 만데르스 목사는 잠시 방안을 이리 저리 걸어다니다가 거실을 등지고 뒷짐을 진 채 정원을 바라본다. 잠시 후 다시 탁자로 돌아와 책을 들고 제목을 훑어보다가 멈칫하고, 여러 번 들여다본다.

만데르스 음, 이건……!

알빙 부인이 왼쪽 문을 통해 들어온다. 레지네가 뒤따라오다가 곧바로 오른쪽으로 나간다.

알빙 부인 (손을 내밀며) 어서 오세요, 목사님.

만데르스 안녕하세요, 알빙 부인. 약속한 대로 여기 이렇게 왔습니다.

알빙 부인 언제나 정확하시군요.

만데르스 어렵게 왔습니다. 위원회에서 맡고 있는 일들도 있고…….

알빙 부인 그래도 이렇게 일찍 찾아와 주시니 좋네요. 저녁 드시기 전에 사업에 관한 얘기를 마무리 지을 수 있겠어요. 그런데 여행 가방은?

만데르스 (허둥대며) 아랫마을 상점에 맡겼습니다. 오늘 밤 거기서 자려고요.

알빙 부인 (웃음을 참으며) 이번에도 여기서 주무실 생각은 없는 건가요?

만데르스 말씀은 고맙습니다만, 언제나처럼 아랫마을에 묵을게요. 배를 타기에는 그곳이 편해서요.

알빙 부인 그렇다면 좋으신 대로 하세요. 전 서로 나이가 들어 가는 처지에 뭐 어떤가 하는 생각이 들어서요.

만데르스 맙소사, 농담을 하시려는 거죠? 그래요, 오늘은 정말 기분이 좋아 보이시는군요. 내일 축하해야 할 일도 있고, 오스왈드도 집에 돌아왔으니 말이에요.

알빙 부인 그래요, 좋아요! 기적 같아요! 벌써 2년도 넘게 집을 떠나 있었던 아이가 이번엔 겨울 내내 내 곁에 있겠다고 약속했어요.

만데르스 그래요? 부모님의 뜻을 따르는 훌륭한 아들이군요. 이곳에서 지내는 것보다는 로마나 파리에 있는 편이 훨씬 더 즐거울 텐데.

알빙 부인 하지만 여긴 어미가 있잖아요. 아, 정말 귀엽고 사랑스러운 내 아들……. 아직까지는 날 따르는 것 같아요!

만데르스 내 생각엔, 예술 활동에 몰두한다고 집을 떠나 인간 본연의 감정을 억제하는 건 결코 좋은 일이 아닌 것 같아요.

알빙 부인 그래요, 바로 그거예요. 하지만 다행스럽게도 그 아이는 그럴 염려가 없어요. 목사님이 그 아이를 알아보실지 궁금하네요. 이제 곧 올 거예요. 위층에 있는 소파에서 잠시 쉬고 있거든요. 앉으세요, 목사님.

만데르스 고맙습니다. 지금 얘기를 좀 해도 좋을까요?

알빙 부인 그럼요, 물론이죠.

그녀가 탁자 앞에 앉는다.

만데르스 그럼, 어디 봅시다……. (그는 자신의 작은 가방이 놓인 의자로 가서 한 묶음의 서류를 꺼낸 뒤 알빙 부인의 맞은편에 앉아 서류 놓을 자리를 만든다) 우선 무엇보다 먼저— (멈추며)아, 부인, 이 책들이 왜 여기 있는지 말해 주시겠어요?

알빙 부인 이 책들? 지금 읽고 있는 것들인데요

만데르스 이런 책을 읽어요?

알빙 부인 물론이죠, 읽고 있어요.

만데르스 이런 책을 읽으면 기분이 더 좋아지거나 행복해지나요?

알빙 부인 그것보다는……. 말하자면 자신감이 생기죠.

만데르스 이상하군요. 왜죠?

알빙 부인 평소에 생각했던 문제들에 대해 설명해 주니까 확실하게 알게 되죠. 이상한 일이죠, 목사님……. 이 책엔 정말 새로운 것은 하나도 없어요. 사람들이 자기도 모르게 생각하고 믿고 있는 것들이죠. 다만 지금까지 대부분의 사람들은 이 문제를 한 번도 깊이 생각해 보지 않았거나, 아니면 언급하고 싶어 하지 않았던 것 같아요.

만데르스 하느님 맙소사! 정말 많은 사람들이 그렇다고 믿고 있어요?

알빙 부인 네, 믿어요.

만데르스 하지만 이 시골 사람들까지 그렇다고 생각하는 건 아니겠죠? 여기는 아니죠?

알빙 부인 아녜요, 여기도 마찬가지죠.

만데르스 그렇다면 분명히—

알빙 부인 그런데, 이런 책을 마음에 안 들어 하시는 이유가 뭐죠?

만데르스 마음에 안 들어 해요? 내가 이따위 책이나 검열하기 위해 아까운 시간을 낭비한다고 생각하는 건 아니겠죠?

알빙 부인 그렇다면 아무것도 모르는 문제에 대해 반대하시는 건가요?

만데르스 이런 책을 반대하는 내용의 책들은 충분히 읽었죠.

알빙 부인 그렇다면 목사님 스스로의 의견은—

만데르스 부인, 살다 보면 다른 사람의 판단에 의지해야 하는 경우가 많아요. 그게 다 세상 사는 방법이고, 그렇게 사는 것이 가장 좋죠. 그렇지 않다면 이 사회가 어떻게 되겠어요?

알빙 부인 그래요, 그럴지도 모르죠.

만데르스 무조건 부정하는 건 아녜요. 물론 이런 책에도 마음에 드는 부분은 있어요. 바깥세상에서 새로운 사상운동이 일어난다니, 그걸 알고 싶어 하는 것도 당연합니다. 사람들이 말하는 바깥세상에 아드님을 오랫동안 맡겨 놓았으니까요. 하지만······.

알빙 부인 뭐죠?

만데르스 (목소리를 낮추며) 하지만 그런 이야기를 입밖에 내선 안 되죠, 부인. 자기 방에서 혼자 읽거나 생각한 것을 다른 사람들에게 이야기할 필요는 없어요.

알빙 부인 그렇죠, 그래야겠죠. 나도 그렇게 생각해요.

만데르스 그러면 부인이 책임지고 있는 고아원 문제에 대해 생각해 보죠. 설립을 결정했을 때, 부인은 지금과 완전히 다른 의견이나 신념을 가지고 계셨어요. 적어도 내가 알고 있는 한 그래요.

알빙 부인 그래요, 나도 인정해요. 하지만 고아원에 대한 문제는——

만데르스 그래요, 고아원에 대해 의논해 보죠. 어쨌든 조심하세요, 부인. 이제 시작하죠. (봉투를 열고 몇 개의 서류를 꺼낸다) 이 서류 보셨나요?

알빙 부인 허가증인가요?

만데르스 네, 이게 전부예요. 빠짐없이 정리했습니다. 시간을 맞추기가 쉽지 않았어요. 약간의 압력을 가해야 했죠. 공무원들은 결재를 할 때가 되면 까다롭게 굴거든요. 하지만 어쨌든 끝났어요. (서류를 보여 준다) 로젠볼드가 소유한 토지의 일부인 솔비크라는 이름의 부지를 새로 지은 학교 건물과 집, 교원 주택과 예배당을 포함하여 양도한다는 증서죠. 그리고 이게 기부 인증서고, 이건 시설에 관한 규정입니다. 한번 훑어보세요……. (알빙 부인이 읽는다) 알빙 대위 기념관 정관(定款).

알빙 부인 (오랫동안 서류를 들여다본다) 드디어 해냈군요.

만데르스 의전 장관 대신 대위라는 명칭을 사용했어요. 그게 좀 더 부드럽게 들려서요.

알빙 부인 그래요, 잘하셨어요.

만데르스 그리고 자금 명세는 이 예금 통장에 있습니다. 여기서 발생하는 이자로 고아원 운영 경비를 충당하게 될 겁니다.

알빙 부인 고맙습니다. 하지만 이건 목사님이 가지고 계세요. 그게 편하죠.

만데르스 그렇게 하죠. 제 생각에 돈은 은행에 맡기는 게 좋을 것 같군요. 이자는 그렇게 높지 않아요. 6개월에 4퍼센트 정도밖에 안 되죠. 나중에 어디 좋은 투자 기회가 생기면……. 투자를 하려면, 물론 확실히 안전한 곳에……. 나중에 다시 더 자세히 얘기하죠.

알빙 부인 그래요, 만데르스 목사님이 이 문제에 관해서는 더 잘 아시니까.

만데르스 어쨌든 잘 알아볼게요. 그런데 전부터 부인께 물어보고 싶었던 게 하나 있어요.

알빙 부인 뭐죠?

만데르스 고아원 건물은 보험에 들 건가요?

알빙 부인 그럼요, 들어야죠.

만데르스 아, 그래도 잠깐만. 이 문제는 좀 더 자세하게 알아보도록 합시다.

알빙 부인 난 모든 걸 보험에 들어요. 건물도, 가구도, 수확물도, 창고도.

만데르스 그건 개인 소유물이니 당연하죠. 나도 그렇게 합니다……. 하지만 이건 다른 문제예요. 고아원은 보다 큰 목적을 위해 사회에 내놓은 겁니다.

알빙 부인 그렇죠. 그런데—

만데르스 개인적으로는 모든 종류의 사고에 대비하기 위해 보험에 들어 둔다는 데 이의가 없습니다만…….

알빙 부인 나도 그렇게 생각해요.

만데르스 하지만 이 지역에 있는 사람들, 그 사람들은 어떤 반응을 보일까요? 나보다 더 잘 아실 것 같은데요.

알빙 부인 음, 사람들의 반응이라…….

만데르스 사람들의 의견을 대표하는 영향력 있는 조직의 실제적인 발언권을 지닌…… 그런 사람들이 이의를 제기하진 않을까요?

알빙 부인 실제적인 발언권을 지녔다는 게 구체적으로 무슨 뜻이죠?

만데르스 사회적 지위가 높은 세력가들 말이죠. 그들은 자신들의 의견이 진지하게 받아들여지지 않는다고 느끼면 문제를 어렵게 만들어 버리죠.

알빙 부인 오, 이 지역에는 그런 사람들이 많아요. 쉽게 문제를 일으킬 거예요.

만데르스 그래요, 그것 보세요! 시내에도 그런 사람들이 많아요. 제 동료를 후원하는 무리들을 한번 생각해 보세요! 부인과 내가 하느님의 뜻을 충분히 믿지 않는다고 곡해하는 건 정말 쉬운 일이겠죠.

알빙 부인 하지만 목사님께서 이 일에 관해 누구보다도 잘 알고…….

만데르스 알죠, 난 알고 있어요……. 내 양심은 깨끗하고 진실해요. 하지만 그렇다고 사람들이 우리를 심각하게 오해하는 걸 막을 수는 없어요. 그리고 그런 오해 때문에 고아원 사업에 지장이 생길 수도 있다는 거죠.

알빙 부인 그렇게 될 수도 있겠군요.

만데르스 예상되는 어려움을 무시하면 안 돼요……. 정말 난처한 입장에 빠질 수도 있을 거라는 생각을 해야 합니다. 시내 유력 인사라면 누구나 고아원 시설에 관해 얘기할 거예요. 물론 이 지역에 도움이 되는 시설이니까 한편으로는 지방세가 조금 낮아질 거라는 희망을 갖기도 하겠죠. 하지만 부인의 조언자로 이 일에 관여하는 내 입장에서는, 우선 저를 시기하는 이들이 생길까 우려가—

알빙 부인 그런 위험에 휘말리시면 안 돼요.

만데르스 틀림없이 지역 신문이나 잡지들에서 나에 관한 험담을 늘어놓겠죠…….

알빙 부인 이제 걱정은 그만하세요, 목사님. 그단두겠어요.

만데르스 그러면 보험은 안 드실 건가요?

알빙 부인 네, 걱정하지 마세요.

만데르스 (의자에 등을 기대며) 하지만 만약에 사고가 생기면? 아무도 모르는 일이에요. 손해를 메울 수 있나요?

알빙 부인 아뇨, 솔직히 말씀 드리면 그렇게는 못 해요.

만데르스 부인, 이렇게 되면 우리가 막중한 책임을 떠맡아야 해요.

알빙 부인 하지만 다른 방법도 있겠죠?

만데르스 없습니다. 사실은 다른 방법을 쓸 수가 없어요. 사람들에게 오해를 심어 줘서도 안 되고, 세상 사람들의 빈축을 살 일을 해서도 안 되죠.

알빙 부인 게다가 목사님은 더더욱 그렇죠.

만데르스 하지만 이런 시설에는 운이 따라 줄 거라는 생각이 들어요. 아주 특별한 보호를 누리게 될 거라는 예측을 하게 되죠.

알빙 부인 그렇게 되기를 기대하죠, 목사님.

만데르스 그러면 이 문제는 그냥 덮어 두자는 거죠?

알빙 부인 그럼요.

만데르스 좋습니다. 원하시는 대로. (적어 넣는다) 그럼, 보험은 들지 않는다.

알빙 부인 그런데 참 이상하군요. 오늘에야 이 문제에 대해 얘기를 꺼내시다니…….

만데르스 여러 번 얘기하려고 했어요…….

알빙 부인 사실 어제 저 아래쪽에서 화재가 생길 뻔했거든요.

만데르스 불이 나!

알빙 부인 심각한 건 아니에요. 목수가 대패질하던 곳에서 톱밥에 불이 붙었어요.

만데르스 엥스트란드가 일하던 곳에서?

알빙 부인 네, 사람들 말로는 가끔씩 그가 성냥불을 아무 데나 버린다더군요.

만데르스 마음이 복잡한 사람이지요. 세상의 온갖 걱정을 다 하는……. 듣기에는 이제 새로운 인생을 시작해 보려고 한다더군요, 하느님 감사합니다.

알빙 부인 누가 그래요?

만데르스 직접 얘기했어요. 아주 훌륭한 일꾼이기도 하죠.

알빙 부인 그렇죠, 술에 취해 있지 않을 때는.

만데르스 아, 안됐지만 결정적인 단점이죠! 다리의 통증 때문에 술을 자주 마신다고 하더군요. 지난번 마을에서 만났을 때, 정말 깊은 인상을 받았어요. 나에게 와서는 레지네가 있는 곳 가까이에 일자리를 얻어 줘서 진심으로 고맙다고 하더군요.

알빙 부인 그렇게 자주 딸을 찾는 것 같지는 않던데요.

만데르스 아닙니다. 딸과 매일 대화를 나눈다고 그랬어요.

알빙 부인 그럴지도 모르죠.

만데르스 유혹에 빠질 때마다 곁에서 자신을 돌봐 줄 누군가가 필요하다고 느끼고 있더군요. 야코브 엥스트란드에게 마음에 드는 점이 있다면, 혼자서는 무력하지만, 그래서 언제나 자책하지만, 그래도 자신의 잘못을 고백할 줄 아는 사람이라는 점이죠. 지난번 마지막으로 날 찾아와서는…… 레지네를 다시 집으로 데리고 와야 마음이 놓일 것 같다고 하더군요, 부인.

알빙 부인 (급하게 일어나며) 레지네를!

만데르스 반대하지 마세요.

알빙 부인 안 돼요. 그렇게는 못 하게 할 겁니다. 레지네는 고아원 일을 맡아야 해요.

만데르스 하지만 부인은 그가 레지네의 아버지라는 것을 기억하셔야—

알빙 부인 어떤 아버지였는지 너무나 잘 알죠. 안 돼요. 돌려보내지 않겠어요.

만데르스 (일어서며) 하지만 부인, 그렇게 화를 내실 일이 아닙니다. 부인은 불쌍한 엥스트란드를 잘못 알고 계세요. 너무 놀라시는군요.

알빙 부인 (차분하게) 그럴지도 모르죠. 내가 레지네를 이 집으로 데려왔고, 그 아인 여기 있을 거예요. (귀 기울인다) 쉿! 이 문제에 관해서는 더 듣고 싶지 않아요. (기쁨으로 얼굴빛이 밝아진다) 보세요! 저기 오스왈드가 와요. 이젠 저 아이에 대해 생각하기로 해요.

오스왈드 알빙이 왼쪽 문으로 등장한다. 가벼운 외투를 입고, 손에는 모자를 들었다. 큰 해포석 파이프를 물고 있다.

오스왈드 (문가에서) 실례해요. 서재에 계신 줄 알았는데……. (앞으로 들어서며) 안녕하세요, 목사님.

만데르스 (똑바로 쳐다보면서) 아! 놀랍군……!

알빙 부인 뭐라고 한마디 해주세요, 목사님.

만데르스 정말……. 이 청년이 정말……?

오스왈드 네, 목사님. 방탕한 아들이죠.

만데르스 이 젊은 친구가…….

오스왈드 네, 돌아온 망명자예요.

알빙 부인 목사님이 화가가 되겠다는 오스왈드의 생각에 반대하셨던 일을 말하는 거예요.

만데르스 인간의 눈으로 보면, 나중에 잘되는 일도 처음에는 정말 어리석기 짝이 없어 보이는 경우도 있지, (손을 잡고 흔들며) 반갑다, 반가워! 오스왈드라고 불러도 되겠지?

오스왈드 달리 뭐라고 부르시게요?

만데르스 그래, 내가 하고 싶은 말은, 오스왈드, 내가 예술가 전체를 매도하고 그들의 삶을 비난했다고 생각하진 말라는 거야. 그들이 속한 주변 환경에도 불구하고, 수많은 예술가들이 순수한 영혼을 지니고 있다는 사실을 난 알고 있어.

오스왈드 우리도 원하는 바입니다.

알빙 부인 (기쁨으로 활짝 웃으며) 영혼과 육체 도두가 순수한 사람을 전 알지요. 저 애를 보세요.

오스왈드 (이리저리 거닐며) 제발, 어머니……!

만데르스 오, 그래……. 아무도 부정할 수 없지. 오스왈드 자네의 이름은 이미 알려지기 시작했어. 신문에도 가끔씩 좋은 평판이 실리더군. 요즘엔 좀 뜸해진 듯하지만.

오스왈드 (온실 가까이에서) 최근에는 그림에 돌두하지 못했어요.

알빙 부인 예술가들도 휴식이 있어야 다시 시작하지.

만데르스 나도 그렇게 생각합니다. 뭔가 큰일을 하기 위해선 힘을 비축해야지.

오스왈드 그래요……. 저녁은 언제 먹나요?

알빙 부인 30분이면 될 거다. 식욕이 생긴 모양이구나, 다행이야.

만데르스 담배도 피우는구나.

오스왈드 위층에 있는 작은방에서 아버지가 피우시던 파이프를 찾았어요. 그래서—

만데르스 맞아! 그렇구나!

알빙 부인 뭐가요?

만데르스 오스왈드가 저기 문가에서 입에 파이프를 물고 서 있을 때 보니까 정말 아버지를 꼭 닮았더군요

오스왈드 그래요?

알빙 부인 어떻게 그런 말씀을! 오스왈드는 날 닮았어요.

만데르스 네, 하지만 저 입가의 어떤 부분, 특히 입술 주변에는 확실히 알빙의 모습이 남아 있어요……. 적어도 담배를 피울 때만큼은.

알빙 부인 천만에요. 오스왈드의 입은 내가 보기엔 오히려 성직자를 닮은 것 같은데요.

만데르스 그래요, 동료 목사들 중에서도 그런 느낌을 주는 사람들이 많이 있죠.

알빙 부인 이제 그만 파이프를 치워라. 여기서 담배 피우는 거 싫다.

오스왈드 (그렇게 하면서) 알겠습니다. 한번 피워 보고 싶었어요. 어릴 때 담배를 피웠던 적이 있거든요.

알빙 부인 어렸을 때?

오스왈드 네, 아주 어렸을 때 아버지 방에 올라갔던 기억이 있어요. 아버지 기분이 좋았던 어느 날 저녁이었죠.

알빙 부인 네가 그때 일을 기억할 리가 없는데.

오스왈드 기억이 나요. 뚜렷하게. 무릎에 날 앉히고는 파이프를 피우게 했어요. 〈꼬마야, 피워 봐〉라고 말씀하셨죠. 〈어서 피워!〉 그래서 온 힘을 다해 파이프의 연기를 들이마셨죠. 그러자 갑자기 얼굴이 창백해지고, 이마에 굵은 땀방울이 생겼어요. 아버지는 큰 소리로 웃으셨어요…….

만데르스 정말 놀랍군!

알빙 부인 목사님, 오스왈드가 꿈을 꾼 거예요.

오스왈드 아녜요. 꿈이 아니었어요. 곧 어머니가 오셔서 날 아이들 방으로 데려갔지요. 기억이 안 나는 모양이군요.

그러고 나서 난 병이 들었어요. 어머니가 울고 있는 걸 봤고요……. 아버지는 자주 장난을 치셨나요?

만데르스 젊으셨을 땐 언제나 즐겁게 생활하셨지…….

오스왈드 그리고 세상에 많은 일을 하셨죠. 좋은 것, 유용한 일들요. 비록 일찍 돌아가셨지만.

만데르스 그래, 자네는 능력 있고 존경받을 만한 인물의 이름을 물려받았어. 자네가 그 이름값을 하길 바라네.

오스왈드 당연히 그래야죠.

만데르스 아버님을 기념하는 행사에 자네가 오게 되었다니, 아주 잘 됐어.

오스왈드 아버지를 위해 내가 할 수 있는 아주 작은 일이죠.

알빙 부인 한동안 여기 머무는 게 더 잘된 일이에요.

만데르스 듣기로는 겨울 내내 여기 있을 거라던데.

오스왈드 기한은 정하지 않고 싶어요, 목사님. 아, 집에 돌아오니까 정말 좋군요.

알빙 부인 (활짝 피어나며) 그렇지, 오스왈드?

만데르스 (호의적인 얼굴로 그를 보면서) 아주 어렸을 때 집을 떠났지.

오스왈드 그랬죠. 이따금은 너무 이르지 않았나 하는 생각이 들기도 해요.

알빙 부인 그렇지 않아. 똑똑한 아이에겐 좋은 일이지. 더구나 하나뿐인 아들이 부모와 함께 집에 있으면서 나태해지는 건 원하지 않았다.

만데르스 그 점에 관해서는 좀 더 생각해 봐야 합니다, 부인.

아이들에게 가장 좋은 곳은 가정이고, 또 그래야만 하죠.

오스왈드 나도 목사님과 같은 생각이에요.

만데르스 아드님을 보세요. 아드님 앞에서 이런 얘기를 해도 상관없겠죠? 결국 아드님이 어떻게 됐습니까? 스물여섯, 스물일곱이 되도록 온전하고 편안한 가정을 알 기회가 없었다는 겁니다.

오스왈드 죄송합니다만, 목사님……. 그 점에 대해선 잘못 알고 계신 것 같은데요.

만데르스 그래? 난 자네가 한동안 오로지 예술의 세계에만 파묻혀 있었을 거라고 생각하는데.

오스왈드 그랬죠.

만데르스 그것도 젊은 예술가들과 함께.

오스왈드 네.

만데르스 그 사람들 대부분은 가족을 책임질 수도 없고, 집을 얻을 수도 없다고 생각하는데.

오스왈드 물론 많은 예술가들은 결혼할 여유가 없습니다, 만데르스 목사님.

만데르스 그게 바로 내가 하고 싶은 얘기야.

오스왈드 그래도 가정을 가질 수는 있어요. 실제로 가정을 가진 사람들이 있고요. 아주 깔끔하고 안락한 가정을 꾸리고 있죠.

알빙 부인이 대화에 관심을 기울인다. 그녀는 고개를 끄떡이기는 하지만 아무 말도 하지 않는다.

만데르스 기숙사 같은 숙소에 대해 말하는 게 아니야. 집은 가족이 있는 곳이지. 아내와 아이와 남편이 사는 곳.

오스왈드 그래요. 아니면 아이들만 데리고 살 수도 있고, 혹은 아이들의 어머니와 함께 살 수도 있죠.

만데르스 (놀라서 두 손을 꽉 쥔다) 하느님 맙소사!

오스왈드 왜 그러세요?

만데르스 아이가 딸린 여자와 같이 산다고!

오스왈드 그렇다면 아이의 어머니를 버리는 게 나은 일인가요?

만데르스 지금 하고 있는 얘기는 법에서 허용하지 않는 관계에 대한 거야. 이건 흔히 말하는 사실혼이라고!

오스왈드 그 사람들이 함께 사는 것이 별로 이상하다고 생각하진 않아요.

만데르스 하지만 젊은 남녀가……. 약간의 체면이라도 있다면 어떻게 그런 식으로……. 세상 사람들이 다 지켜보고 있는데!

오스왈드 하지만 다른 방법이 없다면요? 가난한 젊은 예술가와 불쌍한 여자가 결혼하기 위해서는 돈이 있어야 하는데 어쩌란 말이죠?

만데르스 어쩌냐고? 내가 말해 주지. 우선 처음엔 떨어져 있어야지……. 그렇게 해야 돼!

오스왈드 사랑에 빠져 서로를 갈망하는 젊은이들에게 그런 얘긴 들리지 않아요.

알빙 부인 들릴 리가 없지!

만데르스 (계속한다) 그런 일이 공공연히 벌어지는 걸 그냥 두고 보다니, 관리님들은 너그럽기도 하군! (알빙 부인에게) 내가 아드님을 걱정할 필요가 없었나요? 뻔뻔한 타락이 퍼져 나가는 한가운데에서, 그런 곳에서 어떻게 배울 만한 것을 찾겠어요?

오스왈드 말씀드리고 싶은 게 있는데요, 목사님. 난 일요일이면 그렇게 결혼이라는 형식을 갖추지 않고 사는 가정을 종종 찾아가곤 했었는데요.

만데르스 그것도 주일에!

오스왈드 사람들이 편하게 즐길 수 있는 날이잖아요? 하지만 그곳에서 단 한 번도 불쾌한 말을 들은 적이 없었고, 타락했다고 할 말한 행동을 본 적도 없습니다. 정작 내가 타락을 목격한 것이 언제, 어디에서였는지 아세요?

만데르스 모르지!

오스왈드 실례가 되겠지만, 말씀드리죠. 우리 모두가 이곳에서 모범으로 삼고 있는 남편이자 아버지인 사람들이 파리에 들렀어요. 그리 바쁜 일정이 아닌, 상당히 여유로운 여행이었지요 그들은 황송하게도 예술가들이 모이는 허름한 주점에 납시었죠. 그 자리에서 우린 들었어요. 우리들 예술가들은 상상도 못 할 만한 장소와 사건들에 관해 얘기하더군요.

만데르스 이곳에서 존경받는 사람들을 말하는 거냐?

오스왈드 그분들이 다시 돌아왔을 때 얘기 안 하던가요? 그 사람들이 해외에서 얼마나 말도 안 되는 타락한 행동을 했는지 못 들으셨어요?

만데르스 그래, 물론······.

알빙 부인 나도 들었다.

오스왈드 소문 그대로 믿으셔도 돼요. 그중 몇 사람은 정말 경험이 많은 사람이죠. (머리를 감싸며) 오, 그곳에서의 멋지고 자유로운 생활이 이런 불결한 기억으로 더럽혀지다니.

알빙 부인 진정해라. 너한테 안 좋아.

오스왈드 그래요, 흥분하면 건강에 해롭죠. 모든 게 피곤하게 뒤엉켜 버린 기분 아시죠? 저녁 먹기 전에 좀 걷다가 와야겠어요. 죄송합니다, 목사님. 이 모든 사실에 동의하지 않으실 거라는 거 알아요. 그래도 말씀드려야 할 것 같아서요.

오른쪽 두 번째 문으로 나간다.

알빙 부인 가여워라······!

만데르스 그렇군요, 그래서 집으로 왔군요. (알빙 부인은 말없이 만데르스 목사를 쳐다본다. 목사는 이리저리 서성인다) 스스로를 방탕한 아들이라고 그랬어. 그래······ 그랬군! (알빙 부인은 계속 목사를 바라보고 있다) 이 문제에 대해 어떻게 생각하세요?

알빙 부인 오스왈드가 했던 말이 모두 옳다고 말하고 싶어요.

만데르스 (갑자기 멈추며) 옳다고요? 그렇겠죠! 그걸 기준으로 삼는다면 말이죠!

알빙 부인 여기 혼자서 살면서, 나 자신도 거의 비슷한 생각을 했어요, 목사님. 하지만 그렇게 말할 용기가 없었어요. 그래요, 그 아인 날 위해 그렇게 말해 준 것 같아요.

만데르스 그렇다면 당신은 대단히 불쌍한 여인입니다. 이제 조금 진지한 얘기를 해야겠어요. 부인의 일을 대행하는 사람이나 충고를 해주는 사람으로서도 아니고, 당신과 당신 남편의 오래된 친구로서도 아닌 당신의 목사로서, 부인 생애에서 가장 힘든 시기에 그랬던 것처럼 말입니다.

알빙 부인 목사로서 내게 어떤 말씀을 하실 건가요?

만데르스 우선 부인의 기억을 되살려 놓아야겠습니다. 마침 아주 적절한 시기군요. 내일은 남편이 돌아가신 지 10년이 되는 기일입니다. 남편의 기념상 제막식이 있죠. 그때 사람들 앞에서 축사를 하겠지만, 오늘은 부인 한 분에게만 말씀을 드리고 싶습니다.

알빙 부인 좋습니다. 말씀하시죠!

만데르스 결혼하신 지 1년이 조금 지나자마자 끔찍한 불행에 휘말렸던 일 기억하세요? 부인은 가정을 떠났고, 남편으로부터 달아났죠. 그래요, 부인이 떠났어요. 남편이 수없이 애원과 간청을 거듭했는데도 돌아오기를 거부하셨죠?

알빙 부인 그 첫 해를 내가 얼마나 비참하게 보냈는지 잊으셨어요?

만데르스 언제나 인생에서 행복만을 찾으려는 건 터무니없는 생각일 뿐이에요. 어떤 권리로 인간이 행복해질 수 있죠? 없어요. 우린 오직 우리의 의무를 다할 뿐입니다. 부인의 의무는 부인이 선택한 남편 곁에 있는 것입니다. 성스러운 인연으로 묶인 바로 그 사람과 함께.

알빙 부인 그 당시 남편이 어떻게 살았는지 아주 잘 알고 계실 텐데요. 얼마나 방종한 생활을 했는지.

만데르스 난 떠돌아다니는 소문으로만 들었습니다. 물론 그의 생활 태도는 용서할 수 없습니다. 그 소문이 사실이라면요. 그래도 남편을 심판하기 위한 자리에 아내가 앉으면 안 되죠. 부인의 의무는 부인에게 주어진 십자가를 겸허하게 받아들이고 견뎌야 하는 것이었습니다. 하지만 부인은 분노에 가득 차서 십자가를 벗어던지고, 부인이 인도해야 할 비틀거리는 남편의 발걸음을 버려두고 떠났습니다. 부인이 떠난 후 부인에 대한 좋은 기억은 사라졌고, 그리고…… 곧이어 다른 사람에 대한 험담이 재빠르게 퍼져 나갔죠.

알빙 부인 다른 사람? 다른 누군가에 대한 험담이 있었다고요?

만데르스 나를 도피처로 삼은 것은 정말 경솔한 선택이었죠.

알빙 부인 목사님인데? 그렇게 가까운 친구 사이였는데?

만데르스 바로 그 이유 때문에 더욱 그렇죠. 그래요, 하느님께 감사드려야 합니다. 난 감정에 휘말리지 않는 강한 성격이었기 때문에 부인의 순간적인 결정을 포기하도록 잘 설득해서 의무를 다할 수 있게, 법적인 남편이 있는 집으로 돌아가게 할 수 있었던 거죠.

알빙 부인 그래요. 분명 목사님이 그렇게 하도록 했어요.

만데르스 난 하느님의 권능에 따라 움직이는 단순한 도구일 뿐이었죠. 그래도 내가 부인을 의무와 순종의 길로 되돌아가게 한 것은 엄청난 축복이었다는 사실이 나중에 증명되지 않았나요? 내가 예측했던 대로 되지 않았나요? 남편도 방탕한 생활에서 벗어나 선량한 남편으로 돌아오지 않았나요? 그리고 그 이후에도 당신에게 깊은 애정을 지니고 살지 않았나요? 이 지역에서 큰 은혜를 베푸는 자선 사업가였죠? 그리고 부인을 격려하고 용기를 갖게 해, 자신의 모든 사업에 협력하게 했죠? 당신은 아주 유능한 협력자였어요. 난 알고 있어요. 다 부인의 내조 덕입니다. 하지만 이제 난, 부인의 인생에서 그다음으로 찾아온 큰 실수에 대해 말씀드리고자 합니다.

알빙 부인 그게 뭐죠?

만데르스 부인이 아내로서의 의무를 거부했을 때, 부인은 어머니로서의 의무도 버렸어요.

알빙 부인 아……!

만데르스 부인은 이기심과 고집으로 평생을 살아왔어요. 엄청난 불행이 뒤따랐죠. 부인이 하는 일은 무엇이나 제멋대로였고 엉망이었습니다. 그 어떤 속박도 부인은 참지 못했어요. 부인의 인생을 방해하는 것이 나타나면, 조금의 망설임이나 양심의 가책을 느끼지 않고 내던져 버렸죠. 부인이 마음 놓고 처분해도 좋을 보따리처럼. 아내로

살아가야 한다는 것이 더 이상 마땅하지 않으니까 남편을 떠난 것입니다. 부인은 어머니가 된다는 것이 넌더리 나는 일이라고 생각했고, 그래서 아이를 남의 손에 맡긴 것입니다.

알빙 부인 그래요, 사실이에요. 난 그렇게 했어요.

만데르스 그 결과 지금 부인은 아들에게 낯선 사람이 된 것입니다.

알빙 부인 아녜요, 난 그렇지 않아요!

만데르스 그렇습니다! 부인은 아드님에게 낯선 사람입니다! 왜 지금에야 집으로 돌아왔겠어요? 잘 생각해 보세요, 부인. 부인은 남편에게 큰 잘못을 저질렀어요……. 남편 이름으로 기념관을 짓고, 아들에게 그걸 보여 주고 싶어 하는 것은 부인이 그 잘못을 인정하고 있다는 뜻입니다. 이제 아드님에게 저지른 잘못도 인정해야 합니다. 죄악의 길에서 아드님을 되돌아오게 하기 위해서는 그래도 아직 시간이 남아 있어요. 생각을 바꾸세요. 아드님의 마음을 돌릴 수 있는 방법이 있다면, 그렇게 하세요. 왜냐하면……. (집게손가락을 들어 올리며) 부인은 정말 죄 많은 어머니이기 때문입니다. 이 말을 하는 게 제 의무라고 생각해서 말씀드리는 겁니다.

잠시 침묵.

알빙 부인 (자제력을 잃지 않고 천천히) 이제 다 말씀하셨네요, 목사님. 내일 남편의 기일에 사람들 앞에서 축사를 하셔야죠. 난 내일 인사말을 하지 않겠어요. 하지만 지금 나에게 하셨던 말씀에 대해서는 할 얘기가 있어요.

만데르스 물론 부인이 했던 일에 대해 변명을 하고 싶겠—

알빙 부인 아뇨. 난 단지 내가 하고 싶은 말을 할 거예요.

만데르스 그래요?

알빙 부인 내 남편과 나에 관해, 그리고 우리가 함께 살았던 삶에 대해 말씀드리고 싶군요. 목사님이 나를 의무의 길로 되돌려 놓으신 다음에 있었던 얘깁니다……. 이 문제에 관해 목사님이 직접 들으신 얘기는 아무것도 없을 겁니다. 내가 집으로 다시 돌아간 다음부터는, 목사님을 비롯해서 매일같이 드나들던 가까운 친구들 가운데 그 누구도 우리 집에 발을 들여 놓지 않았어요.

만데르스 그 일이 있고 난 뒤, 부인과 남편은 곧바로 시내를 떠나셨으니까요.

알빙 부인 그랬죠. 그리고 남편이 살아 있을 동안 목사님은 한 번도 우릴 찾아오지 않았고, 함께 만난 적도 없었어요. 결국 고아원과 관련한 일 때문에 이제야 억지로 여기까지 찾아오시게 된 거죠.

만데르스 (불확실한 음성으로 낮게) 헬레네, 만일 나를 비난하는 소리를 할 거라면, 난 제발 참아 달라고 말해 주고 싶네요.

알빙 부인 목사님의 눈으로 본다면, 오, 그래요! 그렇다면 난 집에서 도망친 아내였죠. 사람들은 그렇게 분별없는 여자에게는 조심스럽게 대하지 않더군요.

만데르스 부인……. 지나치게 과장된 표현인 것 같군요.

알빙 부인 그래요, 그만두죠. 전 단지 이 말을 하고 싶었어요. 목사님은 제 결혼 생활에 대해 판단하실 때, 일반적인 사람들의 생각을 아무런 의심 없이 받아들이시더군요.

만데르스 그랬어요? 그래서요?

알빙 부인 하지만 목사님, 지금 난 진실을 말씀드리고 싶어요. 맹세하는데, 언젠가는 목사님도 아시게 될 거예요. 목사님 스스로!

만데르스 진실이 뭐죠?

알빙 부인 진실은 이런 겁니다. 남편은 마지막 순간까지 방탕한 생활을 했다는 거죠.

만데르스 (의자를 찾아 더듬으면서) 지금 뭐라고 말씀하셨죠?

알빙 부인 19년간의 결혼 생활을 방탕하게 보냈어요. 쾌락을 찾아 아무것도 가리지 않았죠. 심지어 결혼 전에도 타락한 생활을 했더군요.

만데르스 철없는 젊은 시절…… 어수룩함과 무분별……. 부인은 그런 걸 방탕하다고 하시는군요!

알빙 부인 우리 집 주치의가 쓰는 표현이죠.

만데르스 부인을 이해할 수 없군요.

알빙 부인 이해할 필요도 없어요.

만데르스 머리통을 한 대 얻어맞은 것 같네요. 부인의 결혼 생활……. 남편과 함께 했던 그 시절들이 그냥 겉보기에 불과했다니.

알빙 부인 바로 그거예요. 이제 확실히 아셨군요.

만데르스 나로서는 정말 받아들이기 힘든 얘기예요. 이해가 안 돼. 나와는 거리가 먼 얘기예요. 어떻게 그런 일이 가능할까……? 그런 일을 어떻게 숨겼죠?

알빙 부인 그래서 저는 날마다 싸웠어요. 끊임없이. 오스왈드가 태어난 다음엔 그래도 조금 나아졌어요. 하지만 그리 오래가지 않았죠. 그다음부터 난 두 배나 힘든 싸움을 치러야만 했죠. 내 아이의 아버지가 도대체 어떤 사람인지 아무도 모르게 하기 위해 필사적으로 싸웠어요. 목사님도 알고 계시겠지만 남편은 정말 잘생겼죠. 아무도 그 남자의 좋은 점 외에는 아는 게 없었어요. 그 남자는 실제 생활보다 평판이 더 좋은 사람들 가운데 하나였죠. 하지만 목사님, 꼭 알고 계셔야 할 일인데……. 그러다가 정말 소름 끼치는 일이 생기고 말았어요.

만데르스 지금까지 들은 얘기보다 더 소름 끼치는 일인가요?

알빙 부인 난 그가 이 집 밖에서 비밀스럽게 어떤 짓을 하고 다니는지 알고 있었지만 모른 척 덮어 두고 있었죠. 하지만 그 치욕스러운 일이 집 안에서 일어났을 때…….

만데르스 여기서? 무슨 일인지 말해 보세요!

알빙 부인 그래요, 여기 이 집에서 무슨 일이 생겼는지, 저기……. (오른쪽 첫 번째 문을 가리키며) 식당에서 난 처음으로 눈치챘죠. 식당에서 일을 하고 있었는데, 문이 조금 열려 있더라고요. 그러다가 하녀가 꽃에 물을 주러 온실로 들어가는 소리를 들었죠.

만데르스 그래서요……?

알빙 부인 조금 뒤에는 남편이 가는 소리가 들렸어요. 소리를 낮춰서 하녀에게 뭐라고 하더군요. 그리고 난 들었어요……. (짧은 웃음과 함께) 오, 아직도 들리는 것 같아요. 그렇게 절망적이었는데 이젠 익살맞게 들리네요……. 난 하녀가 속삭이는 소리를 들었어요. 〈가게 해주세요, 주인 어른! 이제 그만해요!〉

만데르스 경솔하게! 얼마나 무분별했으면! 하지만 부인, 내 생각엔, 순간적인 충동에 의해 일어난 행동이었을 겁니다. 내 말을 믿으세요.

알빙 부인 무엇을 믿어야 하는지는 곧 알게 됐어요. 남편은 그 여자를 범했어요……. 그래서 결국 문제가 생겼죠, 목사님.

만데르스 (충격을 받은 것처럼) 바로 이 집에서! 그 일이 집 안에서!

알빙 부인 난 이 집에서 많은 것을 참아야만 했어요. 저녁 시간에 남편을 집에 붙들어 두기 위해, 난 밤서 외로운 남편의 술친구가 되어야만 했어요. 남편의 방에서 남편과 둘이서만 술을 마셨어요. 멍청한 질문이나 하고 음담패설을 들어야 했죠. 그리고 나서는 남편을 침대에 눕히려고 온갖 수단을 다 써야 했어요.

만데르스 (머리를 흔들며) 어떻게 그 모든 것을 참을 수 있었죠?

알빙 부인 어린 아들을 위해 참아야만 했어요. 하지만 하녀와의 일이 생기자 마지막 남은 자존심마저 무너졌어요. 난 맹세했죠. 이제 그만 끝내야 한다고! 그래서 집안 살림을 장악하기 시작했어요. 전부 다 손아귀에 쥐었죠. 남편에 관한 것뿐 아니라 다른 것도 모두. 그러니 그게 무기가 되더군요. 남편도 제게 함부로 대하지 못했어요. 오스왈드를 떠나보낸 건 바로 그때였어요. 이제 막 일곱 살이 됐을 때죠. 사물을 알아보고, 궁금한 것이 생기기 시작하는 나이죠. 난 도저히 참을 수 없었어요. 내 아들이 오염된 이 집안의 불결한 공기를 들이마시면 안 될 것 같다는 생각이 들었어요. 그래서 멀리 떠나보낸 겁니다. 남편이 살아 있는 동안 내가 아들을 이 집에 돌아오지 못하게 한 이유를 이제 아시겠죠? 내가 어떤 대가를 치러야 했는지 아무도 모를 거예요.

만데르스 정말 지독한 시련을 겪었군요.

알빙 부인 일을 하지 않았다면 도저히 이겨 낼 수 없었을 겁니다. 난 뭔가를 해냈다고 말할 수 있어요! 토지를 확장하고 개간했죠. 그리고 알빙이 나에게 맡긴 모든 것을 쓸모 있게 만들었어요. 남편이 이런 일을 할 수 있었다고 생각하세요? 그 사람은 하루 종일 소파에 길게 드러누워서 오래전에 정부에서 발행한 관보나 읽었죠! 난 목사님께 말씀드리고 싶어요. 남편이 전성기를 누릴 때 남편에게 기운을 북돋워 준 사람이 바로 나였고, 남편이 다시 타락의 길에 빠져들고 비탄과 자책감에 휘말렸을 때 모든 것이 순조롭게 돌아갈 수 있도록 책임졌던 사람이 바로 나였다는 것을요.

만데르스 그러나 지금 부인은 이런 사람의 기념관을 세우려고 하십니다.

알빙 부인 뭔가 꺼림칙했어요.

만데르스 꺼림칙……? 그건 어떤 의미죠?

알빙 부인 난 언젠가 진실이 드러나서 사람들 모두가 알게 되리라는 걱정에 사로잡혔어요. 고아원을 세운 것도, 그에 대한 소문을 잠재우고 불안감을 씻어 버릴 수 있을 것 같아서였어요.

만데르스 그렇다면 부인의 계획은 빗나가지 않았군요.

알빙 부인 또 다른 이유가 있어요. 난 내 아들 오스왈드가 아버지로부터 아무것도 물려받지 않았으면 해요.

만데르스 그렇다면 그 재산은……?

알빙 부인 그래요. 내가 해마다 고아원을 위해 모아 놓은 돈은……. 난 아주 세밀하게 계산해 봤어요. 그 금액은 알빙이 중위 시절에 소유하고 있던 결혼 비용이에요.

만데르스 무슨 뜻인지 잘 모르겠네요.

알빙 부인 말하자면 그 돈은 저를 사들이기 위한 돈이었죠. 난 그런 돈이 오스왈드에게 넘어가는 걸 원하지 않아요. 내 아들은 원래 내 소유였던 것만 가지게 할 거에요. 그래서 그렇게 했어요.

오스왈드 알빙이 모자와 코트를 밖에 두고 오른쪽 두 번째 문으로 들어온다.

알빙 부인 (다가가며) 벌써 돌아왔니? 사랑하는 내 아들!

오스왈드 네, 이렇게 계속 비가 오는데 밖에서 할 일이 뭐 있겠어요? 식사가 준비됐다고 하던데, 근사하게 차렸겠죠!

레지네 (소포를 들고 식당 쪽에서 등장한다) 부인께 소포가 왔어요.

알빙 부인에게 소포를 건네준다.

알빙 부인 (만데르스 목사를 한 번 쳐다보고는) 내일 부를 축가의 악보 같은데.

만데르스 흠…….

레지네 식사가 준비됐어요.

알빙 부인 그래, 곧 갈게. 잠깐 이것만 보고…….

소포를 풀기 시작한다.

레지네 (오스왈드에게) 붉은 포도주를 드시겠어요, 흰 포도주를 드시겠어요?

오스왈드 둘 다 줘요, 엥스트란드.

레지네 비엥……[5] 좋아요, 알빙 도련님.

레지네가 식당으로 간다.

---

5 *bien*. 〈좋아요〉라는 뜻의 프랑스어.

오스왈드 포도주 병 따는 걸 도와 주지.

오스왈드도 식당으로 간다. 식당 문이 반쯤 열린 채 흔들리고 있다.

알빙 부인 (소포를 풀어 보고는) 그래요, 추측이 맞았어요. 목사님, 악보예요.
만데르스 (두 손을 모으고) 어떻게 평상시와 똑같은 얼굴로 축사를 할지……!
알빙 부인 오, 그래도 잘해 내실 거예요.
만데르스 (식당에 들리지 않도록 낮은 목소리로) 그래요. 아무튼 사람들을 자극하는 발언은 하지 않는 게 좋을 것 같군요.
알빙 부인 (조용하지만 단호하게) 하지만 이렇게 오래된, 이 무서운 익살극은 이제 그만 끝을 봐야 해요. 내일이 지나면, 죽은 남편이 이 집에 살았던 적이 없는 듯한 기분이 들 거예요. 여긴 어머니와 아들만 있게 될 겁니다.

식당에서 의자가 넘어지는 소리가 나고, 동시에 목소리가 들린다.

레지네 (날카롭게 속삭인다) 오스왈드! 미쳤어요? 저리 비켜요!
알빙 부인 (두려움으로 몸이 굳으며) 아……!

그녀는 휘둥그레진 눈으로 반쯤 열린 식당 문을 노려본다. 오스왈드가 헛기침하면서 콧노래를 부르는 소리가 들린다. 포도주 병 코르크를 따는 소리.

만데르스 (흥분해서) 세상에 이게 무슨 일이야! 왜 그러세요, 부인?
알빙 부인 (쉰 목소리로) 유령이야! 온실에 있던 두 사람이 다시 여기 나타났어······.
만데르스 무슨 소리예요! 레지네가······. 레지네가······?
알빙 부인 그래요, 이제 갑시다. 아무 말도 하지 마세요······!

그녀는 만데르스 목사의 팔을 꽉 쥐고 비틀거리며 식당을 향해 간다.

제2막

같은 방. 무거운 안개가 아직 문밖 풍경을 두덮고 있다. 만데르스 목사와 알빙 부인이 식당에서 나온다.

알빙 부인 (아직 문 옆에 서서) 그렇게 말씀해 주셔서 고마워요, 목사님. (식당을 향해) 오스왈드, 너도 거실로 나오지 않겠니?
오스왈드 (안쪽에서) 전 됐어요. 바깥에 좀 나갔다 와야 할 것 같아서요.
알빙 부인 그렇게 해라. 이제 비가 좀 그치려나 보다. (식당 문을 닫은 후 현관 쪽으로 가서 부른다) 레지네!
레지네 (바깥에서) 네, 부르셨어요?
알빙 부인 저 아래 있는 다림질 방으로 가서 내일 행사 장식물 다는 것 좀 도와라.
레지네 알겠습니다, 마님.

알빙 부인은 레지네가 아래로 내려가는 소리를 확인하고 나서 문을 닫는다.

만데르스 식당에서는 우리가 하는 얘기가 안 들리겠죠?
알빙 부인 문이 닫혀 있으면 괜찮아요. 어쨌든 밖으로 나간다잖아요.
만데르스 아직 어떻게 된 영문인지 잘 모르겠어요. 이렇게 잘 차린 저녁이 어디로 들어갔는지, 뭘 먹었는지도 모르겠어요.
알빙 부인 (흥분을 가라앉히며 이리저리 걷는다) 나도 마찬가지예요. 이제 어떻게 해야 하죠?
만데르스 그러게요. 뭘 해야 하나? 어떻게 할지 미리 알 수 있다면 정말 좋겠는데. 이런 일은 경험해 본 적이 없어서.
알빙 부인 아직 별일은 일어나지 않았던 것 같아요.
만데르스 그럼요, 하느님이 허락하지 않으실 겁니다. 하지만 두 사람을 그대로 두면 정말 불행한 일이 생길 수도 있게 됐어요.
알빙 부인 오스왈드가 잠깐 스쳐 지나가는 호감을 가진 것뿐이에요. 그렇게 믿으세요.
만데르스 조금 전에 얘기했듯이 난 이런 일은 잘 몰라요. 하지만 내 생각엔 아무래도—
알빙 부인 물론 레지네를 이 집에서 내보내야죠. 즉시.
만데르스 물론이죠.
알빙 부인 하지만 어디로 보내죠? 아무리 그래도 우리가 무책임하게—

만데르스 어디로 보내느냐고요? 당연히 자기 아버지 곁으로 가야죠.

알빙 부인 어떤 아버지 말인가요?

만데르스 레지나의 아버지 말입니다……. 아, 하지만 지금 엥스트란드 얘기를 하는 게 아니라면……. 맙소사, 부인, 어떻게 이런……. 부인께서 분명히 뭔가 잘못 알고 계신 겁니다. 그렇죠?

알빙 부인 확실히 알고 있으니까 두려운 거죠. 요한나가 내게 모든 걸 다 고백했어요. 그리고 알빙 역시 부인하지 못했지요. 우리가 할 수 있는 건 이 사실을 덮어 두는 것밖에 없었어요.

만데르스 그럴 수밖에 없었겠군요.

알빙 부인 곧바로 요한나를 여기서 나가게 했어요. 입을 다물게 하기 위해 꽤 많은 돈을 주었죠. 나머지 문제는 시내에 돌아가서 그 여자 혼자 다 처리했어요. 전에 만나던 엥스트란드와 다시 어울리더군요. 내가 짐작하기에는 자기가 돈을 좀 가지고 있다는 걸 엥스트란드에게 암시했는데, 사실은 그게 지어낸 이야기였던 것 같아요. 여름철에 어떤 외국인과 그의 요트에서 지냈는데, 그로부터 돈을 받았다고요. 요한나와 엥스트란드는 서둘러서 결혼식을 치렀어요. 목사님이 그들 결혼식의 주례를 서셨죠?

만데르스 이 모든 일을 어떻게 받아들여야 할지……. 내가 지금까지 분명히 기억하고 있는 것은 엥스트란드가 와서 결혼식 주례를 부탁했다는 겁니다. 그는 상당히 주눅 들어 있었고, 자신이 사랑하는 여인과 경솔한 짓을 저질렀다며 진심으로 후회하고 있더군요.

알빙 부인 그래요, 그가 모든 죄를 다 떠맡아야만 했겠죠.

만데르스 하지만 그런 속임수를! 더구나 목사인 나에게! 정말 야코브 엥스트란드가 그랬다고는 믿을 수가 없어요. 그래, 이 문제에 관해서 한번 얘기를 나눠 봐야겠어. 그러면 밝혀지겠지……. 도덕적으로 타락한 사람들이 그런 성스러운 결혼식을! 이 모든 게 돈 때문에……! 요한나가 도대체 얼마나 많은 돈을 가지고 있었죠?

알빙 부인 1천5백 크로네예요.

만데르스 겨우 1천5백 크로네에 몸을 더럽힌 여자와 결혼하다니!

알빙 부인 그렇다면 타락한 남자에게 끌려가 억지 결혼 생활을 강요받아야 했던 나는 뭐죠?

만데르스 맙소사! 도대체 무슨 말씀을 하려고 하시는 거죠? 타락한 남자라니!

알빙 부인 목사님은 우리가 결혼하기 위해 하느님의 제단 앞으로 나갔을 때의 알빙이, 엥스트란드와 결혼한 요한나보다 더 순결했다고 믿으세요?

만데르스 하지만 이 두 가지 일은 완전히 다른 일—

알빙 부인 사실은 전혀 다르지 않아요. 물론 금액에는 틀림없이 큰 차이가 있죠……. 그까짓 1천7백 크로네와 전 재산.

만데르스 그건 비교할 수 없을 만큼 완전히 다른 경우죠. 부인은 본인이 마음을 먹고 가족의 양해를 통해 그 결혼을 받아들였습니다.

알빙 부인 (그를 쳐다보지 않으며) 내 생각에, 목사님은 당시 흐트러진 내 마음이 어디에 있었는지 짐작하고 있었을 텐데요.

만데르스 (냉담하게) 만일 내가 부인이 생각하는 그런 짐작을 했었다면, 부인 남편이 있는 집에 날마다 찾아오지 못했을 겁니다.

알빙 부인 아무튼 분명한 것은, 내 마음이 그 결혼을 받아들인 건 아니었다는 사실이에요.

만데르스 가까운 친척들과는 의논했겠죠. 부인의 어머니와 두 이모님이 그 결혼에 동의하셨어요.

알빙 부인 그건 사실이에요. 그 세 분이 날 위해 여러 가지를 따져 보았죠. 얼마나 그럴싸하게 얘기하던지 믿기 어려울 정도였죠. 그런 청혼을 거절한다는 것은 완전히 미친 짓이라는 거예요. 만일 우리 어머님이 지금 하늘에서 내려다보신다면, 그 엄청나게 멋진 결혼이 어떻게 됐는지 알게 되실 텐데.

만데르스 모든 일의 결말이 어떻게 될지 단언할 수 있는 사람은 아무도 없습니다. 그래도 한 가지는 분명하죠. 부인의 결혼은 합법적이라는 사실입니다.

알빙 부인 오, 그놈의 법과 질서! 가끔 난 이 법과 질서가 세상을 망쳐 놓는다는 생각이 들어요.

만데르스 부인, 그렇게 말씀하시면 안 됩니다.

알빙 부인 그래요, 그렇겠죠. 하지만 난 모든 규제와 제약을 더 이상 참을 수 없어요. 못 견디겠어! 난 나를 해방해 주겠어요.

만데르스 그게 무슨 뜻이죠?

알빙 부인 (창문틀을 두드리며) 남편의 방탕한 생활을 숨기지 말아야 했어요. 그때 난 다른 일은 꿈도 꾸지 못했어요. 나 자신을 위해서라도 그렇게는 못 했죠. 그 정도로 난 비겁했어요.

만데르스 비겁해?

알빙 부인 어떤 일이 생겼는지 사람들이 알았다면 이렇게 얘기했겠죠. 〈불쌍한 친구, 마누라가 도망갔으니 흥청망청 사는 것도 무리는 아니야.〉

만데르스 그 사람들은 당연히 그렇게 말할 수 있었겠죠.

알빙 부인 (똑바로 쳐다보며) 만일 내가 제대로 정신이 박힌 사람이었다면 오스왈드에게 이렇게 말해 줬을 거예요. 〈잘 알아 둬라. 네 아버지는 하느님께 버림받은 타락한 사람이다.〉

만데르스 오, 주여!

알빙 부인 그리고 난 목사님께 말씀드린 진실을 내 아들에게도 다 얘기해 주고 싶어요. 자세하게!

만데르스 부인, 지나치십니다.

알빙 부인 알고 있어요! 잘 알고 있어요! 그런 생각을 하는 나 자신이 불쾌해요. (창문에서 떨어져 나와 걸으며) 그래서 난 비겁해요!

만데르스 해야 할 일을 해온 것을 비겁하다고 하시는 겁니까? 아이들은 자신의 부모를 사랑하고 존경해야 합니다!

알빙 부인 이 문제를 보편적인 기준으로만 생각하지 마세요. 문제는 이겁니다. 〈내 아들 오스왈드가 자기 아버지를 사랑하고 존경할 수 있는가?〉

만데르스 어머니로서 아들의 이상을 깨뜨려서는 안 된다고 생각하지는 않으셨나요?

알빙 부인 진실은 어쩌고요?

만데르스 이상은 어쩌고요?

알빙 부인 오, 이상, 이상! 내가 비겁하지단 않았더라도!

만데르스 이상을 가볍게 여기지 마세요, 부인. 무자비한 대가를 치르게 됩니다. 특히 오스왈드의 경우는 더 그렇습니다. 불행하게도 오스왈드에게는 이상이 없는 것 같아요. 그래도 내가 보기에……. 아버지에게서 그걸 찾을 수 있지 않을까요?

알빙 부인 맞는 말씀이세요.

만데르스 그리고 오스왈드에게 아버지에 대한 올바른 생각을 심어 준 사람도 바로 부인이었습니다. 부인의 편지로 인해 오스왈드는 용기를 얻었고, 부인의 뜻을 따라 여기 돌아온 겁니다.

알빙 부인 그래요, 난 재산을 지키기 위해 주어진 의무를 다했어요. 내가 지난 몇 년 동안 계속해서 아들에게 거짓말을 한 이유는 바로 재산 때문이었죠. 오, 얼마나 비겁한 짓인지……. 내가 얼마나 비겁한 행동을 했는지!

만데르스 부인은 아드님의 마음속에 아름다운 환상을 만들어 주신 겁니다. 진심으로 말씀드리는데, 그 환상을 가볍게 평가하지 마세요.

알빙 부인 흠! 그 환상이 정말 그렇게 좋은 것인지 아닌지는 누가 알까요? 하지만 레지네와 가까이 지내는 건 그냥 내버려 둘 수 없어요. 아무것도 모른 채 레지네에게 다가가서 그 아이를 불행하게 만들면 안 돼요.

만데르스 그럼요! 그건 정말 끔찍한 일이죠!

알빙 부인 그런데 만일 내 아들이 정말 진지하게 그 아이를 사랑하고 있고, 그 사랑으로 인해 내 아들이 행복해질 수 있다면…….

만데르스 그렇다면?

알빙 부인 하지만 그렇게 되진 않을 거예요. 레지네가 그렇게 하지 못할 거예요.

만데르스 그래서요? 지금 무슨 생각을 하고 계시는 거죠?

알빙 부인 내가 만일 비참한 겁쟁이가 아니라면, 난 이렇게 말하겠죠. 〈그 여자와 결혼을 하든지 말든지 알아서 해라. 너희들 원하는 대로 해. 하지만 절대 서로를 속이지는 말아라.〉

만데르스 하느님! 정식으로 결혼을! 그렇게 소름 끼치는 일을! 있을 수 없는 일입니다!

알빙 부인 있을 수 없다고 하셨나요? 가슴에 손을 얹어 보세요, 목사님. 저기 넓은 세상엔 수많은 부부가 있어요.

그들 가운데 이 아이들처럼 피가 섞인 사람들이 얼마나 많은지 정말 모르세요?

만데르스 무슨 말인지 도저히 이해할 수가 없군요!

알빙 부인 아녜요, 잘 알고 계세요.

만데르스 그래요, 부인은 지금 얼마든지 있을 수 있는 경우를 말씀하시는 겁니다. 예, 맞습니다. 실제 가족의 혈통은 원래 그래야 하는 것처럼 그렇게 순수하지 않을 수도 있어요. 하지만 그건 적어도 그런 관계를 모르는 상황에서나 일어날 수 있는 일이죠. 아니면 확실하지 않았거나. 하지만 이건 다른 경우예요. 어떻게 어머니로서 자기 아들에게……!

알빙 부인 원하는 건 아닙니다! 분명히 말해 드리지만, 내가 그렇게 되기를 바라는 건 아녜요.

만데르스 말씀하셨던 것처럼, 부인이 비겁하기 때문에 그렇게 될 수 없다는 거죠. 만일 부인이 비겁하지 않다면……! 맙소사! 역겨운 결혼이에요!

알빙 부인 그래요, 하지만 우리 모두가 바로 그런 결합으로 태어나지 않았나요? 그런 식으로 이 세상을 만든 사람이 누구죠, 목사님?

만데르스 그런 질문에 관해서는 부인과 토론하고 싶지 않습니다. 그 문제에 대해 부인은 완전히 잘못 알고 계시는 것 같으니까요. 그러니까 이런 태도를 비겁하다고 말하는 거죠!

알빙 부인 내 생각을 말씀드리죠. 잘 들어 보세요! 날 떠나지 않는 유령 같은 것이 내 안에 들어 있기 때문에, 난 언제나 공포에 떨어야 하고 소심해질 수밖에 없어요.

만데르스 뭐라고 하셨죠?

알빙 부인 유령 같은 거라고 했어요. 오스왈드와 레지네의 목소리를 들었을 때, 난 내 앞에 유령이 나타난 것 같았어요. 그리고 목사님, 곧이어 우리 모두가 유령인지도 모르겠다는 생각이 들었어요. 우리들이 부모님으로부터 물려받은 기질뿐 아니라 모든 낡은 이론, 낡은 신념, 낡은 사물들이 우릴 따라다녀요. 살아 있는 건 아니지만, 떠나지 않고 우리 몸에 박혀 있지요. 손에 신문을 들고 읽으려고 하면, 유령들이 활자들 사이에서 꾸물거리며 다니는 것 같아요. 이 나라 전체에 유령들이 사는 것 같아요. 너무 많아서 바닷가의 모래처럼 깔려 있는 것 같아요. 그래서 우리 모두는 불쌍하게도 빛을 싫어하죠.

만데르스 아하! 많은 책을 읽고 난 뒤에 얻게 되는 수확이죠. 정말 멋진 결실이군요! 오, 이 혐오스럽고 선동적인 자유주의자의 책들!

알빙 부인 아녜요, 목사님. 내가 이런 생각을 하도록 이끌어 주신 분은 바로 목사님이세요. 그 점에 대해서는 언제나 감사드리고 싶어요.

만데르스 내가!

알빙 부인 네, 목사님이 내게 의무와 책임을 따르라고 강요하실 때, 그리고 내가 역겨운 기분으로 반항하고 있던 것을 권리와 진실이라고 찬미하실 때였어요. 바로 그 순간,

난 목사님의 설교를 되짚어 볼 생각을 하게 된 거예요. 단 한 가닥만 풀어 보려고 했는데, 모든 것이 풀리는 것 같더군요. 하나를 풀어내니 전체가 다 찢어져 버린 거죠. 그래서 난 알게 됐죠. 모든 것이 다 재봉틀로 박음질해 놓은 거였구나!

만데르스 (몸을 떨면서 낮은 목소리로) 내 인생에서 가장 힘들었던 투쟁의 성과가 바로 그거란 말인가요?

알빙 부인 차라리 가장 슬픈 패배라고 하시죠.

만데르스 헬레네, 그건 내 생애 최고의 승리였어. 나 스스로를 극복한 승리.

알빙 부인 우리 두 사람에 대한 범죄였죠.

만데르스 당신이 마치 미친 사람처럼 나에게 달려와서 〈여기 내가 왔어요! 날 받아 주세요!〉 하고 외쳤을 때, 〈집으로, 법적인 당신 남편의 곁으로 돌아가시오!〉라고 말한 것이 범죄였나?

알빙 부인 그래요, 그런 것 같군요!

만데르스 우린 서로를 이해하지 못하는군.

알빙 부인 적어도 지금은요.

만데르스 단 한 번도…… 꿈에서조차…… 난 당신을 내 친구의 아내 이상으로 생각하지 않았어.

알빙 부인 정말 그렇게 믿어요?

만데르스 헬레네……!

알빙 부인 사람들은 쉽게 기억을 지워 버리는군요!

만데르스 난 아냐. 난 언제나 그랬던 것처럼 똑같아.

알빙 부인 (목소리의 톤을 바꾸며) 그래요. 그래. 그래요……. 옛날 얘기는 더 이상 하지 맙시다. 이젠 완전한 대리인, 아니 관리가 되어 여기 앉아 계시죠. 난 여기저기 돌아다니며 보이거나 보이지 않는 유령과 싸울 테니까.

만데르스 눈에 보이는 유령은 내가 당신을 도와 추방하도록 하죠. 오늘 이렇게 충격적인 얘기를 듣고 나니까, 젊고 순진한 처녀를 이 집에 그냥 내버려 두기엔 내 양심이 허락하지 않을 것 같군요.

알빙 부인 우리가 그 아이를 보호해 주는 게 가장 좋은 방법 같지 않아요? 내 말은 좋은 사람을 만나 결혼할 수 있도록——

만데르스 물론, 내 생각에도 그렇게만 된다면 더할 나위 없이 좋겠군요. 레지네도 이제 나이가……. 물론 그런 건 나도 잘 모르지만 그래도…….

알빙 부인 레지네는 조숙한 아이예요.

만데르스 아, 그런가요? 하긴, 견진 성사를 준비하면서 보니까 벌써 다 자란 처녀 같더군요. 그래도 일단은 집으로 가서 아버지 밑에 있어야 하는데……. 하지만 엥스트란드가 아버지가 아니니까……. 어떻게 나한테 그런 거짓말을!

복도 쪽 문을 세게 두드리는 소리가 들린다.

알빙 부인 누가 왔을까? 들어오세요!
엥스트란드 (나들이옷으로 차려입고 문 앞에 나타나) 실례합니다. 저…….

만데르스 아하! 흠흠…….

알빙 부인 엥스트란드?

엥스트란드 아무리 찾아도 하녀가 보이지 않아서, 이렇게 문을 두드리게 됐습니다.

알빙 부인 그래요, 잘했어요. 들어오세요. 나에게 부탁할 거라도 있나요?

엥스트란드 (들어서며) 아닙니다. 부인께는 언제나 고마운 마음뿐입니다. 그것보다 목사님께 잠시 드릴 말씀이 있는데요.

만데르스 (앞으로 나서서 다가가며) 흠! 나와 얘기하고 싶다는 거지? 무슨 얘기지?

엥스트란드 네, 죄송스러운 말씀입니다만…….

만데르스 (바로 앞에 서서) 자, 무슨 얘긴지 물어봐도 될까?

엥스트란드 네, 목사님, 말씀드리자면 이런 겁니다. 저 아래에서 일하던 우린 이미 수당도 다 받았고……. 고맙습니다, 부인……. 이제 일이 다 끝났습니다. 그래서 그동안 함께 일했던 사람들끼리 모여서 마지막 예배라도 드리는 것이 좋지 않을까 하는 생각이 들어서요.

만데르스 예배를? 고아원에서?

엥스트란드 네, 하지만 목사님이 보시기에 탐탁치 않다면—

만데르스 아니야, 좋은 생각이야. 하지만…… 음…….

엥스트란드 그동안은 제가 몇 번 예배를 올리기는 했습니다만…….

알빙 부인 그랬어요?

엥스트란드 네, 시간이 될 때마다 올렸습니다. 작은 정성이라고나 할까요. 하지만 저는 정말 보잘것없고, 또 너무 무식해서 제대로 된 예배를 드리지는 못했습니다. 그래서 마침 목사님이 여기 계시니—

만데르스 엥스트란드, 내 말을 잘 들어 보게. 우선 질문이 하나 있네. 정말 진심에서 우러나와 이런 부탁을 하는 건가? 자네 양심이 자유로운가?

엥스트란드 맙소사, 목사님. 양심에 대해 말하자면, 몇 가지 걸리는 일이 있긴 합니다.

만데르스 그래, 바로 그 점에 관해서 물어보고 싶었네. 그래, 어떤 대답을 할 수 있겠나?

엥스트란드 네, 양심이……. 가끔 꺼림칙합니다.

만데르스 그래, 결국 인정하는군. 단도직입적으로 묻겠네. 레지네는 어떻게 된 건가?

알빙 부인 (급하게) 목사님!

만데르스 (안심시키며) 가만히 있어요…….

엥스트란드 레지네요? 맙소사, 무슨 일이죠? (알빙 부인을 보며) 레지네에게 무슨 일이 있는 건 아니죠?

만데르스 나도 그러기를 바라네. 하지만 내가 묻고 싶은 말은, 레지네와 자네는 어떤 사이인가? 그 아이는 자네를 아버지로 알고 있어.

엥스트란드 (주저하면서) 네……. 음……. 목사님, 나와 죽은 요한나의 얘기를 이미 알고 계시군요.

만데르스 얼렁뚱땅 넘기지 말고. 자네 부인이 죽기 전에 여기 있는 알빙 부인께 이미 진실을 다 말씀드렸어.

엥스트란드 그렇다면, 알고 계시는 것과 같습니다! 정말 모든 걸 다 말씀드렸나요?

만데르스 엥스트란드, 자네에 관해선 이미 모든 것이 다 밝혀졌어.

엥스트란드 하지만 숨기기로 맹세했는데······.

만데르스 맹세를?

엥스트란드 네, 정말 진지하게 선서까지 했는데.

만데르스 그래서 그렇게 오랫동안 나에게 숨기고 있었군. 내가 그 누구보다도 더 깊이 신뢰하고 있었는데, 그런 나에게 숨기고 있었어.

엥스트란드 정말 죄송합니다.

만데르스 내가 이런 일을 당해야 하나, 엥스트란드? 내가 항상 충고해 주고 힘이 닿는 한 도와주지 않았나? 대답해 봐! 그렇게 하지 않았어?

엥스트란드 만일 목사님이 계시지 않았다면 나에게 나쁜 일이 훨씬 더 많이 생겼을 겁니다.

만데르스 그래서 이런 식으로 고마움을 표시하는군. 나로 하여금 교회에 거짓말을 기록하게 하고, 몇 년씩이나 진실을 감추고. 엥스트란드, 자네는 정말 무책임한 행동을 했어. 오늘부터 우리 둘의 관계는 끝이야.

엥스트란드 (한숨을 쉬며) 그래요, 이렇게 되는 게 당연하죠.

만데르스 이제 어떻게 할 텐가?

엥스트란드 그렇다면 소문을 퍼트려 죽은 아내의 치욕스러운 과거를 모두에게 다 알렸어야 했나요? 입장을 한번 바꿔 놓고 생각해 보세요. 만일 목사님이 불쌍한 요한나였다면—

만데르스 내가?

엥스트란드 네, 꼭 그렇다는 건 아니지만 제 얘기는, 그러니까, 세상 사람들의 눈앞에 드러내 놓을 수 없는 일이 목사님께 일어난다면……. 그리고 우리 남자들이 불쌍한 여자에게 그렇게 혹독한 처벌을 하면 안 되는 거잖아요, 목사님.

만데르스 물론 여자에겐 그렇게 하지 않지. 내가 비난하는 건 바로 자네야.

엥스트란드 그렇다면 하나만 여쭤 봐도 될까요, 목사님?

만데르스 그래.

엥스트란드 어떤 남자가 몸을 더럽힌 여자를 도와주는 건 나쁜 일이 아니잖아요?

만데르스 물론 그렇지.

엥스트란드 그리고 남자라면 정당하게 약속한 말을 지켜야 하죠?

만데르스 분명히 그렇지. 하지만—

엥스트란드 그때, 요한나가 어떤 영국 남자 때문에 불행한 일이 생겼을 때……. 아니 미국 남자였던가, 아니면 러시아 남자였던가. 어쨌든 요한나가 그 남자와 헤어지고 마을로 왔어요. 불쌍했죠! 한 번인가 두 번쯤, 그 여자는 날 무시하고 경멸했어요. 왜냐하면 그 여자는 곁멋이 들어 있었고, 난 다리가 불구였으니까요. 그래요, 목사님. 기억하실 거예요. 뱃사람들이 모여 춤추고 노는 곳에 간 적이 있어요. 담배 연기가 자욱하고 술에 취해 떠들썩한 곳이죠. 거기서 내가 뱃사람들에게 진지하게 인생을 살아가라고 충고하자…….

알빙 부인 (창가에서) 흠……!

만데르스 그래, 나도 알고 있어. 무지막지한 남자들이 자네를 계단 아래로 내던졌지. 그 일은 여러 번 얘기했어. 자네는 부러진 다리 대신 명예를 얻었지.

엥스트란드 그 일을 자랑거리로 삼고 싶진 않아요, 목사님. 아무튼 내가 말씀드리고 싶은 건 바로 이겁니다. 마을로 돌아온 그 여자가 나에게 왔어요. 눈물을 흘리고 이를 갈면서 자신의 불행한 처지를 얘기했어요. 난 정말 그 얘기를 듣고 가슴이 아팠어요, 목사님.

만데르스 그랬어? 그래서 어떻게 됐는데?

엥스트란드 그래서 이렇게 말했죠.〈그 미국놈은 온 세상 바다를 다 돌아다닌다. 그리고 당신 요한나는 죄를 짓고 타락한 여자가 되었다. 하지만 여기 야코브 엥스트란드라는, 두 발로 버티고 서 있는 떳떳한 남자가 있다.〉네, 이렇게 말했던 것 같아요, 목사님.

만데르스 무슨 소린지 알겠네. 계속해 보게.

엥스트란드 네, 난 그 여자에게 결혼을 제안했고, 사람들이 그 여자와 외국인 사이에 어떤 일이 있었는지 모르는 상태에서 결혼했습니다.

만데르스 자네가 그렇게 한 건 아주 잘한 일이야. 내가 인정할 수 없는 것은, 자네가 그 일에 대한 보상으로 돈을 받았다는 것이지…….

엥스트란드 돈을? 내가? 단 한 푼도 받지 않았습니다.

만데르스 (질문하듯 알빙 부인을 향해) 그렇지만—

엥스트란드 아, 그래요. 잠깐만요. 이제 생각이 나는군요. 요한나에게 돈 몇 푼이 있었어요. 하지만 그 돈에 관해 알고 싶진 않았어요. 〈쳇! 그까짓 돈!〉 난 이렇게 말했죠. 죗값! 불행한 돈이죠……. 아마 지폐가 좀 있었겠죠. 난 그 돈을 미국놈 얼굴에다가 던져 버리라고 했어요. 하지만 그자는 이미 거친 바다 너머로 멀리 사라진 후였죠.

만데르스 그렇게 됐단 말이지, 엥스트란드?

엥스트란드 그렇죠. 그러고 나서 나와 요한나는 아이를 키우는 데 돈을 쓰기로 했어요. 그래서 동전 하나라도 아꼈습니다.

만데르스 자네 얘기를 듣고 보니 내 생각이 달라지는군.

엥스트란드 사실은 이렇게 된 겁니다, 목사님. 한마디 더 말씀드리자면, 난 진정으로 레지네의 아버지였습니다……. 힘이 닿는 한……. 그래도 변변치 못했지만요.

만데르스 그래, 알겠네.

엥스트란드 그래도 말씀드리고 싶은 것은, 난 신앙심이 깊은 요한나와 함께 살면서 그 아이를 사랑으로, 교회에서 가르쳐 주는 엄격한 교육 방식으로 키웠다는 것입니다.

하지만 목사님께 가서 가슴을 펴고 말씀드릴 생각은 단 한 번도 못해 봤습니다. 내가 살면서 한, 정말 유일한 좋은 일인데도 절대 그럴 수 없었죠. 야코브 엥스트란드는 좋은 일을 하고도 입을 다물고 침묵을 지키는 그런 놈입니다. 실제로 그렇게 말씀 드릴 기회도 많지 않았고요. 목사님을 뵙게 될 때마다 난 다른 드릴 말씀이 너무나 많았습니다. 내가 얼마나 허약하고 초라한지 말이에요. 이제 와서 다시 말씀드리지만, 내 양심은 가끔씩 아주 나쁜 길로 빠져들고 있답니다.

만데르스 나에게 손을 내밀어 주게.

엥스트란드 목사님!

만데르스 피하지 말고. (그의 손을 잡으며) 이제 됐어!

엥스트란드 목사님께 잘못을 빌어도 될까요······.

만데르스 나에게? 아냐, 무슨 소리. 내가 자네에게 용서를 빌어야 해.

엥스트란드 아닙니다. 무슨 말씀을!

만데르스 사실이야. 진심으로 하는 말이네. 날 용서해 주게. 내가 자네를 잘못 알고 있었어. 이제 내가 자네를 믿고 있다는 증거를 보여 주고, 자네에게 뭔가 보답을 하고 싶군.

엥스트란드 정말입니까, 목사님?

만데르스 아주 기꺼이.

엥스트란드 그러시다면 사실은 도움을 청할 일이 있습니다. 그동안 모아 온 축복받은 돈으로, 마을에 선원들을 위한 집 같은 것을 장만할 생각을 했습니다.

알빙 부인 집을 장만한다고 하셨나요?

엥스트란드 네, 마치 집에 돌아온 듯한 기분이 드는 숙소를 만들어 보겠다는 거죠. 육지에 올라온 선원들은 많은 유혹에 빠집니다. 하지만 나에게 오면, 아버지의 집에서 지내는 것처럼 느끼게 될 겁니다.

만데르스 어떠세요, 알빙 부인?

엥스트란드 그렇게 크게 시작하긴 아직 어렵지만, 누군가 도와주는 사람이 생기면…….

만데르스 그래요, 좀 더 깊이 생각해 봅시다. 하지만 지금은 아래로 내려가서 모든 것을 잘 정돈하고, 초에 불을 붙여 두세요. 조금은 축제 분위기가 나도록. 그다음 우리 함께 아름다운 예배의 시간을 가집시다, 엥스트란드. 그렇게 하면 당신의 마음이 진정될 것 같군요.

엥스트란드 네, 그럴 것 같습니다. 알빙 부인, 고맙습니다. 레지네를 잘 돌봐주셔서요. (눈물을 닦으며) 요한나의 아이죠……. 음. 정말 신기한 일이에요. 나한테는 그 아이가 마치 제 자식처럼 귀여우니 말이에요. 그래요, 정말 그렇죠!

그가 고개 숙여 절을 하고는 복도를 통해 나간다.

만데르스 자, 어떻게 생각하십니까, 알빙 부인? 지금까지 들었던 얘기와는 정말 다르군요.

알빙 부인 정말 그렇군요!

만데르스 우리는 보호받아야 할 사람에 대해 그동안 얼마나 나쁘게 평가했는지 되돌아봐야 합니다. 물론 잘못 생각했다는 것이 분명해지면, 기쁨은 더 크겠죠. 어떻게 생각하세요?

알빙 부인 목사님은 아직 어린아이 같아요. 하지만 언제나 다 큰 성인인 체하죠, 만데르스.

만데르스 내가?

알빙 부인 (두 손을 그의 어깨 위에 올려놓고) 그래서 이 두 팔로 당신을 껴안아 주고 싶어요.

만데르스 (황급히 뒤로 물러나며) 안 됩니다, 안 돼요. 하느님, 지켜주소서! 어떻게 이런 행동을……

알빙 부인 (웃으며) 아! 날 무서워할 필요는 없어요!

만데르스 (탁자 옆에 서서) 가끔씩 당신은 장난기를 과장되게 드러내는군요. 전 이 서류를 챙겨서 가방에 넣어야겠습니다. (그렇게 한다) 다 됐군요. 그럼, 먼저 실례하죠. 오스왈드가 돌아오면 잘 지켜보세요. 조금 뒤에 다시 오겠습니다.

만데르스가 모자를 들고 복도 문을 통해 나간다. 알빙 부인은 탄식의 깊은 숨을 내쉬고 잠시 창문 밖을 내다본다. 그러고는 방 안을 조금 정돈한 후 식당으로 가려고 하다가 숨죽인 비명과 함께 문 앞에 멈춰 선다.

알빙 부인 오스왈드! 아직 식당에 있었네!

오스왈드 (식당에서) 담배 피우고 있었어요.
알빙 부인 밖으로 나간다고 하지 않았니?
오스왈드 이런 날씨에요?

술잔이 짤랑거린다. 알빙 부인은 식당 문을 열어 둔 채 뜨개질거리와 함께 창문 옆 소파에 앉는다.

오스왈드 (식당 안에서) 지금 여기서 나간 사람이 만데르스 목사 맞죠?
알빙 부인 그래, 저 아래 고아원에 가셨다.
오스왈드 흠!

다시 잔과 술병이 부딪치는 소리가 들린다.

알빙 부인 (걱정스러운 표정으로) 오스왈드, 이제 그만 마셔라. 알코올 도수가 높은 술이야.
오스왈드 이렇게 축축한 날씨에 마시기 좋은 술이죠.
알빙 부인 내 옆에 와서 마시는 게 더 좋지 않겠니?
오스왈드 거기선 담배를 피울 수 없잖아요.
알빙 부인 피워도 괜찮아.
오스왈드 알았어요, 한 잔만 더 마시고 갈게요.

담배를 들고 방으로 들어온 다음 식당 문을 닫는다. 잠깐의 침묵.

오스왈드 목사님은 어디로 가셨어요?

알빙 부인 조금 전에 얘기하지 않았니? 고아원에 내려가셨다고 말이야.

오스왈드 아, 그랬었죠. 맞아.

알빙 부인 식탁에 그렇게 오래 앉아 있으면 안 돼, 오스왈드.

오스왈드 (담배를 등 뒤로 들고) 그래도 난 식탁에 앉아 있는 게 좋은데. (어머니를 건드리며) 생각해 보세요. 저에게 어떤 의미인지. 집에 돌아와서, 어머니의 식탁에 앉아, 어머니 방에서, 어머니가 준비해 준 맛있는 음식을 먹는다는 것 말이에요.

알빙 부인 사랑하는 내 아들!

오스왈드 (약간 초조하게 담배를 피우며 이리저리 걸어다닌다) 그리고 제가 여기서 뭘 할 수 있겠어요? 전 아무것도 할 게 없어요.

알빙 부인 뭔가 일거리를 만들어서—

오스왈드 이렇게 음산한 날씨에? 하루 종일 햇빛이라고는 한 줌도 없는데? (이리저리 걸어다니며) 아, 궈라도 해볼 수가 없어……!

알빙 부인 집으로 돌아와서 뭘 해야 할지 충분히 생각하지 않았구나.

오스왈드 어머니, 전 그저…… 집으로 돌아와야간 했어요.

알빙 부인 난 네가 집으로 돌아오기를 너보다 훨씬 더 간절히 바라고 있었다.

오스왈드 (탁자 옆에 서서) 어머니, 제가 집으로 돌아온 게 그렇게 좋으세요?

알빙 부인 그럼, 행복하지!

오스왈드 (신문을 구기며) 전 제가 옆에 있든 없든 어머니에겐 마찬가지일 거라고 생각했는데.

알빙 부인 진심으로 하는 말이니?

오스왈드 전에는 저 없이도 잘 사셨잖아요.

알빙 부인 그래, 너 없이 살았지……. 그건 사실이다.

침묵. 어둠이 천천히 짙어 가기 시작한다. 오스왈드는 방 안을 거닐다가 담배 피우기를 멈추고 담뱃불을 끈다.

오스왈드 (알빙 부인 앞에 서서) 옆에 앉아도 돼요?

알빙 부인 (자리를 만들어 주며) 그래, 이리 와.

오스왈드 (앉는다) 드릴 말씀이 있어요.

알빙 부인 (긴장해서) 지금?

오스왈드 (앞을 노려보며) 더 이상은 견딜 수 없어요.

알빙 부인 뭐라고! 무슨 일 있었니?

오스왈드 (여전히 앞을 노려보면서) 편지로 말씀드릴 용기가 나지 않았어요. 집에 돌아온 후에도—

알빙 부인 (팔을 감싸 안으며) 오스왈드! 왜 그래?

오스왈드 어제도 그랬고, 오늘도 이 생각을 떨쳐 버리려고 했는데……. 잊어버리고 싶었어요. 그런데 안 돼요.

알빙 부인 (몸을 일으키며) 그럼 지금 얘기해 봐!

오스왈드 (어머니를 다시 소파로 끌어당기며) 옆에 있어 주세요. 말씀드릴 수 있도록 노력해 볼게요. 제가 여행 때문에 피곤하다고 불평을 늘어놓았죠…….

알빙 부인 그랬지. 그래서 어떻다고?

오스왈드 여행 때문이 아니에요. 그냥 피곤한 게 아니었어요.

알빙 부인 (뛰어 일어날 것처럼) 그렇다면 어디 아픈 거니, 오스왈드?

오스왈드 (다시 소파로 끌어당기며) 옆에 있어 주세요. 가만히 계세요. 아픈 건 정말 아니에요. 일반적인 병이 아니에요. (두 손으로 머리를 감싸며) 난…… 정신이 병들었어요. 완전히 망가졌다고요. 더 이상 그림을 그릴 수 없어요! (손으로 감싼 얼굴을 어머니 무릎에 묻고 크게 소리 내어 울기 시작한다)

알빙 부인 (창백해진 얼굴로 떨면서) 오스왈드! 날 봐라! 안 돼. 아니야, 그렇지 않아.

오스왈드 (절망적으로 그녀를 바라보며) 이제 다시는 그림을 그릴 수 없어요! 다시는! 다시는! 살아 있어도 죽은 거나 마찬가지야! 어머니, 이보다 더 절망적인 경우를 상상할 수 있겠어요?

알빙 부인 불쌍한 내 아들! 어떻게 너에게 이런 끔찍한 일이 생겼니?

오스왈드 (다시 몸을 일으켜 세우며) 저도 그게 궁금해요. 나에게 어떻게 이런 일이 생겼는지 도저히 모르겠어요. 난 한 번도 방탕한 생활을 한 적이 없어요. 여자와 관계를 가진 적도 없어요. 날 믿어 주세요, 어머니! 난 여자와 아무 일도 없었어요!

알빙 부인 아무 일도 없었다고 믿는다.

오스왈드 그런데도 내게 이런 일이 생기다니! 이렇게 끔찍한 불행이!

알빙 부인 다시 좋아질 거다. 피로가 쌓여서 그래. 내 말을 믿어.

오스왈드 (우울하게) 저도 처음엔 그렇게 생각했어요. 그렇지만 지금 내 경우는 그게 아니에요.

알빙 부인 처음부터 끝까지 다 나한테 말해 봐.

오스왈드 저도 그러고 싶어요.

알빙 부인 이런 일을 언제 처음으로 알게 됐니?

오스왈드 지난번에 집에 왔다가 파리로 돌아간 바로 다음부터요. 그때 아주 심한 두통이 생겼어요. 지금처럼 뒷머리가 아팠죠. 마치 뾰쪽한 쇠로 목과 그 주변의 머리를 후벼 파는 것 같아요.

알빙 부인 그래서?

오스왈드 처음엔 그냥 흔히 생기는 두통이겠거니 했죠. 어린 시절에 겪었던 것처럼.

알빙 부인 그래, 그랬구나…….

오스왈드 그런데 그때와는 달랐어요. 곧 알아차렸죠. 더 이상 그림을 그릴 수가 없었어요. 새로 큰 그림을 그릴 생각이었는데. 바로 그때, 갑자기 내 몸에 있는 모든 기운이 다 빠져나가는 것 같았어요. 몸이 마비된 것 같았어요. 정신을 집중할 수도 없었어요. 어지러웠어요……. 모든 게

다 엉망이 됐죠. 아, 정말 끔찍했어요! 결국 의사를 찾아갔죠. 그래서 알게 됐어요.

알빙 부인 뭘 알게 됐는데?

오스왈드 그 지역에서는 아주 유명한 의사였어요. 제가 겪은 고통을 다 말했죠. 그러자 많은 질문을 하더군요. 내 생각엔 아무 상관도 없는 것 같은 질문들을요. 난 의사가 왜 그런 질문을 하는지 몰랐어요…….

알빙 부인 그래서?

오스왈드 결국 얘기하더군요. 태어나면서부터 나에겐 벌레 먹은 구석이 있다는군요……. 그 의사는 〈베르물뤼〉[6]라고 표현했어요.

알빙 부인 (긴장해서) 그게 무슨 병이라니?

오스왈드 나도 처음엔 잘 모르겠어서 좀 더 자세히 설명해 달라고 했죠. 그랬더니 흔히 빗대어 얘기하듯이……. (주먹을 꽉 쥐고는) 아……!

알빙 부인 뭐라고?

오스왈드 〈아버지의 방탕함을 아들이 대신 속죄한다〉라고 하더군요.

알빙 부인 (천천히 몸을 일으키며) 아버지의 죄……!

오스왈드 그 의사를 두들겨 팰 뻔했어요.

알빙 부인 (방안을 거닐며) 아버지의 죄…….

오스왈드 (우울하게 웃으며) 그래요. 어떻게 생각하세요? 물

---

6 *vermoulu*. 〈벌레 먹은〉이라는 뜻의 프랑스어.

론 전 말도 안 되는 소리라고 했죠. 하지만 그가 제 말을 믿었겠어요? 안 믿죠. 자기 생각이 옳다고만 하더군요. 그래서 내가 어머니가 보낸 편지 중 아버지와 관련된 부분을 번역해서 보여 줬더니…….

알빙 부인 그랬더니?

오스왈드 그제야 자신이 잘못 판단했다고 인정하더군요. 그렇게 전 진실을 알게 됐어요. 도저히 이해할 수 없는 진실을! 전 친구들과 어울리던 즐겁고 기쁨에 가득 찬 젊은 시절의 생활을 멀리해야 했어요. 그게 모든 내 체력을 앗아갔던 것일 테니까. 모두 다 내 잘못이죠.

알빙 부인 오스왈드! 아니다, 아니야! 그렇게 생각하면 안 된다!

오스왈드 의사 말로는 달리 진단할 길이 없다고 하더군요. 정말 끔찍한 일이죠. 불치병으로 남은 인생을 끝내야 한다니……. 그것도 나 자신의 경솔함으로……. 내가 이 세상에서 찾고 싶었던 모든 아름다움을, 위대함을…… 이제 다시는 상상조차 할 수 없고……. 아니 상상해서는 안 돼……! 아, 내 인생을 다시 시작할 수 있다면, 이 모든 것이 달라지도록 할 텐데!

소파에 몸을 던지며 얼굴을 묻는다. 알빙 부인은 두 손을 비비면서 침묵한 채, 그러나 마음속으로 갈등하며 이리저리 걷는다.

오스왈드 (한동안의 침묵이 흐른 후, 팔꿈치를 소파에 기대고 어머니를 쳐다본다) 하지만 만일 이 병이 물려받은 것이라면, 적어도 내 잘못은 아니죠. 하지만 이 병은! 나 자신의 불행이고……. 건강 때문에 이 세상의 모든 것을……. 미래도……. 삶이 이렇게 굴욕적인 방식으로, 아무런 대책 없이, 분별없이 소진되어 가다니! 지긋지긋해!

알빙 부인 아니다, 아니야. 사랑하는 내 아들! 이건 아니야. 이렇게 되면 안 돼! (아들에게 몸을 숙이며) 네가 생각하는 것처럼 그렇게 절망적인 일은 아니야.

오스왈드 어머닌 몰라요. (불쑥 일어나며) 이젠 어머니께 이 모든 걱정거리를 다 맡겨야 한다는 건가! 그동안 난 어머니가 날 진심으로 사랑하지 않기를 바랐는데!

알빙 부인 내가? 오스왈드, 넌 이 세상에 단 하나뿐인 내 아들이다. 난 오직 너만 생각하고 살아왔다.

오스왈드 (그녀의 두 손을 잡고 그 손에 키스하면서) 그래요, 알고 있어요. 여기 집에 같이 있기만 해도 어머니의 사랑을 느낄 수 있어요. 그런데 그게 나한테는 정말 견디기 힘든 일이라는 걸 어머니도 알고 계실 거예요. 오늘은 그런 얘기 하지 마세요. 더 이상 오랫동안 생각하고 있을 수 없어요. (여기저기 걸어 다니며) 마실 것 좀 가져다주세요!

알빙 부인 마실 거? 뭘 마실래?

오스왈드 아, 아무거나요. 차가운 레몬 즙이 있던데.

알빙 부인 그래……. 하지만 오스왈드…….

오스왈드 제 말대로 해주세요, 제발! 지긋지긋한 생각을 씻어 버리기 위해서라도 뭘 좀 마시고 싶어요. (온실로 간

다) 벌써 어두워졌네! (알빙 부인이 오른쪽에 있는 초인종 끈을 잡아당긴다) 그칠 줄 모르는 이 비! 벌써 몇 주 동안 계속 내리고 있군……. 몇 달이나 이어지겠지. 햇빛은 한 번도 볼 수 없어! 내 기억에 여기서 햇빛을 본 적은 없었던 것 같아.

알빙 부인 오스왈드! 너 내 곁을 떠날 생각을 하고 있구나!

오스왈드 흠……. (무겁게 숨을 내쉬며) 그럴 생각 없어요. 그렇게 생각할 수도 없어요! (낮은 목소리로) 난 생각하는 것을 포기했어요.

레지네 (식당에서 나오며) 부르셨어요?

알빙 부인 그래, 등불을 가져오너라.

레지네 그렇게 하겠습니다. 미리 준비해 놓았어요. (나간다)

알빙 부인 (오스왈드에게 가면서) 오스왈드, 무슨 일이든 나에게 숨기면 안 된다.

오스왈드 숨기는 것 없어요. (탁자로 가면서) 모두 말씀드렸는걸요.

레지네, 등불을 들고 들어와 탁자 위에 놓는다.

알빙 부인 레지네, 작은 병에 든 샴페인을 가져오너라.

레지네 알겠습니다. (다시 나간다)

오스왈드 (알빙 부인의 목에 두 팔을 올리고) 어머닌 그런 분이죠. 멋있어요. 아들이 목말라하는 것을 그냥 지나칠 분이 아니에요.

알빙 부인 널 위해서라면 내가 뭘 망설이겠니?

오스왈드 (활기차게) 진심이세요? 정말 그렇게 생각하세요?

알빙 부인 뭘?

오스왈드 날 위해서라면 아무것도 망설일 게 없다는 말씀 말이에요!

알빙 부인 하지만—

오스왈드 쉿!

레지네가 작은 샴페인 병과 잔 두 개를 올린 쟁반을 가지고 와서 탁자 위에 올려놓는다.

레지네 병을 딸까요?

오스왈드 아냐, 고마워. 내가 할게. (레지네는 다시 나간다)

알빙 부인 (탁자에 앉는다) 내가 망설일 게 없다는 말을 했을 때, 무슨 생각을 했니?

오스왈드 (병을 따는 데 집중하면서) 우선 잔을 채우고…….

병마개를 열고 잔에 따른 다음 두 번째 잔에 술을 따르려고 한다.

알빙 부인 (잔 위에 손을 올리며) 고맙지만 난 안 마신다.

오스왈드 그렇다면 저만 마시죠!

잔에 든 술을 마시고, 새로 잔을 채워서 다시 마신다. 그러고 나서 탁자에 앉는다

알빙 부인 (기대에 가득 차서) 그래서?

오스왈드 (부인을 쳐다보지 않은 채) 말씀해 보세요. 아까 식사를 하면서……. 어머니와 만데르스 목사님은 왜 그렇게 아무 말씀도 하지 않으셨는지.

알빙 부인 눈치채고 있었니?

오스왈드 네. 흠……. (짧은 침묵이 흐른 다음) 말씀해 보세요. 레지네를 어떻게 생각하세요?

알빙 부인 어떻게 생각하냐니?

오스왈드 감탄할 만큼 아름답지 않아요?

알빙 부인 오스왈드, 그 아이에 관해서는 내가 너보다 더 잘 알고 있다.

오스왈드 그래서요?

알빙 부인 그 아이는 너무 오랫동안 제 아버지와 함께 있었어. 좀 더 일찍 여기 오게 했어야 했는데.

오스왈드 어쨌든 아름답지 않나요, 어머니? (잔을 채운다)

알빙 부인 모자라는 점이 많은 아이다…….

오스왈드 그렇겠죠. 하지만 그게 무슨 상관이죠? (다시 잔을 들어 마신다)

알빙 부인 나도 그 아이를 좋아한다. 하지만 난 그 아이를 책임져야 해. 그 아이에게 무슨 일이 생기면 안 돼.

오스왈드 (벌떡 일어서며) 어머니! 레지네는 제 유일한 희망이에요.

알빙 부인 (몸을 일으키며) 그게 무슨 뜻이냐?

오스왈드 이 모든 정신적 고통을……. 더 이상 나 혼자서는 버틸 수 없어요.

알빙 부인 너와 함께 고통을 나눌 내가 있지 않니?

오스왈드 그래요, 저도 그러면 좋겠어요. 그래서 여기 집으로 돌아온 거고요. 하지만 이런 식으로는 안 돼요. 안 된다는 걸 알아요. 여기서 내 인생을 끝내고 싶지 않아요!

알빙 부인 오스왈드!

오스왈드 전 다른 인생을 살고 싶었어요, 어머니. 그래서 떠난 거예요. 어머니가 절 지켜보는 게 싫었어요.

알빙 부인 그렇지만 오스왈드, 불쌍한 내 아들! 넌 지금 성치 않은 몸이야.

오스왈드 병 때문이라면 차라리 어머니 곁에 머물겠어요. 어머닌 이 세상에서 가장 좋은 친구니까요.

알빙 부인 그래, 오스왈드. 친구가 되어 줄게.

오스왈드 (불안하게 돌아다니며) 그렇지만 이 통증과 고통은……. 양심의 가책은……. 그리고 공포, 죽을 것 같은 두려움. 오…… 이 소름 끼치는 두려움!

알빙 부인 (다가가면서) 두려움? 왜? 뭣 때문에 두려워?

오스왈드 아, 더 이상 묻지 마세요. 나도 몰라요. 뭐라고 설명할 수가 없어요. (알빙 부인이 오른쪽으로 가서 초인종 끈을 잡아당긴다) 왜 그러세요?

알빙 부인 넌 이제 즐겨야 해. 난 그렇게 만들어 주고 싶다. 이제 더 이상 혼란스러운 생각에 빠지지 말고. (문 앞에 나타난 레지네에게) 샴페인을 더 가져와! 통째로 가져와. (레지네가 나간다)

오스왈드 어머니!

알빙 부인 넌 이 시골에 사는 사람들은 세상 물정에 어둡다고 생각하겠지?

오스왈드 눈부시게 아름답지 않아요? 얼마나 번듯하게 잘 자랐어요! 게다가 건강하고요!

알빙 부인 (탁자에 앉으며) 앉아라, 오스왈드. 차분하게 얘기해 보자.

오스왈드 (앉으며) 어머닌 잘 모르고 계시겠지만, 난 레지네에게 내 행동에 대한 보상을 해줘야 해요.

알빙 부인 어떤 행동?

오스왈드 아주 작지만 무책임한 행동이죠……. 아무튼 그리 큰 잘못은 아니었어요. 지난번 제가 마지막으로 집에 왔을 때…….

알빙 부인 무슨 일이 있었니?

오스왈드 제게 파리에 관해 여러 번 물어보더라고요. 그래서 그곳 생활에 관해 이런저런 얘기를 해줬죠. 그러다가 어느 날 내가 물어봤죠. 혹시 기회가 되면 파리에 올 생각이 있냐고…….

알빙 부인 그랬더니?

오스왈드 얼굴이 빨개지더군요. 그러더니 그렇게 하고 싶다더군요. 그래서 내가 그랬죠. 〈그렇다면 내가 도와주겠다.〉 아무튼 그 비슷한 얘기를 했어요.

알빙 부인 그래서 어떻게 했는데?

오스왈드 물론 전 완전히 잊어버렸죠. 그러다가 그저께 다시 물어봤죠. 내가 여기 오래 머무르니 기쁘냐고…….

알빙 부인 그랬더니?

오스왈드 날 이상한 눈으로 쳐다보더니 묻더라고요. 언제 파리로 갈 계획이냐고.

알빙 부인 파리로!

오스왈드 그래서 알게 됐어요. 내가 했던 말을 정말 진지하게 받아들이고 있었던 거예요. 내가 없는 동안 계속해서 날 생각했고, 프랑스어를 배우기 시작했더군요.

알빙 부인 그래서…….

오스왈드 어머니, 난 아름답고 깜찍하고 새싹처럼 신선한 레지네가 내 앞에 서 있는 걸 보면……. 전에는 정말 몰랐던 모습인데……. 그렇게 내 앞에 서 있으면, 곧 팔을 벌려 끌어안고 싶어져요.

알빙 부인 오스왈드!

오스왈드 그래서 나에게 레지네가 희망이라는 사실이 더 분명해졌어요. 레지네에게서는 삶의 기쁨이 느껴져요!

알빙 부인 (놀라서) 삶의 기쁨? 희망을 주는?

레지네 (샴페인 병을 들고 식당에서 나온다) 죄송합니다. 너무 늦었죠? 지하실까지 갔다 와야 했기 때문에……. (병을 탁자 위에 놓는다)

오스왈드 잔 하나를 더 가져와.

레지네 (놀라서 쳐다본다) 저기 잔이 하나 더 있는데요.

오스왈드 그래, 하나 더 가져와. 널 위해서, 레지네.

레지네는 흠칫 놀라며 황망하고 두려운 눈으로 알빙 부인을 곁눈질한다.

오스왈드 어서.
레지네 (낮은 목소리로 조심스럽게) 부인께서 말씀이 있으셔야…….
알빙 부인 잔을 하나 더 가져오너라, 레지네.

레지네가 식당으로 돌아간다.

오스왈드 (레지네을 돌아다보며) 걸어가는 모습을 보면 알겠죠? 얼마나 당당하고 성실한지!
알빙 부인 그 일은 잊어라, 오스왈드.
오스왈드 이미 결심했어요. 두고 보세요. 더 이상 반대하셔도 소용없어요.

레지네가 빈 잔을 들고 들어온다. 잔을 손에 쥔 채 서 있다.

오스왈드 앉아. (레지네가 알빙 부인에게 시선을 돌린다)
알빙 부인 앉아라. (레지네가 식당 문 옆에 있는 의자에 앉는다. 잔은 아직 손에 쥐고 있다) 오스왈드, 삶의 기쁨에 관해 얘기하고 있었지?
오스왈드 그래요, 삶의 기쁨에 관해서 얘기했죠. 여긴 그 기쁨이 별로 없어요. 난 여기서 그걸 느끼지 못했어요.

알빙 부인 나와 함께 있으면서도 느끼지 못했니?

오스왈드 집에 있는 동안에는 한 번도 못 느꼈어요. 어머닌 이해하지 못하실 거예요.

알빙 부인 그래, 알겠다. 알 것 같아. 나도 이제 이해하기 시작했어.

오스왈드 그 기쁨은 일하고 싶을 때의 기분과 같아요. 그래요, 사실 삶의 기쁨과 일을 하고 싶은 욕구는 근본적으로 같은 거예요. 하지만 이곳 사람들은 그 기쁨과 욕구를 모르고 있어요.

알빙 부인 네 말이 맞는지도 모르겠다, 오스왈드. 조금 더 자세히 들어 보자.

오스왈드 내 생각엔, 이곳 사람들은 일을 해야 한다는 것이 저주이거나 죄에 대한 형벌이라고 믿으며 자란 것 같아요. 그래서 삶이란 불쌍하고 비참한 것이고, 빨리 끝날수록 더 좋은 것이라고 사람들은 알고 있지요.

알빙 부인 그래, 살아 있다는 건 불행의 연속이라는 말이 있지. 그래도 우린 최선을 다해서 살고 있어.

오스왈드 그렇지만 다른 세상에 있는 사람들은 그렇게 살고 있지 않아요. 아무도 그런 삶의 방식을 원하지 않아요. 다른 나라 사람들은 오직 살아 있는 자기 자신만을 위해 열심히 즐기고 있어요. 내가 그동안 그린 그림 속에 삶의 기쁨이 드러나 있다는 걸 어머니는 눈치채지 못하셨어요? 언제나 끝없이 이 기쁨을 그렸어요. 바깥세상에는 빛이 있고, 햇살이 있어요. 그리고 휴일의 여유로움이……. 활짝 피어나 밝고 행복한 인간의 얼굴이 있어요. 그래서 여기 어머니와 같이 있는 게 싫은 거예요.

알빙 부인 싫다고? 나와 함께 여기 있는 게 싫어?

오스왈드 모든 게 다 싫어요. 여기서 이렇게 추한 모습으로 썩어 가고 있는 게 견딜 수 없을 정도로 싫어요.

알빙 부인 (똑바로 노려보면서) 썩어 간다고?

오스왈드 분명히 그렇게 될 거예요. 설사 외국에서 사는 방식대로 여기서 산다고 해도……. 그 삶은 결국 같은 삶이 아니에요.

알빙 부인 (긴장해서 듣고 있다가, 몸을 일으켜 세우며 크고 깊은 눈으로 바라보며 말한다) 이제 모든 걸 다 알겠다.

오스왈드 무슨 말씀이세요?

알빙 부인 이제야 널 알겠어. 나도 한마디 하고 싶구나.

오스왈드 (일어나며) 무슨 말씀인지 잘 모르겠어요.

레지네 (똑같이 일어나며) 밖에 나가 있을까요?

알빙 부인 아니다, 여기 있어라. 이젠 말해도 될 것 같다. 내 유일한 아들인 너도 모든 걸 다 알아야지. 알고 난 다음에 결정해라, 오스왈드! 레지네!

오스왈드 잠깐만요. 목사님이…….

만데르스 (앞문으로 들어오며) 그래, 여기들 있었군요! 저 아래서 정말 가슴 뭉클한 시간을 보냈어요.

오스왈드 저희도 그랬죠.

만데르스 선원들의 집을 꾸려 나가기 위해 엥스트란드에게 도움이 필요해요. 레지네가 아버지 곁으로 집을 옮겨서 도와줘야 할 것 같습니다.

레지네 안 됩니다, 목사님.

만데르스 (이제야 그녀를 발견하고) 뭐라고? 너 여기 있었니? 손에 샴페인 잔을 들고?

레지네 (재빨리 잔을 감추고) 죄송합니다!

오스왈드 레지네는 나와 함께 떠날 겁니다, 목사님.

만데르스 함께 떠나?

오스왈드 네, 결혼해서……. 만일 그녀도 원한다면요.

만데르스 세상에……!

레지네 제 잘못이 아니에요, 목사님.

오스왈드 만일 내가 여기 머무르면, 그녀도 이 집에 있을 겁니다.

레지네 (무의식적으로) 이 집에!

만데르스 알빙 부인…… 어이가 없군요!

알빙 부인 그렇게 되는 일은 없을 거다. 이제 그 이유를 분명히 말해 주마.

만데르스 부인! 그러시면 안 됩니다! 절대로 안 돼요! 하지 마세요!

알빙 부인 아뇨, 할 수 있어요. 그리고 하고 싶어요. 바람직한 경우는 분명 아니지만요.

오스왈드 나에게 숨기고 있는 게 있군요!

레지네 (귀를 기울이며) 저기요! 들어 보세요! 부에서 사람들이 소리를 지르고 있어요. (온실로 가서 바깥을 내다본다)

오스왈드 (왼쪽 창가에서) 무슨 일이지? 어디서 저 불길이

솟아오르는 거야?

레지네 (소리 지른다) 고아원이 불타고 있어요!

알빙 부인 (창가로 달려가며) 불이 났어!

만데르스 불이 나? 그럴 리가 있나! 조금 전까지 내가 거기 있었는데.

오스왈드 내 모자 어디 있지? 아냐, 필요 없어. 아버님의 고아원인데……! (정원 문을 통해 밖으로 달려간다)

알빙 부인 어서 내 겉옷을 가져와, 레지네! 이런……! 벌써 불꽃이 올라오네!

만데르스 끔찍하군! 부인, 이건 죄악으로 가득 찬 이 집에 대한 심판입니다.

알빙 부인 그래요, 그런 것 같군요. 레지네, 따라오너라. (레지네과 함께 서둘러 복도를 통해 나간다)

만데르스 (두 손으로 깍지를 끼면서) 보험도 안 들었는데! (복도를 통해 밖으로 나간다)

제3막

2막과 같은 곳. 모든 문이 다 열려 있다. 등불은 다직 탁자 위에서 타오르고 있다. 바깥은 이제 완전히 어두워졌다. 무대 왼쪽 뒤 약간 떨어진 곳에서 희미한 불꽃이 피어오른다.

알빙 부인은 큰 숄로 머리를 감싼 채 온실에서 바깥을 쳐다보고 있다. 레지네도 숄을 두르고 조금 뒤에 서 있다.

알빙 부인 모든 게 다 타버렸어! 바닥까지!
레지네 지하층은 아직도 타고 있어요.
알빙 부인 오스왈드는 왜 안 오는 거지? 더 이상 건질 것도 없는데.
레지네 모자를 가져다 드려야 하지 않을까요?
알빙 부인 모자를 쓰지 않고 나갔니?
레지네 (복도 쪽을 보면서) 네, 저기 걸려 있네요.
알빙 부인 그냥 둬라. 이제 곧 돌아오겠지. 나도 가봐야겠다.

정원을 통해 나간다.

만데르스 (복도로 들어오면서) 부인은 여기 안 계시니?
레지네 방금 정원으로 나가셨어요.
만데르스 평생 처음 보는 끔찍한 밤이야!
레지네 정말 무시무시한 밤이에요. 그렇죠, 목사님?
만데르스 아, 더 이상 얘기하지 말자! 생각하기조차 싫다.
레지네 그런데 어떻게 이런 일이 생겼을까요?
만데르스 난 모르겠다. 내가 어떻게 알겠니? 혹시 너도 나를……? 그만하면 네 아버지가 충분히—
레지네 무슨 말씀이시죠?
만데르스 네 아버지가 날 혼란스럽게 하고 있어.
엥스트란드 (복도로 들어오며) 만데르스 목사님!
만데르스 (깜짝 놀라서 돌아보며) 내 뒤를 따라왔네!
엥스트란드 네, 그래야 할 것 같아서요! 오, 하느님! 정말 무서운 일입니다, 목사님.
만데르스 (걸어다니며) 안된 일이야! 나도 걱정이네!
레지네 무슨 일이죠?
엥스트란드 그래, 너도 알고 있겠지만, 우린 거기서 예배를 드리고 있었단다. (낮은 목소리로) 꼴좋다! 이걸로 꼬투리를 잡았어! (큰 소리로) 이건 전부 다 제 잘못입니다. 만데르스 목사님의 책임이 되다니…….
만데르스 분명히 말해 두지만, 엥스트란드—
엥스트란드 그렇지만 목사님 외에는 등불을 만진 사람이 없습니다.

만데르스 (멈춰 서서) 그래, 그렇게 말할 수도 있겠지. 하지만 난 내 손에 등불을 쥔 기억이 없어.

엥스트란드 하지만 난 분명히 봤습니다, 목사님. 등불을 받아 손으로 심지를 끊어서 등불을 끄시고, 그 꺼진 심지를 대팻밥이 쌓여 있는 곳에 버리셨어요.

만데르스 그걸 봤어?

엥스트란드 분명히 봤죠.

만데르스 아냐, 도저히 믿을 수 없는 일이야. 난 등불 심지를 손가락으로 잘라서 불을 끄는 버릇이 없어.

엥스트란드 그래요, 그래서 말씀드리는 건데, 정말 무서울 정도로 부주의한 행동이었죠. 하지만 그 행동이 결국은 이런 결과를 만들지 않았나요, 목사님?

만데르스 (쉴 새 없이 걸어다니며) 아! 나한테 그런 질문 하지 마!

엥스트란드 (그의 옆에서 쫓아다니며) 더구나 보험도 들지 않았다면서요, 목사님.

만데르스 (걸어다니면서) 그래, 안 들었어. 안 들었다고 얘기했잖아.

엥스트란드 (계속 붙어 다니며) 보험에 들지 않았다니! 그렇다면 모든 것이 다 날아갔네요. 전부 불타 버렸어! 맙소사! 이게 무슨 경우야!

만데르스 (이마의 땀을 닦으며) 그래, 그렇게 말할 수밖에 없겠군, 엥스트란드.

엥스트란드 지역과 중앙 정부에서 허락한 자선 기관에 이런 일이 생기다니! 사람들이 아주 고마워했었는데……. 신문에서는 분명 목사님을 좋게 말하지 않겠군요.

만데르스 내가 지금 걱정하고 있는 게 그거야. 제일 골치 아픈 문제가 바로 그 점이지. 엄청나게 떠들어 대면서 책임을 묻겠지! 오, 생각하기 싫을 정도로 끔찍해!

알빙 부인 (정원에서 들어오며) 오스왈드는 화재 현장에서 떠날 생각을 않는군요.

만데르스 아, 오셨군요. 부인!

알빙 부인 목사님, 이제 축사는 안 하셔도 되겠네요.

만데르스 오, 기쁜 마음으로 준비했는데…….

알빙 부인 (맥이 빠져) 오히려 잘됐어요! 어차피 고아원은 그 누구에게도 축복이 될 수 없어요.

만데르스 정말 그렇게 생각하세요?

알빙 부인 목사님은 그렇게 생각하지 않으세요?

만데르스 어쨌든 정말 끔찍한 재난이군요.

알빙 부인 이제 사무적인 이야기를 짧게 한꺼번에 말씀드리죠. 엥스트란드, 목사님을 기다리고 있나요?

엥스트란드 (현관문 옆에서) 네, 그렇습니다.

알빙 부인 그렇다면 잠깐 앉아 계세요.

엥스트란드 고맙습니다만, 전 서 있어도 됩니다.

알빙 부인 (만데르스 목사에게) 아마 다음 증기선으로 떠나시겠죠?

만데르스 네, 이제 1시간 후에 출발합니다.

알빙 부인 모든 서류를 다 가지고 가세요. 이 일에 관해서는 더 이상 듣고 싶지 않아요. 전 이제 다른 일에 몰두하고 싶어요.

만데르스 부인······.

알빙 부인 나중에 전권을 위임한다는 내용의 서류를 보내 드릴게요. 알아서 잘 처리해 주세요.

만데르스 기꺼이 그렇게 하겠습니다. 계획했던 유산의 상속에 관한 원안은 이제 완전히 달라져야겠군요.

알빙 부인 물론이죠.

만데르스 그렇다면 우선 솔비크의 토지는 이제 이 지역 교구에 속하게 됩니다. 어쨌든 땅은 아직도 이용 가치가 있으니까, 어떻게 해서든 사용할 방법을 찾아야죠. 은행에 있는 자산의 이자는, 내 생각엔 아무래도 이 지역의 발전을 위해 사용해야 할 것 같습니다.

알빙 부인 그렇게 하시죠! 나에겐 어차피 마찬가지니까요.

엥스트란드 선원을 위한 집도 잊어버리시지 마세요, 목사님!

만데르스 아, 그래, 그렇게 되겠지. 계획한 대로 지어진다면. 그런데 아직 심각하게 고려해야 할 점이 남았네.

엥스트란드 염병할! 고려는 무슨 얼어 죽을 고려야! 필요 없어요!

만데르스 (한숨을 내쉬며) 나도 정말 잘 모르겠습니다. 언제까지 부인의 일을 돌봐 드릴 수 있을지······. 여론이 날 겨냥해서 이 일에서 손을 떼게 만들지도 몰라요. 모든 것은 화재의 원인이 밝혀져야 분명해질 것 같습니다.

알빙 부인 지금 무슨 말씀을 하시는 건가요?

만데르스 결과가 어떻게 나올지 아무도 모른다는 거죠.

엥스트란드 (다가오면서) 그런 걱정은 하지 않으셔도 됩니다. 왜냐하면 여기 야코브 엥스트란드가 있으니까요!

만데르스 그래, 그렇지만……

엥스트란드 (낮은 목소리로) 야코브 엥스트란드는 은혜를 베풀어 주는 사람을 어려운 처지에 빠뜨리지 않는다는 거죠.

만데르스 그래……. 하지만 어떻게?

엥스트란드 야코브 엥스트란드는 구원의 천사입니다, 목사님!

만데르스 아니야, 안 돼. 난 그 제안을 받아들일 수 없어.

엥스트란드 그냥 가만히 계시면 돼요. 전에도 다른 사람의 죄를 대신 짊어진 남자가 있었어죠.

만데르스 야코브! (손으로 그를 잡아 흔들며) 당신은 정말 보기 드문 인간이야. 그래, 당신은 선원의 집이나 걱정해. 거기 의지해서 살라고.

엥스트란드 (고맙다는 인사를 하려고 하나 감격하여 말이 나오지 않는다)

만데르스 (가방을 어깨에 메고) 자, 이제 갑시다. 둘이 같이 떠납시다.

엥스트란드 (식당 문 앞에서 낮은 목소리로 레지네에게) 나와 같이 가자. 빨리! 공주처럼 살게 해줄게.

레지네 (머리를 위로 치켜 올리며) 메르시![7]

레지네는 복도로 가 만데르스 목사의 여행용 옷을 집어 온다.

만데르스 안녕히 계십시오, 부인. 이제 곧 모든 것이 정리될 겁니다. 그리고 하느님의 정의로우심이 이 집을 지켜 주실 겁니다.
알빙 부인 잘 가세요, 목사님!

알빙 부인은 오스왈드가 정원으로 들어오는 것을 보고 곧바로 온실로 간다.

엥스트란드 (만데르스 목사가 여행용 외투를 입는 것을 레지네와 함께 도우며) 잘 있거라. 언제든 문제가 생기면 이 야코브 엥스트란드를 찾아오렴. 어디 있는지는 알지? (낮게) 부둣가의 작은 길이다. (알빙 부인과 오스왈드에게) 선원들을 위한 집 이름을 〈알빙 대위의 집〉이라고 부를 생각입니다. 그리고 생각대로 잘 운영되면 돌아가신 분을 기념하기 위한 장소도 마련하겠다고 약속드리죠.
만데르스 (문에서) 흠……! 빨리 오게, 엥스트란드. 안녕히 계세요. 잘 있거라! (엥스트란드와 함께 현관으로 나간다)
오스왈드 무슨 집을 얘기하는 거예요?
알빙 부인 만데르스 목사님과 함께 선원들의 숙소를 짓겠다는구나.

---

7 *merci*. 〈고맙군요〉라는 뜻의 프랑스어.

오스왈드 그것도 전부 불에 탈 거에요. 여기처럼.
알빙 부인 왜 그런 생각을 하니?
오스왈드 모든 게 다 탈 거야. 아버지를 기억하게 하는 것은 아무것도 남지 않을 거야. 나도 돌아다니다가 타버리겠지.

레지네가 놀라서 쳐다본다.

알빙 부인 오스왈드! 저 아래에서 너무 오래 있었다.
오스왈드 (탁자에 앉으며) 그럴지도 모르죠.
알빙 부인 얼굴을 닦아야겠다. 젖었어. (손수건으로 얼굴을 닦아 준다)
오스왈드 (앞만 똑바로 쳐다보면서) 고마워요, 어머니.
알빙 부인 피곤하니? 자고 싶어?
오스왈드 (불안하게) 아뇨, 아녜요. 잘 수 없어요! 잠이 안 와요! 자고 있는 척할 뿐이겠죠! (멍청하게) 이제 더 이상 그럴 필요도 없겠지만.
알빙 부인 (걱정스럽게 쳐다보며) 아무래도 어디가 아픈 모양이구나.
레지네 (긴장해서) 아파요?
오스왈드 (참을성 없이) 문을 모두 닫아! 오, 이 죽을 것 같은 불안감······.
알빙 부인 문을 닫아라.

레지네가 현관문만 남겨둔 채 문을 다 닫는다. 알빙 부인은 숄을 벗는다. 레지네도 그렇게 한다. 알빙 부인이 오스왈드 곁으로 의자를 끌고 가 옆에 앉는다.

알빙 부인 자, 내가 이제 옆에 있다.
오스왈드 그러네요. 레지네도 여기 있게 해주세요. 언제나 내 곁에 있게 해주세요. 레지네, 날 도와줘. 그럴 수 있지?
레지네 무슨 말씀인지 잘 모르겠어요…….
알빙 부인 도와달라고?
오스왈드 그래요. 도움이 필요할 때 말이에요.
알빙 부인 오스왈드, 언제나 네 곁에는 널 도와줄 수 있는 내가 있지 않니?
오스왈드 어머니가요? (웃는다) 아녜요. 어머닌 나에게 사랑을 베풀어 주시지 않았어요. (침울하게 웃으며) 어머니! 하하하! (진지하게 쳐다보며) 누구라도 어머니보다는 나을 거예요. (갑자기) 왜 나를 편하게 대하지 않는 거야, 레지네? 날 왜 오스왈드라고 부르지 않는 거지?
레지네 (부드럽게) 그렇게 부르면 마님께서 싫어하실 거예요.
알빙 부인 그렇게 불러라. 그리고 이리 와서 같이 앉자. (레지네가 조심스러운 태도로 천천히 탁자의 다른 쪽에 앉는다) 그리고 이제 난 네 영혼의 무거운 짐을 덜어 주고 싶다.
오스왈드 어머니가요?
알빙 부인 양심의 가책과 후회, 그리고 자기 비난의 무거운 짐을…….
오스왈드 어머니가 그렇게 하실 수 있으세요?

알빙 부인 그래, 이젠 할 수 있을 것 같다. 오스왈드, 조금 전에 삶의 기쁨에 관해서 얘기했지? 그래서 난 갑자기 내 인생을 되돌아보게 되었고, 모든 것을 새롭게 보기 시작했다.

오스왈드 (머리를 흔들며) 한 마디도 이해할 수 없군.

알빙 부인 넌 너의 아버지가 젊은 장교였던 그 시절을 알고 있어야만 해. 그때 그분은 인생을 즐겼지……. 너도 알고 있을 거야!

오스왈드 알죠.

알빙 부인 인생의 황금기였지. 대단한 체력과 활달한 생명력을 지니고 있었어!

오스왈드 그래서요?

알빙 부인 인생을 즐기고 싶어 했던 이 청년은……. 그래, 그때 네 아버지는 아직 청년이었지……. 하지만 그는 여기 이 작은 마을에만 있어야 했어. 별다른 즐거움도 없고 오직 편안함만 있었던 이곳에, 여기 머물러 있어야만 했지. 아무런 인생의 목적도 없이……. 오직 공적인 직책을 수행하기 위해서. 자신의 힘과 정열을 다 쏟아부을 만한 별다른 일거리도 없었어. 그냥 자리만 지키고 있었지. 인생의 기쁨을 함께 나눌 친구도 없었어. 고작 술꾼과 게으름뱅이뿐이었지.

오스왈드 어머니!

알빙 부인 그래서 피할 수 없는 일이 생겼지.

오스왈드 피할 수 없는 일이라뇨?

알빙 부인 오늘 밤 네가 했던 말이 있지. 만일 여기 계속 머무르게 된다면, 네가 어떻게 될지 모르겠다고.

오스왈드 그렇다면 아버지가……?

알빙 부인 네 아버지는 이 집에서 기쁨을 찾지 못했어. 나 역시 그랬고.

오스왈드 어머니가요?

알빙 부인 사람들은 나에게 책임이나 의무, 뭐 그 비슷한 걸 가르쳐 주려고 했었다. 나 역시 그때는 그런 얘기를 믿었어. 그러다가 모든 책임과 의무가 다 끝나게 됐지. 나의 책임과 그 사람의 의무가. 오스왈드, 난 네 아버지가 이 집을 견딜 수 없어 한다는 사실이 두려웠다.

오스왈드 그런 얘기를 왜 편지로 알려 주지 않았죠?

알빙 부인 지금 이 순간까지 난 너에게, 그 사람의 아들에게 이런 얘기를 하게 될 줄 몰랐다.

오스왈드 그럼……. 그동안은 무슨 생각을 하고 계셨어요?

알빙 부인 (천천히) 난 오직 한 가지만 생각하고 있었다. 너의 아버지는 네가 태어나기도 전에 이미 인생의 낙오자였어.

오스왈드 (숨이 막힐 것 같은 목소리로) 아……! (일어나서 창가로 간다)

알빙 부인 그리고 난 매일같이 오직 한 가지 사실만 기억하고 있었다. 레지네도 원래는…… 너와 똑같은 우리 가족이라는 사실을!

오스왈드 (재빨리 몸을 돌리며) 레지네도……!

레지네 (펄쩍 뛰어 일어나 목이 메어) 내가……!

알빙 부인 그래……. 이제 너희 둘 다 알고 있어야 해.

오스왈드 레지네!

레지네 (혼잣말로) 그렇다면 우리 어머닌 그런 여자였─

알빙 부인 너의 어머닌 좋은 점이 많은 분이셨다, 레지네.

레지네 그래요, 하지만 그런 여자였죠. 나도 가끔은 그렇게 생각한 적이 있어요……. 마님, 지금 이 집에서 나가도 될까요?

알빙 부인 나갈 생각이니, 레지네?

레지네 네, 그렇게 하고 싶어요.

알빙 부인 마음먹은 대로 해라. 하지만…….

오스왈드 (레지네에게 다가가며) 지금 떠나려고? 그래도 여기 있어야지.

레지네 메르시, 알빙 도련님……. 이젠 오스왈드라고 불러도 되겠네요. 이렇게 될 줄 몰랐어요.

알빙 부인 레지네, 너에게 숨기고 싶지 않았다.

레지네 됐어요. 더 이상 불쌍하게 생각하지 마세요! 애당초 오스왈드가 병들었다는 걸 알고 있었더라면……. 아무튼 우리 둘 사이에 더 이상 심각한 일은 생기지 않을 거예요. 아뇨, 날 붙들지 마세요. 난 죽어 가는 사람 옆에 있고 싶지 않아요.

오스왈드 당신과 이렇게 가까운 사람이라도?

레지네 아뇨, 난 그러고 싶지 않아요. 비록 아무것도 없는 불쌍한 처녀지만, 그래도 내 젊음을 누려야죠. 그렇지 않으면 이도저도 안 될 테니까. 나도 인생의 기쁨을 찾고 싶어요, 부인.

알빙 부인 그래, 걱정스럽긴 하지만. 그래도 인성을 아무렇게나 살아서는 안 된다.

레지네 아무려면 어때요. 될 대로 되라죠. 오스왈드가 아버지의 피를 물려받았다면, 나도 아마 내 어머니의 피를 물려받았겠죠……. 만데르스 목사님도 알고 계신가요, 부인?

알빙 부인 모든 걸 다 알고 계신다.

레지네 (다시 급히 숄을 걸치면서) 증기선이 떠나기 전에 가능한 한 빨리 이곳을 떠나야지. 목사님과 같이 떠나고 싶어요. 그렇다면 나도 그 불쌍한 목수 엥스트란드와 똑같이 돈을 나눠 가질 권리가 있겠네요.

알빙 부인 당연히 너에게도 줘야겠지.

레지네 (부인을 똑바로 쳐다보며) 부인은 날 정말 훌륭한 양갓집 아가씨로 키워 주셨어야 했어요. 그게 지금보다 나에게 훨씬 더 잘 어울렸을 테니까요. (머리를 곧추세우고) 하지만 어쩔 수 없죠! 어쨌든 마찬가지일 테니까! (증오에 불타는 눈빛으로 샴페인 병을 쳐다보며) 나도 이제는 꽤 괜찮은 사람들처럼 샴페인을 마실 수 있겠군요.

알빙 부인 집이 필요하면, 레지네, 나에게 와 있어도 좋다.

레지네 고맙지만 됐어요. 만데르스 목사님이 책임져 주실 거예요. 만일 나에게 정말 힘든 일이 생기면, 내가 어디로 가야 하는지는 나도 알아요.

알빙 부인 거기가 어딘데?

레지네 알빙 대위의 집.

알빙 부인 레지네……. 그렇게 된다면…… 넌 밑바닥으로 가는 거야!

레지네 쳇! 걱정하지 마세요! 아듀! (고개를 끄떡여 인사하고는 현관으로 나간다)

오스왈드 (창가에서 밖을 쳐다보면서) 갔어요?

알빙 부인 그래.

오스왈드 (혼자 중얼거리며) 미쳤어.

알빙 부인 (다가가 뒤에서 어깨에 손을 올리며) 오스왈드, 충격이 큰 모양이구나?

오스왈드 (얼굴을 돌리며) 아버지와 관련된 것 말인가요?

알빙 부인 그래. 불쌍한 분이었지. 네가 너무 놀라지 않았을까 걱정이다.

오스왈드 그렇게 생각하세요? 물론 놀랐죠. 그렇지만 근본적으로는 나와 큰 상관 없는 일이에요.

알빙 부인 (어깨에서 손을 떼며) 상관없다고? 그렇게 끔찍했는데!

오스왈드 나에겐 모르는 사람이나 다름없어요.

알빙 부인 모르는 사람? 네 아버지가!

오스왈드 (참을성 없이) 그래요. 아버지, 아버지! 아버지에 관해서 난 아무것도 몰랐어요. 내가 기억하는 건 오직 날 구역질 나게 했다는 사실밖에 없어요.

알빙 부인 어떻게 그런 말을! 아무리 그래도 아버지를 사랑해야 하지 않니?

오스왈드 사랑할 기억이 없다면요? 아버지를 전혀 모른다면? 아직도 오래된 관습을 믿고 계세요? 다른 분야에선 그렇게 앞서 나가시는 분이?

알빙 부인 오래된 관습일 뿐이라고!

오스왈드 그래요, 분명히 알고 계셔야죠. 그런 건 이 세상에 널리 퍼져 있는 하나의 생각에 불과해요.

알빙 부인 (놀라며) 유령!

오스왈드 (방을 가로질러 걸으며) 좋아요, 그 생각을 유령이라고 부르고 싶으시다면.

알빙 부인 (사납게) 오스왈드……. 그렇다면 넌 나도 사랑하지 않겠구나!

오스왈드 적어도 난 어머니를 알고 있어요…….

알빙 부인 그래, 알고 있겠지. 하지만 그게 전부야!

오스왈드 그리고 날 얼마나 사랑하시는지도 알아요. 그 점에 대해서는 정말 고마워요. 지금 이렇게 병든 나에게는 꼭 필요한 분이시죠.

알빙 부인 그래, 그렇지, 오스왈드? 내가 필요하지? 너를 집으로 돌아오게 만든 그 병이 나에게는 축복이다. 그렇지 않았더라면 이렇게 널 옆에 둘 수도 없었어.

오스왈드 (조급하게) 그래요, 그래. 하지만 그건 그냥 말일 뿐이에요. 잊으시면 안 돼요. 난 환자예요. 다른 사람들을 괴롭히고 싶지 않아요. 나 혼자 괴로워하기에도 충분하니까.

알빙 부인 (낮은 목소리로) 그래, 이제 좀 침착해지자. 그리고 인내심을 갖도록 하자.

오스왈드 그리고 명랑하게요!

알빙 부인 그래, 네 말이 맞다. (다가가며) 이제 내가 네 모든 걱정과 후회와 자책을 다 지워 버린 거지? 그렇지?

오스왈드 그래요, 그러셨어요. 하지만 이 두려움은 누가 지워 주죠?

알빙 부인 두려움?

오스왈드 (이리 저리 거닐며) 그건 레지네가 해결해 줄 수 있을 텐데……

알빙 부인 무슨 소린지 모르겠구나. 두려움은 뭐고, 레지네는 또 뭔지…….

오스왈드 시간이 많이 지났죠?

알빙 부인 새벽이 다 됐다. (온실 밖을 둘러보며) 이제 산 너머로 여명이 밝아 오고 있어. 이제 다 잘될 거다, 오스왈드! 조금만 더 있으면 태양을 볼 수 있어.

오스왈드 그렇게 되면 좋겠네요. 아, 살고 싶게 만드는 것들도 많이 있을 거야. 날 기쁘게 하는 것들도…….

알빙 부인 그래, 그럴 거다!

오스왈드 그림을 그릴 수 없게 됐어도, 그래도…….

알빙 부인 이제 곧 다시 시작할 수 있을 거야. 더 이상 성가시고 우울한 생각은 하지 말고, 모든 걱정을 머릿속에서 다 지워 버려.

오스왈드 날 괴롭히는 생각들을 모두 지울 수만 있다면 얼마나 좋을까요. 그래서 마지막 남은 일에만 몰두할 수 있다면……. (소파에 앉는다) 이제 잡담이나 좀 할까요, 어머니?

알빙 부인 그래, 얼마든지. (안락의자를 끌어 소파 옆에 놓고 오스왈드 곁에 앉는다)

오스왈드 이제 곧 해가 뜨겠죠. 그리고 어머니는 알게 되겠죠. 그러면 난 더 이상 두려워할 필요도 없어질 테고요.

알빙 부인 내가 뭘 알게 된다는 거니?

오스왈드 (그녀의 말은 듣지 않은 채) 어머니, 아까 밤이 깊기 전에, 어머니는 만일 내가 원한다면 들어주지 않을 부탁이 이 세상에 어디 있겠냐고 하셨어요.

알빙 부인 그래, 그렇게 말했지!

오스왈드 아직도 그렇게 생각하세요?

알빙 부인 너 하기에 달렸지. 난 오직 너만 바라보고 사니까.

오스왈드 그러면 말씀드리죠. 어머닌 매우 강한 분이세요. 그러니 제 말을 듣더라도 침착하게 앉아 있으셔야 해요.

알빙 부인 무슨 끔찍한 소릴 하려고……?

오스왈드 소리 지르시면 안 돼요, 아시겠죠? 약속해요? 가만히 앉아서 내가 하는 말을 조용하고 침착하게 들으셔야 해요. 약속하시죠?

알빙 부인 그래, 약속할게. 어서 얘기해!

오스왈드 좋아요. 이 말씀을 꼭 드려야 해요. 난 피곤한 게 아니에요. 피곤해서 그림을 그리지 못하는 게 아니라는 거죠. 그건 사실 진짜 병이 아니에요.

알빙 부인 그렇다면 진짜 병은 뭐니?

오스왈드 유전이죠……. (이마를 가리키며 아주 부드럽게) 병은 이 속에 자리 잡고 있어요.

알빙 부인 (거의 말문이 막힌 듯) 오스왈드! 아니야! 아냐!

오스왈드 소리 지르지 마세요! 소리 지르면 내가 견디기 힘들어요. 그래요, 여기 이 안에 잠복해 있어요. 어느 날, 아니면 어느 순간 터질 거예요.

알빙 부인 세상에, 이런 끔찍한 일이……!

오스왈드 침착하세요. 어쨌든 이게 진짜 제 병이에요.

알빙 부인 (뛰어 일어나며) 말도 안 돼! 오스왈드! 그럴 리 없어! 사실이 아냐!

오스왈드 이미 발작이 일어났었어요. 곧 지나가긴 했지만, 그다음엔 참을 수 없는 두려움이 밀려왔어요. 그래서 서둘러서 여기로 돌아왔죠.

알빙 부인 그게 네가 말하는 두려움이구나……!

오스왈드 그래요. 어머닌 모르시겠지만 정말 속이 완전히 뒤집히는 느낌이 들어요. 차라리 그냥 불치병에 걸린 거였다면……. 죽는 건 무서운 게 아녜요. 물론 가능한 오래 살고 싶긴 하지만.

알빙 부인 물론이다. 오래 살아야지!

오스왈드 하지만 이 소름 끼치는 느낌! 어떤 저항도 못 하는 어린 시절로 되돌아간 것 같아요. 사육당하고, 움직일 수 없는……. 오, 말하기조차 끔찍해!

알빙 부인 이 엄마가 널 돌봐 줄게.

오스왈드 (뛰어 일어나며) 아녜요, 필요 없어요! 내가 가장 원하지 않는 것이 바로 그거예요. 난 몇 년씩 누워서 늙고

추해질 때까지 죽음을 기다려야 한다는 생각을 도저히 견딜 수 없어요. 그리고 그동안 어머니는 날 남겨 놓고 나보다 먼저 죽을 거예요. (알빙 부인의 안락의자에 앉는다) 당장 죽는 건 아니래요. 의사가 말하기를 뇌가 물렁해진다고 하더군요……. 아니면 그 비슷한 증세가 생긴다고 했어요. (슬프게 웃으며) 물렁해진다는 표현이 재기있죠. 난 항상 붉은 우단으로 된 커튼이 떠올라요……. 감촉이 부드럽고 섬세하죠.

알빙 부인 (소리 지르며) 오스왈드!

오스왈드 (다시 일어나 방안을 거닐며) 이제 레지네는 떠나갔어요! 레지네가 있었다면, 필요한 순간 적절하게 날 도와줬을 텐데.

알빙 부인 (그에게로 다가가며) 무슨 뜻으로 하는 말이니, 내 아들아. 난 할 수 없다는 말이니?

오스왈드 발작이 있었을 때, 의사가 말했어요. 다시 또 발작이 생기면……. 그땐 희망이 없다고.

알빙 부인 어떻게 그런 심한 말을…….

오스왈드 제가 알고 싶다고 했어요. 각오를 했죠……. (묘하게 웃으며) 그래서 얻었어요. (가슴에 달려 있는 주머니에서 작은 상자를 꺼내며) 이거 보이세요?

알빙 부인 그게 뭔데?

오스왈드 모르핀.

알빙 부인 (공포에 휩싸여 그를 보며) 오스왈드……!

오스왈드 열두 개를 준비했어요.

알빙 부인 (움켜쥐면서) 이리 줘!

오스왈드 아직은 안 돼요. (상자를 다시 품속에 집어넣는다)

알빙 부인 도저히 참을 수가 없구나!

오스왈드 참아 내셔야 해요. 만일 지금 레지네가 여기 있었다면 이걸 어떻게 사용하는지 알려 주고, 마지막 도움의 손길을 부탁했을 텐데. 날 도와줬을 거예요, 분명히.

알빙 부인 안 돼!

오스왈드 만일 내가 이 소름 끼치는 발작을 일으키고 아무런 대책도 없이 허약한 어린아이처럼 쓰러져 회생할 가망성도 없다는 걸 알게 된다면, 레지네는……

알빙 부인 레지네는 그런 일은 절대 하지 않을 거다.

오스왈드 레지네라면 그렇게 할 거예요. 레지네는 믿기 어려울 정도로 밝은 아이죠. 나처럼 병든 사람을 돌보는 일은 금방 싫증 낼 거예요.

알빙 부인 그렇다면 그 애가 여기 없는 걸 고마워해야겠구나!

오스왈드 그래요. 그러니까 이제는 어머니가 날 도와주셔야 해요.

알빙 부인 (소리 지르며) 내가!

오스왈드 어머니보다 더 알맞은 사람은 없어요.

알빙 부인 내가! 어머니인 내가!

오스왈드 그 이상 좋은 조건도 없죠.

알빙 부인 내가! 누가 널 낳았는데!

오스왈드 낳아 달라고 부탁하지 않았어요. 나에게 주신 삶이 도대체 어떤 것이죠? 난 이런 삶을 원하지 않았어요! 다시 가져가세요!

알빙 부인 도움이 필요해! 누가 좀 도와주세요! (현관으로 달려 나간다)

오스왈드 날 버리고 가지 마세요! 어디 가세요?

알빙 부인 (현관에서) 의사를 불러야겠다. 오스왈드! 밖에 나가게 해다오!

오스왈드 (역시 현관으로 가서) 나가시면 안 돼요. 아무도 여기서 나가면 안 돼.

열쇠로 문을 걸어 잠근다.

알빙 부인 (다시 되돌아오면서) 오스왈드! 오스왈드! 내 아들아!

오스왈드 (뒤를 따르며) 날 사랑하신다면……. 도저히 말할 수 없는 이 모든 공포에 떨고 있는 날 어떻게 그냥 내버려 두세요?

알빙 부인 (잠시 침묵을 지키다가 단호하게 말한다) 그래, 내가 그렇게 해주마.

오스왈드 해주시겠어요……?

알빙 부인 그래야 하는 상황이 생기면. 하지만 그렇게 되지 않기를 바란다. 아냐, 아냐. 그렇게 될 리가 없어!

오스왈드 그래요, 희망을 갖도록 하죠. 그래서 가능한 오랫동안 함께 살도록 하죠. 고마워요.

알빙 부인이 소파 옆으로 옮겨 놓은 안락의자에 앉는다. 새벽이 밝았다. 등불은 아직 탁자 위에서 타오르고 있다.

알빙 부인 (조심스럽게 다가가며) 이제 좀 안정이 되니?
오스왈드 네.
알빙 부인 (아들에게로 몸을 숙이며) 어쩌면 사람들이 너에게 끔찍한 상상을 하게 만든 것일 뿐인지도 몰라. 모든 게 다 지어낸 얘기야. 이렇게 흥분하는 건 너에게 좋지 않아……. 그래도 이제 오랫동안 편안히 쉴 수 있을 거다. 여긴 우리 집이니까. 원하는 건 뭐든 다 가질 수 있어. 어린 시절에 그랬던 것처럼. 이제 발작은 없어. 아무 일도 없잖아. 그래, 그럴 수 있어……. 얼마나 좋은 날이니? 햇빛이 정말 눈부시다. 이제 주변 경치를 자세히 살펴볼 수 있겠구나. (탁자로 걸어가서 등불을 끈다. 해가 떠오른다. 아침 햇살에 빙하와 산꼭대기가 무대 뒤에 어렴풋하게 드러난다)
오스왈드 (배경에 등을 돌린 채 안락의자에 움직이지 않고 앉아 있다가 갑자기 얘기한다) 햇빛을 보고 싶어요.
알빙 부인 (탁자 옆에 있다가 놀라서 쳐다보며) 뭐라고 했니?
오스왈드 (멍하니 단조롭게 되풀이한다) 햇빛, 햇빛을…….
알빙 부인 (앞으로 다가가며) 오스왈드, 왜 그러니? (오스왈드는 의자에서 축 늘어진다. 모든 근육이 다 흐느적거리고, 얼굴은 표정을 잃었다. 그의 눈은 빈 공간을 멍하니 응시하고 있다. 알빙 부인은 공포에 떤다) 왜 그래? (비명을 지른다) 오스왈드! 무슨 일이야! (옆에 무릎을 꿇고 주저앉아 오스왈드를 흔들며) 오스왈드! 오스왈드! 날 봐라! 날 알아보겠어?

오스왈드 (여전히 단조로운 음성으로) 햇빛……. 햇빛을.

알빙 부인 (절망적으로 벌떡 일어난다. 두 손으로 머리카락을 쥐어뜯으며 소리친다) 도저히 참을 수 없어! (돌처럼 굳은 듯이 서 있다가 속삭인다) 도저히 참을 수가 없어! 안 돼! (갑자기) 어디 뒀지? (급하게 오스왈드의 가슴 속 주머니를 뒤진다) 여기 있다! (뒤로 한두 걸음 움츠러들듯 물러서다가 비명을 지른다) 안 돼, 안 돼, 아니야! 그래……! 안 돼, 안 돼!

오스왈드로부터 몇 걸음 떨어진다. 손으로 머리카락을 움켜쥐고, 말할 수 없이 두려운 표정으로 그를 노려본다.

오스왈드 (조금 전처럼 움직이지 않은 채 앉아서 말한다) 햇빛……. 햇빛을…….

역자 해설
사회적 책임감과 개인의 자의식이 만든 창조와 재현의 세계

유럽에서 낭만주의가 끝나고 새로운 세기의 시작을 예고한 19세기 말은 세기말적 변화의 시기였다. 이 시기에는 혁명과 새로운 과학 지식의 발견, 사회 계층의 변화가 예고되었고, 20세기의 가장 혼란스러운 개념으로 발견한 〈사회주의〉 이념으로 인한 대립이 불거졌다. 즉 새로운 국가 형성을 위한 정당 정치 제도가 모색과 도약을 준비했던, 이른바 현대적 의미의 국가 체계를 갖추기 위한 준비의 시간이었다.

유럽은 세계 연극의 중심이었다. 고대 그리스 연극이 중세와 르네상스를 거쳐 〈부활〉한 곳도 유럽이었고, 미국으로 그 무게 중심을 옮겨 성장한 것도 유럽 연극이었다. 이러한 세계 연극의 오랜 흐름 속에서, 스칸디나비아 반도의 노르웨이에서 태어나 오직 스스로의 힘으로 20세기 세계 연극의 정상을 차지했으며 〈리얼리즘〉이라는 새로운 희곡 문학의 완성을 이룩한 사람이 바로 헨리크 입센Henrik Ibsen이다. 이런 그는 우리에게 익숙한 극작가 가운데 한 사람으로

만 평가하기에는 그 삶과 문학의 완성도가 너무나 엄청난 20세기 북구의 〈위대한 거인〉이다.

입센은 어린 시절, 아버지의 파산과 이른 독립, 열여덟의 어린 나이에 열 살 연상인 하녀와의 사생아 출산 등 순탄치 못한 삶을 살았다. 그러면서 일반 남성의 시각과 다르게 형성된 그의 여성관은 크게 둘로 양분된다. 하나는 양성 평등이 전제된 독립된 개체로서의 여인(「인형의 집Et Dukkehjem」의 노라와 「유령Gengangere」의 알빙 부인)이고, 또 하나는 어머니와 같이 영원하고도 이상적인 사랑의 전형으로서의 여인(「페르 귄트Peer Gynt」의 솔베이지)이다. 즉 인간으로서의 여인과 사랑으로서의 여인이 입센이 이해하고 있는 대표적인 여성상이었다.

경제적으로 힘들어하던 입센에게 용기와 힘을 북돋워 준 수잔나 토레슨Suzannah Thoresen과의 결혼은 입센이 삶과 문학에서 많은 어려움을 극복해 나가는 데 결정적인 힘이 되었다. 그러나 결혼 이후에도 그의 인생과 작가로서의 명성을 얻는 과정은 그리 평탄하지 않았다. 결국 1863년 서른다섯의 나이에 「위선자Kongs-Emnerne」를 발표한 입센은 이듬해, 스스로 망명의 길을 선택해 1891년까지 이탈리아와 독일에서 지내며 작품 창작에 몰두하게 된다. 망명을 선택한 지 2년 만인 1866년에는 그에게 처음으로 작가로서의 명성을 안겨 준 작품 「브란Brand」을 발표했으며, 1867년에는 노르웨이를 일주하며 수집했던 고대 전설에 바탕을 둔 대규모 5막 극시인 「페르 귄트」를 발표했다. 1869년에는

「브란」에 대해 혹평했던 덴마크의 젊은 비평가 게오르그 브라네스Georg Brandes와 만나 평생 이어지는 지적인 친구 관계가 시작되었고, 1873년에는 19세기 이탈리아의 통일 운동을 주도한 공화주의자 가리발디Giuseppe Garibaldi의 영향으로 집필한 역사극 「황제와 갈릴리 사람들Kejser og Galilæer」을 발표했다. 10년에 걸쳐 완성한 이 방대한 역사극은 입센 스스로 자신의 대표작으로 삼은 작품이기도 하다. 이후 1877년 첫 번째 사실주의 작품인 「사회의 기둥들 Samfundets Støtter」을 시작으로 입센의 사실주의 희곡 열두 편이 계속해서 발표되었다.

오늘날 가장 널리 알려져 있는 그의 대표적인 희곡 「인형의 집」과 「유령」은 발표 후 10여 년이 지난 뒤에야 유럽에서 주목받기 시작했는데, 특히 「유령」은 10년 동안 스칸디나비아 전역에서 출판과 판매가 금지될 정도로, 당시로선 충격적인 작품이었다. 그러나 현대 연극의 발원지가 되었던 독일의 〈자유무대〉, 프랑스의 〈자유극장〉, 영국의 〈독립극장〉은 1889년부터 그의 작품을 경쟁적으로 공연하면서 연극계는 입센에 대한 경의를 표하기 시작했다. 뇌졸중으로 더 이상 글을 쓰지 못하게 된 1900년까지 마지막 10여년이라는 기회의 시간을 통해, 입센은 20세기 현대 연극의 새로운 출발점에 자리 잡은 것이다.

한국에서는 1925년 우리나라 최초의 연극 학교인 〈조선배우학교〉의 설립자 현철(玄哲)이 연출하여, 당시 학생이었던 복혜숙(卜惠淑) 주연으로 「인형의 집」이 처음으로 공연되었다. 이듬해에는 〈근화여학교〉의 경비를 모으기 위한 공연으로 서월영, 이월화 등이 참여하여 〈인형(人形)의 가(家)〉라는 제목으로 공연되었고, 1929년 월간지 『중성사(衆聲社)』에서도 역시 복혜숙 주연의 「인형의 집」 공연을 주관한 바 있다. 1934년에는 〈극예술 연구회〉의 박용철 번역, 홍해성 연출로, 1948년에는 〈여인 소극장〉의 오열 번역, 박노경 연출로 공연되었으며 이후에도 「인형의 집」은 〈성좌〉나 〈광장〉 같은 유수의 극단에서 공연하며 인기를 모았다.

「유령」은 1934년 6월 〈경성여자 기독 청년회〉에서 서항석 번역, 홍해성 연출로 〈조선 초유의 여류극〉이란 이름을 걸고 공연했는데, 출연자 모두가 지명도 높은 여성들이었다. 1960년대에는 대학에서도 공연이 이루어졌으며, 연세대학교, 서울대학교, 동국대학교 등에서 폭발적인 반응을 얻으며 큰 인기를 모았다. 오스왈드의 자유로운 삶에 대한 지향이 큰 반향을 일으킨 것이다.

1934년 「인형의 집」을 연출한 홍해성은 2개월 후 「유령」을 연출하면서 「동아일보」에 〈만약 노라가 집을 나가지 않고 아무 각성 없이 허위 속에서 현모양처로 일생을 보냈다면 그 결말이, 그 운명이 어떠하였을까?〉라는 질문을 던지며, 이것에 대한 대답이 바로 자신의 〈연출 의도〉라고 밝혔다. 그러나 공연에 대한 평가는 〈연출에 있어서는 완전히 실패에 가까운〉 것이 되고 말았다. 이헌구는 「동아일보」에 〈등장인물의 심리적 상황에 대한 해석이 부족한 것이 가장 큰

결점〉이라고 지적하기도 했다. 이전의 「인형의 집」 공연 역시 대단한 호평을 받은 것은 아니었다. 이상춘은 「조선 중앙일보」에서 〈입센의 사상에 감탄하고 홍해성의 연출력을 긍정적으로 평가하지만, 노라의 성격 창조에 관해서는 부정적〉이라는 평을 실었다. 같은 해 나웅은 「동아일보」에 〈노라의 심리 변화 과정이 극적으로 부각되지 않았음〉을 자세하게 설명했다.

신정옥은 한국에서의 입센 수용의 문제점에 대해 「인형의 집」은 〈인간 해방을 상징한 작품임에도 불구하고 한국에서는 이를 여성 해방을 주장하는 사회 문제 연극으로 잘못 받아들임으로써〉 입센 작품의 〈미적 체계에 관해서는 등한시했다〉고 주장했다. 고승길도 한국에서의 〈입센 수용이 사상적인 면에서만 이루어졌고, 입센 희곡 자체의 형식과 극적 기교에 대해서는 착실한 연구가 없었음〉을 언급했다.

일반적으로 입센의 희곡 「인형의 집」은 오랫동안 일반적인 가정 비극으로 잘못 인식되어 왔다. 즉 정비석의 소설 『자유부인』과 거의 유사한 시각으로 받아들여진 것이다. 노라의 성격과 행동을, 스스로 짊어진 빚을 갚을 길이 없어 남편과 가족을 버리고 떠나는 여인의 모습으로 단순하게 받아들인 것이다. 여성주의라는 새로운 시각을 열어 주었다는 평가를 받은 것도 비교적 늦은 시기인 1980년대에 비롯된 것이고, 그 이전에는 단순히 가족 간의 갈등과 마찰만이 이 작품의 중요한 동기로 받아들여졌다.

「인형의 집」에 대한 이런 시각이 한국에만 있었던 것은 아니다. 1880년 2월 17일과 18일, 입센은 두 차례에 걸쳐 함부르크와 비엔나의 연극 책임자에게 편지를 썼다. 니만라베Hedwig Niemann-Raabe라는 여배우가 노라 역을 맡아 함부르크와 비엔나에서 순회공연을 하면서, 극의 마지막 장면을 노라가 집을 떠나는 대신 방 안에 주저앉아 버리는 내용으로 바꾼 것이다. 입센은 격분해서 독일 연극인들의 이런 〈타협적인 결말〉은 자신의 작품에 대한 〈야만적인 침범〉이라고 규정했고, 공연을 중단하거나 자신이 쓴 결말대로 공연하라고 주장했다. 19세기 말 한 가정의 어머니이자 아내인 노라가 남편을 버리고 〈가출〉한다는 것은 당시로서는 도저히 받아들이기 힘든 결론이었을 것이다. 「인형의 집」에 나타난 작가의 여성주의적 관점에 관해서 입센은, 1898년 5월 26일 노르웨이 여성 인권 단체의 초청으로 연설을 하면서 다음과 같은 입장을 밝혔다.

나는 사회주의 철학보다는 시(詩)에 더 큰 관심을 가지고 있다. 난 여성의 권리가 진정 어떤 것인지 잘 모른다. 내가 보기에 여성의 문제는 모든 인류의 문제와 같은 것이다. 만일 여러분이 내 작품을 자세히 읽어 본다면 이 점을 분명히 알게 될 것이다. 내가 해야 할 일은 보편적인 인간성을 묘사하는 것*description of humanity*이다.

입센은 스스로 〈「인형의 집」은 「유령」이라는 작품을 위한 도입부이며, 준비 과정〉이라고 밝힌 바 있다. 1914년 영국에서 처음으로 공공장소에서의 공연을 허락하기 전까지, 「유령」은 20세기 새로운 연극의 발생지인 작은 규모의 사설 극장을 제외한 유럽 대부분의 공립 극장에서 공연이 금지된 작품이었다. 1891년 3월 13일 런던 〈독립극장〉에서의 공연에 대해 윌리엄 아처William Archer는 〈긍정적이지만 메스꺼운〉 작품이라고 평했고, 버나드 쇼는 〈직설적으로 표현하는 작품이 아니라, 질문을 제기하는 작품〉이라고 했다. 이처럼 많은 논란을 불러일으킨 「유령」이라는 작품을 통해 입센은 사회적인 규제로부터 개인적인 해방을 추구하고, 사회적 혹은 제도적 구속, 즉 영리적인 목적을 위한 위선적 행동과 종교적인 편협함, 정치적 편의주의, 관습적인 도덕으로부터의 압박과 새롭게 만들어진 권위주의 등으로부터 스스로를 완성시켜 나가는 과정을 보여 주고 있다.

지금까지 우리는 입센을 사실주의 희곡의 창시자이자 근현대 희곡의 대표적인 작가로 평가하는 해외 이론가들의 논점을, 아무런 비판과 성찰을 갖추지 않은 채 받아들였다. 따라서 이론적으로 알고 있는 입센과 실제 공연에서 확인하게 되는 입센의 희곡 사이에는 엄청난 거리감이 생겼다. 그럼으로써 입센 희곡의 이해를 위한 이론과 공연의 간극을 인정하기보다는 이론의 〈허구적 진술〉에 더 무게를 두었고, 결국은 이론에 대한 불신이 생긴 것이다.

입센 희곡을 번역하겠다는 결심은 해외 번역극을 우리의 정서와 맞지 않는 이질적인 것으로 폄하하면서도, 정작 창작 희곡의 질적인 수준은 향상되지 않는 우리 연극계의 현실에서 비롯되었다. 희곡을 단지 공연을 위한 대본 이상으로 받아들이지 않는 상황에서, 희곡의 문학적 구조와 그 토양에 대한 이해는 매우 진부하고 불필요한 발상이며, 연극의 희곡 문학적 예술성에 대한 언급 또한 무의미한 것이 될 수밖에 없다. 그래서 〈입센과 사실주의 희곡은 이미 낡은 것이고, 수명이 끝났다〉는 무책임한 발상과 주장에 대한 반론과 반증이 필요했던 것이다.

흔히 입센 희곡의 출발점은 낭만주의 문학의 마지막 자락에서부터 언급되며, 낭만주의와 사실주의를 거쳐 상징주의로 진입했다는 평을 받는다. 그런데 입센의 이력과 작품의 경향을 자세히 살펴보면, 낭만주의 문학의 흔적은 찾아보기 어렵다. 1828년 러시아의 문호 똘스또이와 같은 해에 태어난 입센은 똘스또이가 받은 유럽의 문학적 유산인 낭만주의 문학보다, 오히려 유럽 문학에서 수용되지 않았던 헤겔의 유물론에 관한 철학적 영향을 받았다는 것이 옳을 것이다. 따라서 입센의 정신적 계보는, 추측하건대 유물론적 세계관에서 초기 사회주의 운동의 당위성과 역사 비판적 관점을 확립하고, 영국의 철학자 허버트 스펜서 Herbert Spencer가 〈진화의 원리〉에 따라 우주의 원리와 인간 사회의 도덕적 원리의 근본에 관해 서술한 『종합철학체계 *The Synthetic Philosophy*』를 통해 사회적 정의와 개인의 도덕적 삶이 환경과 조건에 따라 변화해 간다는 세계관을 형성한 듯하다. 1848년 입센은 프랑스의 2월 혁명을 지지하는 시를 쓰면서 개인적으로 사회주의자이자 공화정 지지자로서의 경향을 지니기 시작했다.

「인형의 집」과 「유령」에는 자유주의와 사회주의의 대립이 두드러지게 드러나고 있는데, 특히 「인형의 집」에서는 존 스튜어트 밀John Stuart Mill의 『자유론On Liberty』의 영향이 크게 부각되었으며, 개인의 자유와 사회적 책임, 도덕적 책임과 가족의 윤리가 충돌하는 지점에서 인간의 근본적인 존재에 대한 자의식을 개인주의적 관점에서 다루고 있다. 물론 이 작품은 종교적 세계관과 개인의 삶의 조건을 대립시키는 새로운 관점의 축이 등장하게 되는데, 이런 관점은 여성주의에서 주장하는 남녀평등의 사상적 바탕이 되는 것이기도 하지만 근본적으로는 〈억압된 사회에서의 개인 해방〉이라는 보다 확대된 해석이 가능하다. 「유령」은 찰스 다윈Charles Robert Darwin의 『종의 기원On the Origin of Species』에서 비롯된 당시의 치열한 논쟁, 〈창조론〉과 〈진화론〉에 대한 입센의 입장을 은연중에 밝히는 작품으로, 기존 사회를 주도하던 종교관과 윤리 의식을 정면으로 부정하는, 이른바 종교적 관습에 대한 저항이자 사회주의적 세계관을 담고 있다. 이 작품에서는 개인의 자유로운 의지가 사회적 관습에 의해 어떻게 파괴되어 가는지, 그리고 우리는 또 얼마나 많은 과거와 현재의 〈관념적 유령〉에 희생되고 있는지를 보여 주고 있는 것이다.

1879년과 1881년에 발표한 「인형의 집」과 「유령」은 그의 다른 희곡과는 달리 극장주의적 관점에서 쓰였다는 점에서도 흥미롭다. 두 작품을 자세히 읽어 보면 당시의 무대와 연기 방식, 연극적 흐름에 대한 관객의 기대와 반응이 매우 상세하게 드러난다. 입센이 쓴 열두 편의 사실주의 희곡 가운데서도 가장 뛰어난 작품으로 평가하기에 부족함이 없으며, 이는 입센을 현대 연극의 아버지로 삼기에 적합한 조건이기도 하다. 「인형의 집」과 「유령」을 통해 입센은 문학적 사실주의의 한계를 벗어나 공연을 위한 무대적 사실주의의 가능성을 보여 주었고, 자연주의 희곡과 구분되는 사실주의 문학의 사회성을 개인의 자유로운 의지와 사회적 통념의 갈등 혹은 충돌의 형태로 보여 준 셈이다.

번역을 마친 지금 이 순간 정말 간절한 소망이 하나 있다면, 이 희곡이 좋은 배우에 의해 무대 위에 오르는 것, 그리고 고민에 고민을 거듭하며 선택했던 그 수많은 단어와 문장이 배우의 입에 따라 고쳐지고 보태져 빛을 발하는 순간을 경험해 보고 싶다는 것이다. 입센의 희곡은 완벽하다. 너무나 많은 여백이 이 두 작품 속에 숨어 있다. 노르웨이를 넘어 유럽과 미국을 거쳐, 일본과 한국, 중국과 인도에 이르는 이 두 작품의 긴 여정은 아직 끝나지 않았다. 노르웨이의 〈민담〉과 〈설화〉를 바탕으로 긴 여정을 만들어 낸 「페르 귄트」처럼.

이 작품이 좋은 배우를 만나, 그리고 지성과 감성을 지니고 있으며 집중해서 지켜볼 관객을 만나, 공연 순간에 비로소 완성되는 〈창조〉와 〈연극적 힘〉을 얻고 언제나 새로운 의

미와 가치를 발산할 수 있게 되기를 희망한다.

  이 번역은 2007년 상명대학교의 교내 연구비 지원을 받아 이루어진 것이다. 오랜 시간 동안 작품이 번역되기를 기다려 준 열린책들의 홍지웅 사장님과 편집부에 감사의 마음을 전한다. 그동안 결과물을 제출하지 못해 속을 끓이던 번역자를 위로해 주고 기다려 준 내 남은 생의 반려자 안정연에게도 고마움과 감사의 뜻을 전하고 싶다.

김창화

헨리크 입센 연보

1828년 출생 3월 20일 노르웨이 오슬로에서 남서쪽으로 150킬로미터 떨어진 작은 항구 시엔에서 6남매 가운데 둘째로 태어남.

1835년 7세 경제적인 문제로 가족이 시엔 부근의 시골에 있는 작은 집으로 이사함.

1836년 8세 입센의 아버지 크누드 입센Knud Ibsen 파산 선언.

1844년 16세 혼자서 집을 떠나 해안가 소도시 그림스타드의 약국 견습생으로 생활하기 시작함. 이후 단 한 번의 짧은 방문을 제외하고는 죽기 전까지 고향을 찾지 않음.

1846년 18세 열 살 연상의 하녀 사이에서 아들이 태어남. 이후 어려운 환경에서 15년 동안 이 아이를 돌봄.

1849년 21세 프랑스 2월 혁명에 고무됨. 당시 덴마크의 통치하에 있던 슐레스비히홀슈타인에서 반란이 일어나 독일군이 침입하여 점령하자. 형제 나라인 덴마크를 도울 것을 촉구하며 3막 운문극인 처녀작 「카틸리나Catilina」를 쓰기 시작함.

1850년 22세 「카틸리나」를 완성해 국왕에게 바침. 친구 슐레루드Ole Schulerud가 수도인 크리스티아니아(현재의 오슬로)에서 입센의 처녀작을 무대에 올리기 위해 극장을 알아보다가 결국 실패함. 슐레루드는 자신이 비용을 대고 이 작품을 출판하나 30여 부밖에 팔리지 않음. 3월 입센은 그림스타드를 떠나 슐레루드가 있는 크리스티아니아로 옮김. 대학 입학을 위해 슐레루드와 함께 헤르트베리 예비 학교에 들어감. 이곳에서 그는 이후 노르웨이 문단의 거목이 되는 시인 비에른손 Bjørnson Bjørnstjerne을 만나 의학이 아닌 문학으로 방향을 전환함. 그리스어와 수학에서 낙제. 극도의 궁핍 속에서 두 번째 희곡이자 최초의 공연 희곡「전사의 무덤Kjæmpehøjen」을 써서 무대에 올림. 이를 계기로 대학 진학을 단념하고 전업 작가의 길에 들어서기로 결심함. 이후 친구들과 사회주의 정치 성향의 주간 신문「사람Andhrimner」을 창간하나 곧 폐간되고 다시 가난에 시달림.

1851년 23세 학생 신문을 편집하는 등 다양한 활동을 함. 11월 베르겐에 새로 지은 〈국민 극장〉의 극장 전속 작가 겸 무대 감독으로 초빙됨. 이후 6년간 베르겐에서 머물면서 작품을 발표하며 극작가로서의 발판을 마련함.

1852년 24세 코펜하겐과 독일 드레스덴에 있는 극장에서 연극에 관한 지식을 얻기 시작함.

1853년 25세 1월 입센의「성자 요한의 밤Sancthansnatten」이 공연됨.

1854년 26세 1월「전사의 무덤」 수정판이 베르겐에서 공연됨.

1855년 27세 1월 입센이 처음으로 시도한 장편 비극「잉겔 부인Fru Inger til Østeraad」이 베르겐에서 공연됨. 셰익스피어에 관한 논문과 스칸디나비아 문학에 미친 셰익스피어의 영향에 관한 베르겐 문학 동호회의 글을 읽기 시작함.

1856년 28세 「솔하우그의 축제Gildet paa Solhoug」가 베르겐과 크리스티아니아에서 성황리에 공연됨. 그의 아내가 될 수잔나 토레슨 Suzannah Thoresen을 만남.

1857년 29세 1월「올라프 릴리크란스Olaf Liliekrans」가 베르겐에서 공연됨.「헬게란트의 바이킹Hærmændene paa Helgeland」 발표. 수도인 크리스티아니아에 신설된 〈노르웨이 극장〉의 예술 감독이 됨. 경제적 어려움으로 알코올에 빠지고 자살 시도를 하기도 하나, 수잔나의 도움으로 안정을 찾음.

1858년 30세 「헬게란트의 바이킹」이 크리스티아니아에서 공연됨. 6월 수잔나 토레슨과 결혼. 수잔나는 이후 입센의 최초 현대극이자 가정과 연애 풍속을 풍자한「사랑의 희극Kjærlighedens Komedie」에 등장하는 여주인공의 모델이 됨.

1859년 31세 12월 아들 시구르드Sigurd 출생.

1862년 34세 〈노르웨이 극장〉이 재정난으로 문을 닫음으로써 실직자가 되어 여러 번 예술가 연금을 신청하나 국가로부터 거부당함. 2년간 정기적 수입 없이 대학의 보조금만으로 노르웨이 각지를 돌아다니며 민요와 신화를 수집하기 시작함. 그의 첫 번째 중요 작품으로 인정받은「사랑의 희극」이 잡지의 부록으로 출판되지만, 곧바로 〈인간의 품위를 해친다〉는 이유로 비난받음. 이후에도 이는 그를 비난하는 주제로 잘못 활용되어, 입센이 공연하기를 꺼리는 작품이 됨.

1863년 35세 크리스티아니아에서 극장의 문학 자문을 맡음. 역사 비극「위선자Kongs-Emnerne」를 출판함. 다른 대학의 지원금으로 민요 수집을 위한 여행을 다시 시작함. 정부로부터도 여행 지원금을 받음.

1864년 36세 「위선자」가 크리스티아니아에서 공연됨. 이후 1891년까지 스스로 택한 기나긴 망명 생활을 시작함. 코펜하겐을 거쳐 베를린과 빈을 지나 이탈리아의 로마에 잠시 머무름. 이후 27년을 떠돌며 몇 차례의 고국 방문을 제외하고는 타국에서 생활함. 주로 뮌헨과 로마 등지에서 극작에 전념함.

1866년 38세 이탈리아에서 예술과 자연으로부터 활기를 얻어 그의 최고 걸작인 5막 운문극「브란Brand」 발표. 이후 이 작품은 스칸디나비아에서 주목받으며 입센에게 처음으로 예술적·상업적 성공을 동시에 안겨 줌.

1867년 ^{39세} 노르웨이 고대 전설에 바탕을 둔 대규모 5막 극시인 「페르 귄트Peer Gynt」 발표. 원래 공연을 위해 쓰인 것이 아닌 데다 당시 「브란」보다는 반응이 비호의적이었으나, 9년 후인 1876년에 그리그Edvard Hagerup Grieg에 의해 음악극으로 개작되며 초연에서 대성공을 거두게 됨. 세 번째 로마 진군에 실패하고 프랑스 교황청의 포로가 된 가리발디Giuseppe Garibaldi의 추종자들을 위해, 입센은 러시아에 대한 스칸디나비아인의 무기력함을 가리발디의 영웅적 행동과 비교하며 높이 평가함.

1868년 ^{40세} 피렌체, 볼로냐, 베네치아에서의 체류를 마치고 잠시 독일의 뮌헨에 머물다가 드레스덴에 정착함.

1869년 ^{41세} 노르웨이의 민주적 정치 운동을 묘사한 산문 현대극 「청년 동맹De unges Forbund」 출판. 어머니 사망. 이집트와 홍해 지역을 여행하기 시작하면서 수에즈 운하가 개통되는 날 노르웨이인 대표로 참석하기도 함. 입센의 희곡 「브란」을 혹평했던 덴마크의 젊은 비평가 게오르그 브라네스Georg Brandes와 평생 이어지는 지적인 친구 관계가 시작됨.

1872년 ^{44세} 게오르그 브라네스가 자신의 저서 『19세기 문학 주조(主潮)Main Currents in 19th-century Literature』를 주제로 한 공개 강연에 대해 다음과 같은 내용이 담긴 편지를 보냄. 〈잠자고 있는 나를 깨웠네. 작품을 잉태하고 있는 작가에게 이보다 더 위험한 책은 없었네. 어제와 오늘, 잠시 하품하고 있는 바로 그 틈에 이 강연은 굳건히 자리 잡았네.〉

1873년 ^{45세} 「황제와 갈릴리 사람들Kejser og Galilæer」 발표. 10년에 걸쳐 완성한 방대한 역사극인 이 작품을 입센 스스로는 자신의 대표작이라고 칭함. 실제로 시인과 극작가로서 그의 명성을 확고하게 해준 작품이자, 현대적 문제에 눈을 돌려 사실주의 극으로 방향을 전환하게 만든 작품이 됨.

1876년 ^{48세} 「페르 귄트」가 그리그의 음악과 함께 크리스티아니아에서 초연됨. 독일에서 「위선자」가 공연됨.

1877년 49세   첫 번째 사실주의 작품인 「사회의 기둥들Samfundets Støtter」 발표. 이후 사실주의 희곡 열두 편이 이어지기 시작함. 아버지 사망.

1879년 51세   「인형의 집Et Dukkehjem」 발표. 코펜하겐의 〈황실 극장〉에서 초연됨.

1881년 53세   근대 희곡의 가장 완벽한 작품으로 인정받는 「유령Gengangere」 발표. 연이어 발표한 두 작품으로 입센은 격렬한 논쟁의 도마에 오름. 스칸디나비아의 서점에서는 책을 출판사에 되돌려 보내는 소동이 벌어짐. 이후 10년간 스칸디나비아에서의 「유령」 판매와 극장 공연이 금지됨.

1882년 54세   「민중의 적En Folkefiende」 발표. 미국 시카고로 이주해 온 스칸디나비아인 관객들 앞에서 「유령」 세계 초연. 연달아 미국의 다른 도시에서도 순회공연이 이루어짐. 그러나 공연에 관한 어떤 기록도 남아 있지 않음.

1883년 55세   유럽에서의 첫 번째 「유령」 공연.

1884년 56세   「들오리Vildanden」 발표. 이를 계기로 여태껏 외부 현실로 가 있던 눈을 내부로 돌려 신비적이고 상징적인 성향이 강한 작품들로 방향을 전환하게 됨.

1886년 58세   「로스머스홀름Rosmersholm」 발표. 독일의 「유령」 공연에 초청됨. 런던에서 카를 마르크스Karl Heinrich Marx의 딸 엘리노어 마르크스Eleanor Marx와 버나드 쇼George Bernard Shaw에 의해 「인형의 집」 독회(讀會) 공연이 이루어짐.

1888년 60세   「바다에서 온 여인Fruen fra Havet」 발표.

1889년 61세   베를린에서 「유령」 공연. 영국에서 처음으로 「인형의 집」 공연.

1890년 62세   「헤다 가블러Hedda Gabler」 발표. 파리에서 「유령」 공연.

1891년 63세 런던에서「유령」공연. 이후 1914년까지 영국에서「유령」공연이 금지됨. 입센은 뮌헨을 떠나 오랜 망명 생활을 접고 고국인 노르웨이에 정착. 입센을 예찬한 버나드 쇼의 『입센주의의 정수 *Quintessence of Ibsenism*』가 출간됨.

1892년 64세 자전적 작품인「건축가 솔네스 Bygmester Solness」발표.

1894년 66세 「어린 이욜프 Lille Eyolf」발표.

1896년 68세 「요한 가브리엘 보르크만 John Gabriel Borkman」발표.

1899년 71세 스스로 에필로그라고 명명한 최후의 작품「죽은 자들이 깨어날 때 Når vi døde vaagner」를 영국에서 발표하고 스칸디나비아와 독일에서 출간함.

1900년 72세 첫 번째 뇌졸중 발작. 이후부터 극작 활동 중단.

1903년 75세 두 번째 뇌졸중. 산보하기조차 힘들게 됨.

1906년 78세 5월 23일 사망.「페르 귄트」미국 초연.

열린책들 세계문학 118 인형의 집

옮긴이 김창화 뮌헨 대학에서 철학 박사 학위를 받았으며, 현재 숙명대학교 연극학과 교수로 있다. 저서로는 『독백과 대화』, 『동시대 연극의 새로운 이해』, 『청소년을 위한 연극 교육』 등이 있고 『동양 고전극의 미학과 이론』, 『20세기 독일어권 연극』, 『한국에서의 서양 연극』 등을 공동 집필했으며, 옮긴 책으로 아이스킬로스의 『오레스테스』 등이 있다.

지은이 헨리크 입센 **옮긴이** 김창화 **발행인** 홍지웅 · 홍예빈
발행처 주식회사 열린책들 **주소** 경기도 파주시 문발로 253 파주출판도시
전화 031-955-4000 **팩스** 031-955-4004 **홈페이지** www.openbooks.co.kr
Copyright (C) 주식회사 열린책들, 2010, *Printed in Korea.*
ISBN 978-89-329-1118-2 04890   **ISBN** 978-89-329-1499-2 (세트)
발행일 2010년 5월 10일 세계문학판 1쇄 2020년 4월 15일 세계문학판 8쇄

이 도서의 국립중앙도서관 출판예정도서목록(CIP)은 서지정보유통지원시스템 홈페이지(http://seoji.nl.go.kr)와 국가자료공동목록시스템(http://www.nl.go.kr/kolisnet)에서 이용하실 수 있습니다.(CIP제어번호 : CIP2010001557)

열린책들 세계문학
Open Books World Literature

001 **죄와 벌** 표도르 도스또예프스끼 장편소설 | 홍대화 옮김 | 전2권 | 각 408, 512면

003 **최초의 인간** 알베르 카뮈 장편소설 | 김화영 옮김 | 392면

004 **소설** 제임스 미치너 장편소설 | 윤희기 옮김 | 전2권 | 각 280, 368면

006 **개를 데리고 다니는 부인** 안똔 체호프 소설선집 | 오종우 옮김 | 368면

007 **우주 만화** 이탈로 칼비노 단편집 | 김운찬 옮김 | 416면

008 **댈러웨이 부인** 버지니아 울프 장편소설 | 최애리 옮김 | 296면

009 **어머니** 막심 고리끼 장편소설 | 최윤락 옮김 | 544면

010 **변신** 프란츠 카프카 중단편집 | 홍성광 옮김 | 464면

011 **전도서에 바치는 장미** 로저 젤라즈니 중단편집 | 김상훈 옮김 | 432면

012 **대위의 딸** 알렉산드르 뿌쉬낀 장편소설 | 석영중 옮김 | 240면

013 **바다의 침묵** 베르코르 소설선집 | 이상해 옮김 | 256면

014 **원수들, 사랑 이야기** 아이작 싱어 장편소설 | 김진준 옮김 | 320면

015 **백치** 표도르 도스또예프스끼 장편소설 | 김근식 옮김 | 전2권 | 각 504, 528면

017 **1984년** 조지 오웰 장편소설 | 박경서 옮김 | 392면

018 **수용소군도** 알렉산드르 솔제니찐 기록문학 | 김학수 옮김 | 464면

019 **이상한 나라의 앨리스** 루이스 캐럴 환상동화 | 머빈 피크 그림 | 최용준 옮김 | 336면

020 **베네치아에서의 죽음** 토마스 만 중단편집 | 홍성광 옮김 | 432면

021 **그리스인 조르바** 니코스 카잔차키스 장편소설 | 이윤기 옮김 | 488면

022 **벚꽃 동산** 안똔 체호프 희곡선집 | 오종우 옮김 | 336면

023 **연애 소설 읽는 노인** 루이스 세풀베다 장편소설 | 정창 옮김 | 192면

024 **젊은 사자들** 어윈 쇼 장편소설 | 정영문 옮김 | 전2권 | 각 416, 408면

026 **젊은 베르테르의 슬픔** 요한 볼프강 폰 괴테 장편소설 | 김인순 옮김 | 240면

027 **시라노** 에드몽 로스탕 희곡 | 이상해 옮김 | 256면

028 **전망 좋은 방** E. M. 포스터 장편소설 | 고정아 옮김 | 352면

029 **까라마조프 씨네 형제들** 표도르 도스또예프스끼 장편소설 | 이대우 옮김 | 전3권 | 각 496, 496, 460면

032 **프랑스 중위의 여자** 존 파울즈 장편소설 | 김석희 옮김 | 전2권 | 각 344면

034 **소립자** 미셸 우엘벡 장편소설 | 이세욱 옮김 | 448면

035 **영혼의 자서전** 니코스 카잔차키스 자서전 | 안정효 옮김 | 전2권 | 각 352, 408면

037 **우리들** 예브게니 자먀찐 장편소설 ı 석영중 옮김 ı 320면

038 **뉴욕 3부작** 폴 오스터 장편소설 ı 황보석 옮김 ı 480면

039 **닥터 지바고** 보리스 빠스쩨르나끄 장편소설 ı 박형규 옮김 ı 전2권 ı 각 400, 512면

041 **고리오 영감** 오노레 드 발자크 장편소설 ı 임희근 옮김 ı 456면

042 **뿌리** 알렉스 헤일리 장편소설 ı 안정효 옮김 ı 전2권 ı 각 400, 448면

044 **백년보다 긴 하루** 친기즈 아이뜨마또프 장편소설 ı 황보석 옮김 ı 560면

045 **최후의 세계** 크리스토프 란스마이어 장편소설 ı 장희권 옮김 ı 264면

046 **추운 나라에서 돌아온 스파이** 존 르카레 장편소설 ı 김석희 옮김 ı 368면

047 **산도칸 ― 몸프라쳄의 호랑이** 에밀리오 살가리 장편소설 ı 유향란 옮김 ı 428면

048 **기적의 시대** 보리슬라프 페키치 장편소설 ı 이윤기 옮김 ı 560면

049 **그리고 죽음** 짐 크레이스 장편소설 ı 김석희 옮김 ı 224면

050 **세설** 다니자키 준이치로 장편소설 ı 송태욱 옮김 ı 전2권 ı 각 480면

052 **세상이 끝날 때까지 아직 10억 년** 스뜨루가츠끼 형제 장편소설 ı 석영중 옮김 ı 224면

053 **동물 농장** 조지 오웰 장편소설 ı 박경서 옮김 ı 208면

054 **캉디드 혹은 낙관주의** 볼테르 장편소설 ı 이봉지 옮김 ı 232면

055 **도적 떼** 프리드리히 폰 실러 희곡 ı 김인순 옮김 ı 264면

056 **플로베르의 앵무새** 줄리언 반스 장편소설 ı 신재실 옮김 ı 320면

057 **악령** 표도르 도스또예프스끼 장편소설 ı 김연경 옮김 ı 전3권 ı 각 324, 396, 496면

060 **의심스러운 싸움** 존 스타인벡 장편소설 ı 윤희기 옮김 ı 340면

061 **몽유병자들** 헤르만 브로흐 장편소설 ı 김경연 옮김 ı 전2권 ı 각 568, 544면

063 **몰타의 매** 대실 해밋 장편소설 ı 고정아 옮김 ı 304면

064 **마야꼬프스끼 선집** 블라지미르 마야꼬프스끼 선집 ı 석영중 옮김 ı 384면

065 **드라큘라** 브램 스토커 장편소설 ı 이세욱 옮김 ı 전2권 ı 각 340, 344면

067 **서부 전선 이상 없다** 에리히 마리아 레마르크 장편소설 ı 홍성광 옮김 ı 336면

068 **적과 흑** 스탕달 장편소설 ı 임미경 옮김 ı 전2권 ı 각 432, 368면

070 **지상에서 영원으로** 제임스 존스 장편소설 ı 이종인 옮김 ı 전3권 ı 각 396, 380, 496면

073 **파우스트** 요한 볼프강 폰 괴테 희곡 ı 김인순 옮김 ı 568면

074 **쾌걸 조로** 존스턴 매컬리 장편소설 ı 김훈 옮김 ı 316면

075 **거장과 마르가리따** 미하일 불가꼬프 장편소설 ı 홍대화 옮김 ı 전2권 ı 각 364, 328면

077 **순수의 시대** 이디스 워튼 장편소설 ı 고정아 옮김 ı 448면

078 **검의 대가** 아르투로 페레스 레베르테 장편소설 ı 김수진 옮김 ı 384면

079 **예브게니 오네긴** 알렉산드르 뿌쉬낀 운문소설 ı 석영중 옮김 ı 328면

080 **장미의 이름** 움베르토 에코 장편소설 | 이윤기 옮김 | 전2권 | 각 440, 448면

082 **향수** 파트리크 쥐스킨트 장편소설 | 강명순 옮김 | 384면

083 **여자를 안다는 것** 아모스 오즈 장편소설 | 최창모 옮김 | 280면

084 **나는 고양이로소이다** 나쓰메 소세키 장편소설 | 김난주 옮김 | 544면

085 **웃는 남자** 빅토르 위고 장편소설 | 이형식 옮김 | 전2권 | 각 472, 496면

087 **아웃 오브 아프리카** 카렌 블릭센 장편소설 | 민승남 옮김 | 480면

088 **무엇을 할 것인가** 니꼴라이 체르니셰프스끼 장편소설 | 서정록 옮김 | 전2권 | 각 360, 404면

090 **도나 플로르와 그녀의 두 남편** 조르지 아마두 장편소설 | 오숙은 옮김 | 전2권 | 각 408, 308면

092 **미사고의 숲** 로버트 홀드스톡 장편소설 | 김상훈 옮김 | 424면

093 **신곡** 단테 알리기에리 장편서사시 | 김운찬 옮김 | 전3권 | 각 292, 296, 328면

096 **교수** 샬럿 브론테 장편소설 | 배미영 옮김 | 368면

097 **노름꾼** 표도르 도스또예프스끼 장편소설 | 이재필 옮김 | 320면

098 **하워즈 엔드** E. M. 포스터 장편소설 | 고정아 옮김 | 512면

099 **최후의 유혹** 니코스 카잔차키스 장편소설 | 안정효 옮김 | 전2권 | 각 408면

101 **키리냐가** 마이크 레스닉 장편소설 | 최용준 옮김 | 464면

102 **바스커빌가의 개** 아서 코넌 도일 장편소설 | 조영학 옮김 | 264면

103 **버마 시절** 조지 오웰 장편소설 | 박경서 옮김 | 408면

104 **10 1/2장으로 쓴 세계 역사** 줄리언 반스 장편소설 | 신재실 옮김 | 464면

105 **죽음의 집의 기록** 표도르 도스또예프스끼 장편소설 | 이덕형 옮김 | 528면

106 **소유** 앤토니어 수전 바이어트 장편소설 | 윤희기 옮김 | 전2권 | 각 440, 488면

108 **미성년** 표도르 도스또예프스끼 장편소설 | 이상룡 옮김 | 전2권 | 각 512, 544면

110 **성 앙투안느의 유혹** 귀스타브 플로베르 희곡소설 | 김용은 옮김 | 584면

111 **밤으로의 긴 여로** 유진 오닐 희곡 | 강유나 옮김 | 240면

112 **마법사** 존 파울즈 장편소설 | 정영문 옮김 | 전2권 | 각 512, 552면

114 **스쩨빤치꼬보 마을 사람들** 표도르 도스또예프스끼 장편소설 | 변현태 옮김 | 416면

115 **플랑드르 거장의 그림** 아르투로 페레스 레베르테 장편소설 | 정창 옮김 | 512면

116 **분신** 표도르 도스또예프스끼 장편소설 | 석영중 옮김 | 288면

117 **가난한 사람들** 표도르 도스또예프스끼 장편소설 | 석영중 옮김 | 256면

118 **인형의 집** 헨리크 입센 희곡 | 김창화 옮김 | 272면

119 **영원한 남편** 표도르 도스또예프스끼 장편소설 | 정명자 외 옮김 | 448면

120 **알코올** 기욤 아폴리네르 시집 | 황현산 옮김 | 352면

121 **지하로부터의 수기** 표도르 도스또예프스끼 장편소설 | 계동준 옮김 | 256면

122 **어느 작가의 오후** 페터 한트케 중편소설 | 홍성광 옮김 | 160면
123 **아저씨의 꿈** 표도르 도스또예프스끼 장편소설 | 박종소 옮김 | 312면
124 **네또츠까 네즈바노바** 표도르 도스또예프스끼 장편소설 | 박재만 옮김 | 316면
125 **곤두박질** 마이클 프레인 장편소설 | 최용준 옮김 | 528면
126 **백야 외** 표도르 도스또예프스끼 소설선집 | 석영중 외 옮김 | 408면
127 **살라미나의 병사들** 하비에르 세르카스 장편소설 | 김창민 옮김 | 304면
128 **뻬쩨르부르그 연대기 외** 표도르 도스또예프스끼 소설선집 | 이항재 옮김 | 296면
129 **상처받은 사람들** 표도르 도스또예프스끼 장편소설 | 윤우섭 옮김 | 전2권 | 각 296, 392면
131 **악어 외** 표도르 도스또예프스끼 소설선집 | 박혜경 외 옮김 | 312면
132 **허클베리 핀의 모험** 마크 트웨인 장편소설 | 윤교찬 옮김 | 416면
133 **부활** 레프 똘스또이 장편소설 | 이대우 옮김 | 전2권 | 각 308, 416면
135 **보물섬** 로버트 루이스 스티븐슨 장편소설 | 머빈 피크 그림 | 최용준 옮김 | 360면
136 **천일야화** 앙투안 갈랑 엮음 | 임호경 옮김 | 전6권 | 각 336, 328, 372, 392, 344, 320면
142 **아버지와 아들** 이반 뚜르게네프 장편소설 | 이상원 옮김 | 328면
143 **오만과 편견** 제인 오스틴 장편소설 | 원유경 옮김 | 480면
144 **천로 역정** 존 버니언 우화소설 | 이동일 옮김 | 432면
145 **대주교에게 죽음이 오다** 윌라 캐더 장편소설 | 윤명옥 옮김 | 352면
146 **권력과 영광** 그레이엄 그린 장편소설 | 김연수 옮김 | 384면
147 **80일간의 세계 일주** 쥘 베른 장편소설 | 고정아 옮김 | 352면
148 **바람과 함께 사라지다** 마거릿 미첼 장편소설 | 안정효 옮김 | 전3권 | 각 616, 640, 640면
151 **기탄잘리** 라빈드라나트 타고르 시집 | 장경렬 옮김 | 224면
152 **도리언 그레이의 초상** 오스카 와일드 장편소설 | 윤희기 옮김 | 384면
153 **레우코와의 대화** 체사레 파베세 희곡소설 | 김운찬 옮김 | 280면
154 **햄릿** 윌리엄 셰익스피어 희곡 | 박우수 옮김 | 256면
155 **맥베스** 윌리엄 셰익스피어 희곡 | 권오숙 옮김 | 176면
156 **아들과 연인** 데이비드 허버트 로런스 장편소설 | 최희섭 옮김 | 전2권 | 464, 432면
158 **그리고 아무 말도 하지 않았다** 하인리히 뵐 장편소설 | 홍성광 옮김 | 272면
159 **미덕의 불운** 싸드 장편소설 | 이형식 옮김 | 248면
160 **프랑켄슈타인** 메리 W. 셸리 장편소설 | 오숙은 옮김 | 320면
161 **위대한 개츠비** 프랜시스 스콧 피츠제럴드 장편소설 | 한애경 옮김 | 280면
162 **아Q정전** 루쉰 중단편집 | 김태성 옮김 | 320면
163 **로빈슨 크루소** 대니얼 디포 장편소설 | 류경희 옮김 | 456면

164 **타임머신** 허버트 조지 웰스 소설선집 | 김석희 옮김 | 304면
165 **제인 에어** 샬럿 브론테 장편소설 | 이미선 옮김 | 전2권 | 각 392, 384면
167 **풀잎** 월트 휘트먼 시집 | 허현숙 옮김 | 280면
168 **표류자들의 집** 기예르모 로살레스 장편소설 | 최유정 옮김 | 216면
169 **배빗** 싱클레어 루이스 장편소설 | 이종인 옮김 | 520면
170 **이토록 긴 편지** 마리아마 바 장편소설 | 백선희 옮김 | 192면
171 **느릅나무 아래 욕망** 유진 오닐 희곡 | 손동호 옮김 | 168면
172 **이방인** 알베르 카뮈 장편소설 | 김예령 옮김 | 208면
173 **미라마르** 나기브 마푸즈 장편소설 | 허진 옮김 | 288면
174 **지킬 박사와 하이드 씨** 로버트 루이스 스티븐슨 소설선집 | 조영학 옮김 | 320면
175 **루진** 이반 뚜르게네프 장편소설 | 이항재 옮김 | 264면
176 **피그말리온** 조지 버나드 쇼 희곡 | 김소임 옮김 | 256면
177 **목로주점** 에밀 졸라 장편소설 | 유기환 옮김 | 전2권 | 각 336면
179 **엠마** 제인 오스틴 장편소설 | 이미애 옮김 | 전2권 | 각 336, 360면
181 **비숍 살인 사건** S. S. 밴 다인 장편소설 | 최인자 옮김 | 464면
182 **우신예찬** 에라스무스 풍문 | 김남우 옮김 | 296면
183 **하자르 사전** 밀로라드 파비치 장편소설 | 신현철 옮김 | 488면
184 **테스** 토머스 하디 장편소설 | 김문숙 옮김 | 전2권 | 각 392, 336면
186 **투명 인간** 허버트 조지 웰스 장편소설 | 김석희 옮김 | 288면
187 **93년** 빅토르 위고 장편소설 | 이형식 옮김 | 전2권 | 각 288, 360면
189 **젊은 예술가의 초상** 제임스 조이스 장편소설 | 성은애 옮김 | 384면
190 **소네트집** 윌리엄 셰익스피어 연작시집 | 박우수 옮김 | 200면
191 **메뚜기의 날** 너새니얼 웨스트 장편소설 | 김진준 옮김 | 280면
192 **나사의 회전** 헨리 제임스 중편소설 | 이승은 옮김 | 256면
193 **오셀로** 윌리엄 셰익스피어 희곡 | 권오숙 옮김 | 216면
194 **소송** 프란츠 카프카 장편소설 | 김재혁 옮김 | 376면
195 **나의 안토니아** 윌라 캐더 장편소설 | 전경자 옮김 | 368면
196 **자성록** 마르쿠스 아우렐리우스 명상록 | 박민수 옮김 | 240면
197 **오레스테이아** 아이스킬로스 비극 | 두행숙 옮김 | 336면
198 **노인과 바다** 어니스트 헤밍웨이 소설선집 | 이종인 옮김 | 320면
199 **무기여 잘 있거라** 어니스트 헤밍웨이 장편소설 | 이종인 옮김 | 464면
200 **서푼짜리 오페라** 베르톨트 브레히트 희곡선집 | 이은희 옮김 | 320면

201 **리어 왕** 윌리엄 셰익스피어 희곡 | 박우수 옮김 | 224면

202 **주홍 글자** 너대니얼 호손 장편소설 | 곽영미 옮김 | 360면

203 **모히칸족의 최후** 제임스 페니모어 쿠퍼 장편소설 | 이나경 옮김 | 512면

204 **곤충 극장** 카렐 차페크 희곡선집 | 김선형 옮김 | 360면

205 **누구를 위하여 종은 울리나** 어니스트 헤밍웨이 장편소설 | 이종인 옮김 | 전2권 | 각 416, 400면

207 **타르튀프** 몰리에르 희곡선집 | 신은영 옮김 | 416면

208 **유토피아** 토머스 모어 소설 | 전경자 옮김 | 288면

209 **인간과 초인** 조지 버나드 쇼 희곡 | 이후지 옮김 | 320면

210 **페드르와 이폴리트** 장 라신 희곡 | 신정아 옮김 | 200면

211 **말테의 수기** 라이너 마리아 릴케 장편소설 | 안문영 옮김 | 320면

212 **등대로** 버지니아 울프 장편소설 | 최애리 옮김 | 328면

213 **개의 심장** 미하일 불가꼬프 중편소설집 | 정연호 옮김 | 352면

214 **모비 딕** 허먼 멜빌 장편소설 | 강수정 옮김 | 전2권 | 각 464, 488면

216 **더블린 사람들** 제임스 조이스 단편소설집 | 이강훈 옮김 | 336면

217 **마의 산** 토마스 만 장편소설 | 윤순식 옮김 | 전3권 | 각 496, 488, 512면

220 **비극의 탄생** 프리드리히 니체 | 김남우 옮김 | 320면

221 **위대한 유산** 찰스 디킨스 장편소설 | 류경희 옮김 | 전2권 | 각 432, 448면

223 **사람은 무엇으로 사는가** 레프 똘스또이 소설선집 | 윤새라 옮김 | 464면

224 **자살 클럽** 로버트 루이스 스티븐슨 소설선집 | 임종기 옮김 | 272면

225 **채털리 부인의 연인** 데이비드 허버트 로런스 장편소설 | 이미선 옮김 | 전2권 | 각 336, 328면

227 **데미안** 헤르만 헤세 장편소설 | 김인순 옮김 | 264면

228 **두이노의 비가** 라이너 마리아 릴케 시 선집 | 손재준 옮김 | 504면

229 **페스트** 알베르 카뮈 장편소설 | 최윤주 옮김 | 432면

230 **여인의 초상** 헨리 제임스 장편소설 | 정상준 옮김 | 전2권 | 각 520, 544면

232 **성** 프란츠 카프카 장편소설 | 이재황 옮김 | 560면

233 **차라투스트라는 이렇게 말했다** 프리드리히 니체 산문시 | 김인순 옮김 | 464면

234 **노래의 책** 하인리히 하이네 시집 | 이재영 옮김 | 384면

235 **변신 이야기** 오비디우스 서사시 | 이종인 옮김 | 632면

236 **안나 까레니나** 레프 똘스또이 장편소설 | 이명현 옮김 | 전2권 | 각 800, 736면

238 **이반 일리치의 죽음·광인의 수기** 레프 똘스또이 중단편집 | 석영중·정지원 옮김 | 232면

239 **수레바퀴 아래서** 헤르만 헤세 장편소설 | 강명순 옮김 | 272면

240 **피터 팬** J. M. 배리 장편소설 | 최용준 옮김 | 272면

241 **정글 북** 러디어드 키플링 중단편집 | 오숙은 옮김 | 272면
242 **한여름 밤의 꿈** 윌리엄 셰익스피어 희곡 | 박우수 옮김 | 160면
243 **좁은 문** 앙드레 지드 장편소설 | 김화영 옮김 | 264면
244 **모리스** E. M. 포스터 장편소설 | 고정아 옮김 | 408면
245 **브라운 신부의 순진** 길버트 키스 체스터턴 단편집 | 이상원 옮김 | 336면
246 **각성** 케이트 쇼팽 장편소설 | 한애경 옮김 | 272면
247 **뷔히너 전집** 게오르크 뷔히너 지음 | 박종대 옮김 | 400면
248 **디미트리오스의 가면** 에릭 앰블러 장편소설 | 최용준 옮김 | 424면

각 권 8,800~15,800원